Charlotte von Kalb, Jean Paul

Briefe von Charlotte von Kalb an Jean Paul und dessen Gattin

Charlotte von Kalb, Jean Paul

Briefe von Charlotte von Kalb an Jean Paul und dessen Gattin

ISBN/EAN: 9783743300422

Hergestellt in Europa, USA, Kanada, Australien, Japan

Cover: Foto ©Raphael Reischuk / pixelio.de

Manufactured and distributed by brebook publishing software
(www.brebook.com)

Charlotte von Kalb, Jean Paul

Briefe von Charlotte von Kalb an Jean Paul und dessen Gattin

Briefe

von

Charlotte von Kalb

au

Jean Paul und dessen Gattin.

Herausgegeben

von

Dr. Paul Nerrlich

Berlin.

Weidmannsche Buchhandlung.

1882.

Vorrede.

—

Charlotte von Kalb gehört zu den rätſelhafteſten Frauen=
geſtalten. Schon die Zeitgenoſſen fällten die verſchiedenſten Urteile
über ſie, aber auch die Gegenwart ſchwankt in Bewunderung
und Verdammung hin und her: ich brauche nur an Palleske
und Hermann Sauppe auf der einen, Adolf Stahr auf
der anderen Seite zu erinnern. Unter den Zeitgenoſſen wußte
ſich Charlotte am wenigſten die Zuneigung der Frauen zu er=
werben. Rahel zwar rühmt ſie der Fürſtin Carolath als die
geiſtvollſte von allen Frauen, die ſie je gekannt hat, Karoline
Schlegel dagegen ſpottet über ihren Adelsſtolz und meint, ſie
habe zwar Geiſt, doch ſei dieſer in eine ſchiefe und verrenkte
Form gegoſſen; die Schweſter von Schillers Gattin vermißt im
Umgange mit ihr den ungezwungenen Ton und klagt, wie ja
auch Karoline von Dacheröden nicht ohne Spott von ihrer
Gelehrſamkeit redet, über Studiertes und Prämeditiertes; nach
Frau von Stein endlich iſt ſie zwar nicht unedel, aber neu=
gierig, indiskret und étourdie, auch verwechſle ſie gar zu gern
Neigung und Pflicht. Doch wie verſchieden von dieſen Urteilen
ſind die der Männer! Mit Bewunderung blickt der jugendliche
Hölderlin, als er auf Charlottens Landſitze in Franken den
Hyperion dichtete, zu der ſeltenen Energie ihres Geiſtes empor;

er preist seinem Freunde Hegel diesen Geist als einen nach
Umfang und Tiefe, Kühnheit und Gewandtheit durchaus unge=
wöhnlichen und lebt der Zuversicht, daß er sich selbst an ihm
aufrichten werde.

Am bedeutsamsten natürlich ist Schillers Urteil. Auch
dieser steht staunend vor ihrer großen, sonderbaren Seele; sie ist
ihm ein wirkliches Studium und er versichert, daß sie einem
größeren Geiste, als der seinige, zu schaffen geben könne. Er
wünscht diesem Geiste die Welt, für die er eigentlich geschaffen, es
liegt, schreibt er, unendlich viel Eigenes in ihrer Vorstellungs=
kraft, und ihre Blicke sind ebenso scharf und tief. Wandelbar
zwar scheinen ihm oft ihre Launen und Stimmungen, aber doch
findet er mehr Einheit in ihrem Gemüt als in seinem, denn sie
liebe ihn mit einer so heißen und verzehrenden Leidenschaft,
daß selbst ihre Gesundheit dadurch gefährdet werde. Doch die
Bekanntschaft mit den Lengefeldschen Schwestern wurde für
sein Verhältnis zu Charlotte von Kalb verhängnisvoll: in dem=
selben Maße, als er sich jenen näherte, entfernte er sich von
dieser. Jetzt auf einmal drängt sich ihm der Glaube auf, daß
Charlotte keinen wohlthätigen Einfluß auf ihn geübt habe, ja
er behauptet, daß sie nie wahr gegen ihn gewesen, als etwa in
einer leidenschaftlichen Stunde, und daß sie ihn mit Klugheit
und List habe umstricken wollen; sie erscheint ihm nicht edel und
nicht einmal höflich genug, um nur Achtung einzuflößen. Dies
sind allerdings harte und schwere Vorwürfe, sie lassen sich aber
als unbegründet zurückweisen. An Charlotte war mehr als
einmal der Gedanke herangetreten, sich von ihrem Gemahl zu
trennen und mit Schiller zu verbinden, Schiller selbst hatte
noch im Frühjahr 1788 zur Trennung geraten. Nun verlobt
er sich im folgenden Jahre, hält jedoch, während alle anderen
davon erfuhren, diese Verlobung gerade vor Charlotte geheim,
erst im Februar 1790 teilt er sie ihr mit. Aus diesem Februar

V

aber stammen- jene herben Vorwürfe der Falschheit und List. Allerdings ließ sich Charlotte von Schmerz und Aufregung dazu hinreißen, ihre Liebe als eine Tollheit und einen ungeschickten Traum zu verdammen. Allein wir wissen aus Schillers eigenem Munde, mit welchem Feuer sie an ihm hing, ist da wohl zu erwarten, daß sie die Nachricht, welche grausam mit einem Schlage all' ihre Hoffnungen, das Glück ihres Lebens zerstörte, mit Gleichmut, mit stoischer Ruhe empfing? Worauf sonst Schiller seine Vorwürfe begründet, davon steht nirgends etwas geschrieben, wohl aber findet sich genug, was mit ihnen unvereinbar. So redet seine Braut von dem heftigen, leidenschaftlichen Charakter Charlottens, von den vielen Härten in ihrem Wesen; Schiller selbst will ihrer Schwester „auch ohne italienischen Himmel" nicht raten, in gewissen Augenblicken mit ihr zusammenzutreffen, denn Leidenschaft und Kränklichkeit zusammen hätten sie manchmal an die Grenzen des Wahnsinns geführt. Am wichtigsten endlich ist, was seine Braut am 11. Februar 1790, kurz vor ihrer Hochzeit, schreibt. „Gestern waren wir," lauten ihre Worte „bei der Stein. Die K** ließ sich melden. Du hast keinen Begriff, wie sie aussieht und thut... Sie sah aus wie ein rasender Mensch, bei dem der Paroxysmus vorüber ist, so erschöpft, so zerstört, ... Sie klagt über den Kopf; sie saß unter uns wie eine Erscheinung aus einem andern Planeten, und als gehörte sie gar nicht zu uns. Ich fürchte wirklich für ihren Verstand. Sie ist mir sehr aufgefallen, und hätte sie nicht wieder die unverzeihlichen Härten und das Ungraziöse in ihrem Wesen, sie könnte mein Mitleid erregen. Aber so stößt mich so vieles zurück. Ich beklage sie wohl, aber sie rührt mich nicht." Kann dies alles wirklich von jemandem gelten, dessen Wesen Klugheit und List, und der höchstens einmal in einer leidenschaftlichen Stunde wahr ist? paßt dies ferner zu dem Stubierten und Prämebitierten, was K. v. Beulwitz an ihr tabelt? Ist endlich nicht auch jenes

Urteil Herders von hoher Bedeutung, welcher von Charlottens gewaltiger Einbildungskraft redet, die ihr zwar eine ungewöhn= liche Elasticität des Gemütes verleiht, sie aber hindert, die Wirklichkeit zu sehen, wie sie ist, und sie ihr immer nur in schwankenden Bildern zeigt?

Doch einen noch helleren Einblick in Charlottens Wesen gestattet uns ihr Verhältnis zu demjenigen, welcher bekannt hat, daß sie auf seine Bildung einen mächtigeren Einfluß ausgeübt habe, als alle übrigen Frauen zusammen, zu Jean Paul. Sie schrieb zum ersten Male am 29. Februar 1796 an ihn; die Begeisterung, welche dem Dichter des Hesperus aus diesem wie den folgenden Briefen entgegentönte, veranlaßte ihn wenige Monate später zu einer Reise nach Weimar. „Sie hat," schreibt er nach der ersten Begegnung, „zwei große Dinge: große Augen, wie ich noch keine sah, und eine große Seele. Sie spricht gerade so, wie Herder in den Briefen über Humanität schreibt"; wenige Tage später erscheint sie ihm als ein Weib wie keines, mit einem allmächtigen Herzen und einem Felsen=Ich, sie wird seine Titanide. Aber auch Charlotte war durch Jean Paul wie um= gewandelt; die Verehrung, welche sie bisher nur dem Schrift= steller entgegentrug, verwandelte sich bald, besonders als Jean Paul im Herbst 1798 Weimar zu seinem Wohnsitze erwählt hat, in die leidenschaftlichste Liebe zum Menschen. Jean Paul brauchte nur zu erscheinen, so folgten ihm willenlos, wie zu einem über= irdischen Wesen emporblickend, die bedeutendsten und vornehmsten Frauen; auch Charlotte von Kalb wird von demselben magischen Zauber gefesselt, dem eine Julie von Krüdener, Emilie von Berlepsch, Josephine von Sydow, Karoline von Feuchtersleben, Gräfin von Schlabrendorf, Karoline Mayer und so viele andere unterlagen. Im December schon erfolgt die Katastrophe. Nach einem Souper bei Herder, wo dieser Charlotte in Gegenwart seiner Gemahlin voll Feuer geküßt, erklärte Charlotte Jean Paul

geradezu ihre Liebe und sprach von Vermählung. Jean Paul
bewunderte ihre Größe, Glut und Beredsamkeit, allein diese
Liebe „paßte nicht zu seinen Träumen". Charlotte ist ihm zu
titanisch, heroisch und genial, ist er ja doch selbst nicht bloß der
Dichter des Hesperus und Titan, sondern auch des Wuz und
Fixlein, ja der Fixlein ist mächtiger in ihm als der Heros: er
will überhaupt keine Heroine, sondern sehnt sich nach seinem
idyllischen Stillleben in Jobitz, er will nicht eine poetische Tugend-
virtuosin, sondern eine prosaische Virtuosin, ein sanftes Mädchen,
das ihm etwas kochen kann und mit ihm lacht und weint.

Palleske meint, Jean Paul habe Charlotte im Titan als
Linda gebrandmarkt. Linda ist allerdings Frau von Kalb und
sie geht auch unter, aber eine Brandmarkung ist diese Darstellung
nun und nimmermehr zu nennen, im Gegenteil. Linda erscheint als hohe, majestätische Gestalt, mehr Juno oder Minerva
als Madonna. Ihre schwarzen Augen sind voll Blitze, die
Wangen gleichen dunklen Rosen, zart aber und jungfräulich ist
ihr Antlitz, schneeweiß ihre Stirn, lieblich die Fülle der braunen
Locken. Sie hat einen gewaltigen Willen und liebt glühend die
Freiheit, sie ist eine Feindin aller Mystik, schon als Kind hat
sie für stolz und phantastisch gegolten. Eben diese Heroine aber
ist auch wieder sanft und weich und liebevoll, sie ist ebenso zart
als mächtig, ein Kriegsgott mit der Lyra, eine Sturmwolke voll
Aurora, sie streitet gegen Religion und Weiblichkeit, und ist doch
auch voll der zartesten, kindlichsten Liebe gegen beide. Linda
geht allerdings unter und soll nach Jean Paul tragisch enden,
aber es ist längst hervorgehoben worden, daß ihre Schuld in gar
keinem Verhältnis zu ihrem Schicksale steht, daß wir sie nur
als das Opfer eines grausamen Geschickes beklagen. Zudem
wendet sich ja Jean Paul im Titan ebensogut gegen Goethe und
alle Titanen der Zeit; „jeder Himmelsstürmer", dies ist das
Thema des Titan, „findet seine Hölle"; für Jean Paul ist der

Glaube an Gott und Unsterblichkeit die Summe aller Weisheit, ein Dichter daher, eine Weltanschauung, welche im Gegensatz hierzu den Menschen auf den Thron erhebt und allein im Dies= seits das Paradies findet, kann ihm unmöglich sympathisch sein. Auch in Charlotte von Kalb sieht Jean Paul eine Repräsentantin dieser seiner Meinung nach verderblichen Himmelsstürmerei, sie steht und fällt mit keinem Geringeren als mit Goethe.

Doch wichtiger noch als alle diese Urteile der Zeitgenossen muß uns das sein, was wir aus Charlottens eigenem Munde erfahren, hierdurch erst gewinnen wir einen objektiven Halt und können so den Streit der Meinungen schlichten.

Da sind zuvörderst die vor einigen Jahren von Palleske herausgegebenen Memoiren von hoher Bedeutung, denn sie ge= statten uns tiefe Einblicke in den Charakter Charlottens und ihre Schicksale. Allein zweierlei ist hierbei zu bedauern, einmal, daß sie schon mit dem Jahre 1791 abschließen, sodann aber, und dies ist noch viel verhängnisvoller, daß sie erst kurz vor Charlottens Tode geschrieben sind. In ihrem hohen Alter aber war Charlotte gar nicht mehr imstande, sich in ihre Jugendzeit hineinzuversetzen, immer mehr und mehr wurde sie die Beute eines verderblichen, echtchristlichen Spiritualismus und Pietismus; in diesen christlich mystischen Nebel nun sind auch diese Me= moiren getaucht, und so erscheint alles nur verschleiert und um= geformt, besonders wird unsere Erwartung auf das gründlichste da, wo es sich um ihre Liebe handelt, getäuscht.

Nicht lebhaft genug kann daher der Unterzeichnete Herrn Hofrat Dr. Ernst Förster in München seinen herzlichsten Dank dafür aussprechen, daß er ihm die in seinem Besitz be= findlichen Briefe von Charlotte von Kalb an Jean Paul und späterhin an dessen Gattin zum Abdruck überlassen. Sie reichen von 1796 bis 1821 und sind vielleicht die wertvollsten Zeugnisse, die wir über Charlotte besitzen. Wir sehen sie am Anfange auf der Höhe ihres Glücks, denn sie ist selig im Besitze Jean Pauls; doch bald naht das Unheil. Sie muß auch diese Liebe als eine Irrung erkennen, sie verliert ihr fürstliches Vermögen und muß sich kümmerlich durch ihrer Hände Arbeit ernähren, ihr Augen= licht endlich, welches schon in ihrer Kindheit so schwach war, daß sie niemals die Sterne geschaut hat, schwindet in dieser Zeit vollständig dahin. Bei der Lektüre dieser Briefe streiten sich in uns tiefes Mitleid mit ihrem Schicksale und Bewunderung ob des Heroismus, mit dem sie alle Anfechtungen ungebeugt aushält und immer wieder auf neue Mittel sinnt, um ihr Los und das der Ihrigen zu erleichtern. Der Stil dieser Briefe ist ein ganz eigener, es dürfte sich ihnen in dieser Beziehung kaum etwas anderes an die Seite stellen lassen. Schon Charlotte von Lengefeld hatte, wie oben erwähnt, an dem Ungraziösen und den Härten ihres Wesens Anstoß genommen, Jean Paul ferner nennt nicht bloß ihre körperliche, sondern auch ihre „moralische Außenseite roh, krustig und erdschollig". Eben dies gilt auch von ihrem Stil. Wie vieles erscheint nicht schwerfällig, ge= wunden und geschraubt, wie oft vermissen wir nicht — gleich der zweite Brief kann als Beispiel dienen — Klarheit und Deutlichkeit! Allein dieser Fehler ist nur die Kehrseite eines Vorzuges. Charlotte ist eine durchaus nach innen gekehrte, tiefe Natur, die in beständigem Ringen mit sich selber begriffen ist; mit vollem Recht spricht sie von einer Tiefe ihrer Gesinnung, die vielleicht nur ein Pascal verstehen würde. Daher kommt sie auch nicht zur Klarheit in ihrem Ausdruck, daher all' die son= derbaren Wendungen und Windungen. Wer aber sich in diese Briefe nachdenklich versenkt, dem werden sie einen hohen und reinen Genuß bereiten, er wird die treffenden Bilder und Gleich= nisse, die geistvollen Gedanken bewundern, er wird Jean Paul beistimmen, wenn dieser an Jacobi schreibt, daß die rauhe Eichen= rinde einen zarten Blütengeist berge.

Die Herausgabe der Sammlung hat nicht geringe Schwie=
rigkeiten verursacht. Nur die Briefe der ersten Zeit sind leicht
lesbar, mit zunehmender Blindheit jedoch schreibt Charlotte so
undeutlich — sie selbst nennt ihre Schrift indechiffrierbar — daß
sogar Jean Paul sich dieselben von seiner Gattin mußte entziffern
lassen. Sodann sind die meisten Briefe ohne Datum, es galt
also die Chronologie festzustellen. Fand sich ein bekanntes Er=
eignis in einem Briefe erwähnt, so war die Aufgabe eine leichte,
in den meisten Fällen jedoch fehlte eine derartige Unterstützung,
ja nicht selten mußte ein einziger Brief aus verschiedenen Blättern
reconstruiert werden. Die Briefe mit Charlottens Orthographie
oder gar Interpunktion abdrucken zu lassen erwies sich als völlig
unmöglich, sie hätten dann geradezu nochmals müssen übersetzt
werden; es ist aber auch keinerlei Anlaß hierzu, denn es würde
sich daraus — ich hebe nur Wörter wie „ergrief, bedeudent,
Geseelschaft, persönnlich" hervor — nichts weiter ergeben haben,
als daß Charlotte fortwährend gegen die einfachsten Regeln ge=
fehlt hat. Daß endlich auch diejenigen Briefe in vorliegende
Sammlung mit aufgenommen sind, welche Herr Hofrat Förster
in den Denkwürdigkeiten aus Jean Pauls Leben bereits ver=
öffentlicht hat, bedarf kaum einer Rechtfertigung. Die Denk=
würdigkeiten erschienen zur Feier von Jean Pauls hundertjährigem
Geburtstage, es handelte sich also in erster Linie um Jean Paul,
erst in zweiter um dessen Korrespondenten. Von diesem Ge=
sichtspunkte aus hat sich der Herausgeber nicht eine genaue
Wiedergabe der Briefe Charlottens zur Aufgabe gestellt, sondern
sich sehr oft mit Auszügen oder mit der Wiedergabe des Sinnes
begnügt.

Berlin, den 18. Mai 1882.   P. N.

Berichtigungen.

S. 5 Anm. ²) Z. 2 statt „1780 in München" lies 1782 in Mannheim.

S. 8 Anm. Z. 1 st. 333 l. 335.

S. 8 Anm. ⁴) Z. 3 st. III l. I.

S. 18 Anm. ³) Z. 5 st. I l. II.

S. 31 Z. 8 v. o. st. „ihn" l. „Ihnen".

S. 32 Z. 3 st. „Billette" l. „Billete".

S. 35 Anm. ¹) Z. 3 st. „Schindler" l. „Schindel".

S. 81 Anm. Z. 1 st. „Türcke" l. „Türk".

S 151. Z. 8 ist zu „Neustrelitz" als Anmerkung hinzuzufügen: „Minna war daselbst Vorsteherin der Töchterschule".

1.

Weimar [Montag], den 29. Febr. 96.

In den letzten Monaten wurden hier Ihre Schriften be=
kannt; sie erregten Aufmerksamkeit, und vielen waren sie eine
sehr willkommene Erscheinung. Mir gaben sie die angenehmste
Unterhaltung, und die schönsten Stunden in dieser Vergangenheit
verdanke ich dieser Lektüre, bei der ich gerne verweilte, und in diesem
Gedankentraume schwanden die Bildungen Ihrer Phantasie gleich
lieblichen Phantomen aus dem Geisterreiche meiner Seele vorüber.

Oft ward ich durch den Reiz und Reichtum Ihrer Ideen
so innigst beglückt, dankbar ergriff ich die Feder. Aber wie
unbedeutend wäre dies einzelne Zeichen von einer Unbekannten
gewesen! Also untersagte ich mir, an Sie zu schreiben, bis in
einer glücklichen Stunde ich Ihr Lob von Männern hörte, die
Sie längst kennen und verehren. Dann ward der Vorsatz von
neuem in mir rege. Jetzo ist es nicht mehr die einsame Blume
der Bewunderung, die ich Ihnen übersende, sondern der unver=
welkliche Kranz, den Beifall und Achtung von Wieland und
Herder Ihnen wand!

Wieland hat vieles im Hesperus und Quintus ausnehmend
gefallen, er nennt Sie unsern Yorik, unsern Rabelais; das reinste
Gemüt, den höchsten Schwung der Phantasie, die reichste Laune, die
oft in den anmutigsten, überraschendsten Wendungen sich ergießt,
dies alles erkennt [er] mit inniger Freude in Ihren Schriften.[1]

---

[1] Vgl. Nerrlich, Jean Paul und seine Zeitgenossen. (Berlin, Weid-
mann 1876.) p. 198.

1

Vor einigen Tagen lasen wir in Gesellschaft das Pro=
gramm vom Rector Freubel.[1]) Sonst wirken Satiren, auf mich
wenigstens, beschränkend. Mit kaltem Sinn, selbst in der Däm=
merung, schwingen die meisten die Geißel der Satire willkürlich,
ober der gereizte Affect bewaffnet ein Vorurteil gegen das
andere.

Ihrem Blick hingegen hat sich ein weiter Horizont eröffnet,
Ihr Herz achtet jedes Glück der Empfindung, jede Blume der
Phantasie. Es ist eine helle Fackel, mit der Sie die Thorheiten
und Unarten beleuchten, und Scherz, Gefühl und Hoffnung folgen
stets diesem Licht Ihres Geistes.

Sie finden hier noch mehrere Freunde, deren Namen ich
Ihnen auch nennen muß: Herr von Knebel, der Uebersetzer
der Elegieen von Properz in den Horen, Herr von Einsiedel
und von Kalb.

Ihre Schriften gehören zu ihrer Lieblingslektüre, die noch
lange ihr Lesepult zieren. Ja wir hoffen, daß bei dieser Empfäng=
lichkeit für Welt= und Menschenkenntnis und diesem Talent, seine
Individualitäten zu zeichnen, Sie uns noch viele Werke Ihrer
Feder schenken.

Leben Sie wohl, beglückt durch die Freuden der Natur,
erhöht durch die Genüsse der Kunst, und machen uns mit Idealen
bekannt, die den Dichter ehren und den Leser veredeln werden!

Charlotte von Kalb, geb.
Marschalk von Oftheim.

2.

Weimar [Sonnabend], ben 26. März [1796].

Eben habe ich Ihre Blumenstücke erhalten. Ich bin heute
nicht ganz wohl, wie von einem dichten Nebel ist meine Seele

---

[1]) Des Amt=Vogts Josuah Freudel Klaglibell gegen seinen ver=
fluchten Dämon. (s. J. P.'s Werke. 3. Aufl. 3. Bd. p. 211 ff.)

umgeben, und doch wage ich es, die Feder zu nehmen und ohne Vorbereitung oder kalte Erwägung die ersten Einfälle und Eindrücke dieser Lektüre Ihnen mitzutheilen.

Ihren Brief will ich Ihnen mündlich beantworten. Ich freue mich, Sie persönlich kennen zu lernen; schreiben Sie mir, wenn Sie kommen wollen, aber kommen Sie keinen Tag später. Der Mensch, dem das Erwarten eine so schmerzliche, tötende Sache ist, hat nach meiner Erfahrung viel gelitten. Noch eine Bemerkung: Ich fand meist den Geist und Verstand der Männer völlig ähnlich im Umgang, den ich mir aus ihren Schriften machte [sic], aber im praktischen Leben war's ein ganz anderes Wesen. Auch auf [sic] den Stärksten, und just bei dem am tiefsten, nimmt doch endlich die Organisation das Gepräge an, welches das Schicksal ihm aufdrücken will; und das ist der sichtbare Mensch, (wer aber nur den mindesten Glauben an etwas Ewiges, Unsichtbares hat, gewinnt durch jedes Leiden, jede Erfahrung) der oft viel verloren zu haben scheint. Aber tief in der schweigenden Brust ruht doch noch das Ideal seines Glücks, immer wird's affekt- und farbenloser, bis sie endlich ganz verschwinden, und die Idee nur zuletzt der Geist unseres Lebens ist. Sie haben mich verstanden, ob ich gleich zwei Ideen verband, die zwar verwandt, aber doch eine bestimmtere Zeichnung gefordert hätten. Ueber dies mündlich.

Ich habe Ihr Buch vollendet, den 28. März früh um 11 Uhr. Am Sonnabend las ich die Vorrede und die beiden Blumenstücke, die Vor- und Nachrede ist ganz allerliebst, jetzt las ich es wieder, und dann lese ich sie Herdern vor, wenn ich einmal einen recht lieblichen, heiteren Tag habe. Aber ich lese es auch mit Ihnen; Ihnen kann man nichts schreiben, bei Ihnen sind alle Gedanken und Sie ahnden sie von fernen. Ach wie viele vergangene Ideen meiner Seele habe ich in Ihren Schriften wiedergefunden, wie viele neue, belebende, erquickende haben Sie mir gegeben! Sie sind — schreiben; ich bin — lese! Wir werden sein! —

Das erste Blumenstück — Michel Angelo! Diese Vor=
stellung in einer Kirche — etwa in der Universitätskirche in
Jena] vorgetragen, mit einem klingenden, kraftvollen Organ,
welche Wirkung würde sie auf die Gemüter hervorbringen!
Sie fordert eine deklamatorische, fast dramatische Darstellung.
Die Phantasie ist kühn, und wie mich dünkt die Composition
harmonisch; ich will es aber wiederlesen, und auch mit Ihnen. Das
zweite — wie oft ist mir nicht der Name Raphael in Goldglanz
wie der Name Deus über Heiligenbildern meinen Augen vor=
geschwebt! Und das Ende — ja wohl ist es wahr — zwei
Kinder schon habe ich beweint.[1] O wie eisern sind deine Ge=
setze, Natur, dem Mutterherzen! Durch ihre Seele drang ein
Schwert, die Mutter wird mit ihrem Kinde begraben, und wie
belebt durchdringt gleichsam die Seele wieder die nachwandelnde
Gestalt, wie sie vormals that, als der Liebling noch in ihren
Armen ruhte. Meine Phantasie hat noch erbleichte Bilder, die
ihr der Schmerz gezeichnet hat.

Siebenkäs — mir war gestern schwer zu Mute, ich hätt's
nicht lesen sollen und kann also heute nicht urteilen. Ich glaube,
ich habe das Tableau nicht recht gesehen, die Figuren waren mir
nicht deutlich; freilich ist's auch ein Dornenstück, aber es dünkt
mir doch, es fehlt ihm an Reise, und alles reift die Zeit (die
auch alles verstellt). Es sind angenehme Dinge mitunter, voll
Natur und Seele, andere aber auch etwas krank und krampfhaft; die
Bettlerscene[2] groß=possierlich. Einige Worte hätte ich gern weg=
gewischt, denn ich bin auch manchmal überfein und lese mit allen
fünf Sinnen, aber es [ist] ja ein Dornenstück. Vergeben Sie
meine Bemerkungen und sagen mir, worin ich irre.

Der Brief von Leibgeber — c'est un délire du génie, wie

---

[1] Erst im Juli 1795 war ihr, nur wenige Wochen alt, eine Tochter
gestorben.

[2] Nach diesem Worte folgt ein Tintenfleck; Ch. bemerkt dazu:
„mein Kind hat mich gestoßen, verzeihen Sie, und ich habe keine Zeit
mehr den Brief abzuschreiben."

oft viele Stellen in Ihren Schriften, das muß auch vorgelesen werden.

Der Brief von Victor — es ist ein Wort des Werde, des Geistes, der über dem Chaos schwebt. Dies ist auch die Religion meines Geistes, meines Herzens, aber das Fleisch ist schwach. Aber jetzo werden's doch immer mehr und mehr nur Fehler der Uebereilung, der Ungeduld, wenn ich darben muß und glaube, für Hunger und Durst zu sterben. Ich weiß doch jetzo, was mir fehlt. Jetzo will ich nichts mehr darüber sagen, sondern nur zwei Stellen anzeichnen, die eine war 209 — solche Tage, solche Monate habe ich erlebt, und pag. 206. „Und als ich gen Himmel sah".[1]) Wo, wann haben Sie diesen großen, göttlichen Gedanken zuerst gedacht? Ach, ich muß eilen, es schlägt fünf Uhr, Iffland spielt heute hier im Hausvater von Gemmingen[2]) und bleibt drei Wochen. Ist Ihr Geburtstag den 10. April, so bin ich älter wie Sie.[3])

Mir ahnden zwei Dinge von Ihnen, eins ist vorüber, das zweite wird noch kommen, die Art nämlich Ihrer künftigen Arbeiten — aber ich darf's nicht sagen — sonst wäre die Ahndung nicht mehr. — Nicht wahr, niemand, niemand sieht meine Briefe?[4])

Charlotte von Kalb
Marschalk.

[1]) Ch. citirt nach der ersten, von der zweiten durchaus verschiedenen Ausgabe des Siebenkäs; in der 3. Auflage der Werke findet sich die zuerst genannte Stelle Bd. 12, S. 159 und beginnt mit den Worten: Es giebt schauerliche Dämmerungsaugenblicke in uns"; die zweite pag. 158.
[2]) „Der deutsche Hausvater" von O. H. Frhr. v. Gemmingen, Diderots père de famille nachgebildet, erschien 1780 in München.
[3]) Ch. war am 25. Juli 1761, Jean Paul am 21. März 1763 geboren.
[4]) Einige schwer lesbare Worte in diesem Briefe sind von Jean Paul selbst deutlicher nochmals darüber geschrieben.

3.

Weimar [Freitag], ben 13. Mai [1796].

Zwei Drittel des Frühlings sind vorüber (wie ich eben
im Kalender sehe), die Bäume stehen noch unbelaubt im schönen
Park, die Nachtigall hat noch nicht gesungen, und Sie waren
noch nicht hier. Alle Zeichen des Frühlings bleiben aus. Wel=
ches erwartet die andern? Er könnte kommen mit allem Reiz,
der Bäume Pracht, der Blüten Duft, der Vögel Liebgesang,
der Lüfte lindem Fächeln — für Ihre Freunde wär' er nicht
gewesen, wenn Sie uns nicht erscheinen!

O, lassen Sie mir Ihnen von Ihren Freunden sagen oder
von Sie! Sie sind der Geist unserer Verbindung. Reich sind
wir alle durch die Achtung, Bewunderung und Hoffnung, die
Ihre Schriften erregt. An ähnlicher Anerkennung Ihres Wertes
erkennen wir, die unsere Freunde sind oder werden können. —
Keines weiß und darf es wissen, daß Sie mir geschrieben
und ich an Sie, als mein Mann,[1]) der auch jetzo trauret, daß
er vergeblich Sie erwartet hat, in acht Tagen muß er verreisen.
Keines weiß, als ich, daß wir Sie hier in Weimar erwarten
dürfen; doch ist es fast das Zeichen unseres Grußes: Ist Richter
noch nicht hier? Sind Sie krank oder haben Sie nicht meinen
Brief vom 1. oder 2. April erhalten? —

Iffland ist fort und Wieland reist in wenigen Tagen nach
der Schweiz, im September will er wieder hier sein.

Herder, Knebel, Einsiedel sind hier drei Wesen, die einer
unbefangenen, hohen Freude über die Vollkommenheit eines an=
dern fähig sind.

Sie sind ein tiefer Forscher, ein ferner Seher in Zeit und
Zukunft, ein Phänomen in dieser Zeit, die Sie bedarf. Krieg

---

[1]) Ch. hatte sich am 25. Okt. 1783 mit Heinrich Jul. Alex. v. Kalb
vermählt; nach Köpke „Ch. v. Kalb und ihre Beziehungen zu Schiller und
Goethe (Berlin, 1852)" am 24. Oktober.

und Kampf ist überall, oder ödes, totes, kaltes Nichts; schale Form, kein Inhalt. In Ihnen erscheint uns aber ein Geist, Herz und Seele, der Tausende, die schlafen, aus ihrem Todesschlummer wecken könnte. Unsere Erwartungen sind nicht zu kühn.

Viele unter uns wünschten ein Schauspiel von Sie bear=beitet zu wissen. Leicht muß es Ihnen sein, von diesem reichen, hohen Stamme einen Ast hinüber zu biegen in jenes Gefild. Das war es, was ich schon bemerken ließ.

Verzeihen Sie meiner Schreibseligkeit, und damit ich nicht wieder frage, so schenken Sie dieser Frage ein Wort. Starr wird meine Hand, wenn ich mir Sie als einen satirischen Schriftsteller denke, und mir ist's selbst ein Rätsel. Aber leider vergesse ich immer über den schönern Genius, der Sie begleitet, den mächtigern, durch den Sie herrschen!

Charlotte.

4.

[Mitte Juni 1796].

Wenn Sie auf heute Mittag von niemand gebeten sind, so kommen Sie lieber zu mir, als daß Sie unter Fremden im Gast=hofe wären.[1])

Charlotte Ostheim.

5.

[Mitte Juni 1796].

Sie haben doch wohl geschlafen? Die Freundschaft hat Ihnen ja diese Ruhestätte bereitet — mir ist's wirklich sehr

---

[1]) Jean Paul war am Freitag den 10. Juni in Weimar angekommen; (über die erste Begegnung mit Ch. s. J. P.'s Briefwechsel mit Chr. Otto.

lieb, daß ich Sie nicht mehr im Gasthof weiß.[1]) Ach, sind wir nicht immer in Gast= und Fleischhäusern, wo alles nur aus grobem Interesse gethan wird! Das mordet das Herz. Sie haben mir auch gesagt, daß Sie gar nicht leben könnten, wo man nicht als Wesen an Sie Anteil nähme, ich verstehe es. Unter Guten wird man gut, unter Liebenden glücklich. Kommen Sie heute ja bald zu mir, sagen, schreiben Sie mir aber den Augenblick, damit ich nicht warte. Alles Warten zerstört mich; ich habe lieber Schmerz des Körpers und der Seele als Warten. Ich habe Ihnen sehr viel zu erzählen: 1) von der Herzogin, 2) daß ich Ottos Brief, den neuesten, den Sie schreiben, lesen muß,[2]) 3) daß ich eine Schrift von Hamann haben will, 4) daß ich eifersüchtig bin, 5) daß ich jetzo gern stehle, — 6) daß H. v. Oertel morgen Mittag mein Gast ist, wenn es ihm angenehm ist, unter uns zu sein. Herders, Böt= tiger, Knebel werden da sein. Ich bitte ihn auch, seiner Fräu= lein Schwester zu sagen, daß sie den Nachmittag komme.

Ich wüßte noch manches Larifari, aber ich hab's wieder vergessen. Ich glaube, man wird Sie hier nicht fortlassen. Ich lasse Sie fort — bei mir muß alles so notwendig sein, wie die Gesetze der Natur — Leben und Tod — Leben und —

Ostheim.

[Abr.] Herrn Richter.

Bd. I., p. 333; vgl. auch den Brief der Frau von Stein vom 19. Juni 1796 in „Charlotte von Schiller und ihre Freunde", Stuttgart 1862. Bd. II. p. 312) am Sonnabend Abend aß J. P. in Gesellschaft von Herder, Einsiedel und Knebel bei Ch., Sonntag mittags und abends bei ihr allein; Mittwochs fuhr er mit ihr nach Rohrbach zur Geh. Rätin v. Koppenfels; Donnerstags nach Tieffurt zur Herzogin.

[1]) Seit Dienstag d. 14. wohnte J. P., nicht wie Förster, Denk= würdigkeiten II p. 15 angiebt, bei seinem Freunde Fr. v. Oertel, sondern bei dessen Bruder Ludwig. Hiernach ist auch Förster III. p. 330 zu berichtigen.

[2]) J. P. schreibt darüber: sie bekam ihn nicht.

6.

Heute Abend wird niemand bei mir sein, Sie kommen also auch nicht. Werde ich Sie morgen Abend nach sechs Uhr bei mir sehen? Bis um acht Uhr bin ich zu Hause; ich möchte Ihnen gerne den Brief vorlesen. Sie sind doch wieder wohl?

Ch.

[Abr.] H. Richter.

7.

Sind Sie Ihres Versprechens eingedenk? Kommen Sie heute und um welche Minute? Ich habe Ihnen viel zu sagen.

Charlotte K.

[Abr.] An Herrn Richter.

8.

Ich werde um fünf Uhr zu Herders kommen. Die Erde trägt mich geduldig, und den Himmel, den fand ich im Äußersten wieder in Ihren Schriften und die Quelle des Ewigen in Ihnen. Sie sind kein Magnet; wer, wer darf so lästern? — Ich grüße den Unsterblichen.

9.

[Freitag], den 17. Juni [1796].

Diesen Morgen erwachte ich, es dämmerte noch, aber ich konnte die Farben um mich unterscheiden. Ich bin auf Dein Billet sehr verlangend — und ich schreibe, ehe ich es bekomme, damit ich, soviel ich kann, nüchtern schreibe. Ach, mein Gott, da ist Dein Billet, ich habe schmälen wollen über die Stunde von gestern von 8. 9, der Teufel mag's nun thun. Aber um Gottes willen, zeige Dich keinem andern als mir; alle, die Dich fassen, werden für Dich sterben wollen.[1]) Nein, um Gottes willen nicht; wie in einem Spiegelzimmer stehst Du da und wirfst über alle Deine Gestalt, blickst aus ihr mit Deinem Geist, Gemüth; aber wir, wir sind keine Spiegel, so glatt und kalt, nein, nein, nein! Eine idealische Schilderung liebt die Seele, einen idealischen Menschen liebt das Herz — und will es, und will es, und will ihn. Lieber, rede mit der Schröbern[2]), sie hatte auch gestern sich Mühe gegeben und für Dich schön gesungen. Sie zieht mich herab, ich gehe nie allein mit ihr, aber sie ist mir gut. Die Im[hof][3]) ist ein Kunstfräulein, sie kann alles mit Kunst, ihre Mutter hat sie aber gewiß — pfui ich will aufhören, es ist häßlich von mir, abscheulich. Gerne zerriß ich dies Blatt; aber ich hab keine Zeit mehr — ich habe zu thun; ich fahre heut noch nach Jena. Knebel kommt dahin und Sie — und Sie — ich will morgen schon wieder schreiben. Der Knebel hat Sie sehr lieb — er war gestern ordentlich schöner, das heißt, es war so ein Wiederschein auf seinem Gesicht von seinem Gefühl für Dich,[4]) dies gefiel mir; gehen Sie zu ihm, zu Böttiger, der Ihnen alles zu Gefallen thun wird. Morgen gehen Sie mit Böttiger in die Komödie, zu Herder, Einsiedel; alle Welt will ihn haben, bei Gott, alle Welt. Nein, nein, nein, sie soll ihn nicht haben oder ich will vergehen; ich will erst vernichtet sein, dann kann sie ihn haben! Wie oft war ich nicht schon vernichtet, wie oft! Ach, nichts als die allerfeinste Diät der Seele, die reinsten, wärmsten Genüsse können mich

---

[1]) Bis hierher in diesem Briefe hat Ch. jedesmal die Worte „Dein, Dich" ausgelassen und dafür einen Gedankenstrich gesetzt.

[2]) Corona Schröter.

[3]) Amelie von Imhof; ihre bekannteste Dichtung „Die Schwestern von Lesbos" erschien im Musenalmanach 1800.

[4]) Statt dieses Wortes hier wieder Gedankenstrich.

wieder beſſern und erquicken in dem Dreiklang Otto,[1]) Jean Paul und Lotte. Sie ſtehen zwiſchen uns, ſo, glaube ich, tönen reine Harmonieen, da fließt der Strom des Lebens ſilberhelle vorüber.

10.

Jena [Sonntag], den 19. Juni [1796].

Ich fuhr ſchweigend herüber — vergaß in Kötſchau [?] nicht, aber matt, widrig war der Trank, diesmal ärgerte es mich. Ich ging ins Gartenhaus, wo meine Tante wohnen ſoll, es gefiel mir nicht, es drückte mich ſchwer daß ſie ſo vielleicht ihre Tage beſchließen ſollte.[2]) Ich war ernſt, ging zu Schiller. In einem Monat erwartet ſie ihre Entbindung, ſie leidet durch Krämpfe, er auch wohl; wohl ſind ſie beide nicht. Man fragte mich nach Weimar; ich ſagte, R[ichter] ſei da. Er hat Sie in Ihren Schriften nicht erkannt und ſie kann es nicht. Das wußte ich ſchon, im Ton merkte ich's wieder. Ich ſagte mit einem herausfordernden Blick und einem gepreßten Tone: er iſt ſehr, ſehr intereſſant. Ja, ſagte Schiller, ich verlange auch, ihn kennen zu lernen. Ueber dies mündlich. So bald müſſen Sie ihn nicht beſuchen. Er muß Sie erwarten und der Eindruck, den Sie auf die Menge machen, muß ihn von dem Geiſt und beglückendem Sein Ihres Weſens überzeugen; nein, ich ſtreiche es wieder aus, ſo iſt er nicht, aber ſehr von ſeiner Indivi-dualität — mehr mündlich.

Schlegel kam, ſein Geſicht iſt gut, aber nicht originell, und mich dünkt, viel Firnis der Bildung und Welt über dieſem Geſicht. Ich ging, ſie erwarteten Voß, den Dichter. Nun war ich allein im Gartenhaus; hier fühlte mein Herz dieſelbe

---

[1]) Ueber Chr. Otto ſ. Otto, I. p. V. ff.

[2]) Schiller ſchreibt am 18. Juni an Goethe: „C. K. iſt hier, um eine Freundin zu pflegen."

Sehnsucht, dasselbe stille Andenken. Ich habe zum Glauben an diese Ewigkeit noch nicht Kraft genug — die Erfahrung und mein Unwerth — ernstlich, so ist's. Guter — — zu gut! — — Ich kann heute keinen Gedanken vollenden, ich habe nicht viel ge=schlafen. Heute wird man die Operation vornehmen, die Kinder sind schmerzlich bewegt. Der Sohn hat mir gestern einen Schmerz ausgedrückt, der mein Herz gewaltig zusammenzog, aber weinen kann ich nicht. Der Arzt soll, nachdem er das Uebel besehen, bedenklich worden sein. Sie war voll Ruhe und himmlischer Resignation, über allen Ausdruck liebenswürdig; ich muß mich ankleiden, ich muß hin.

Um 10 Uhr. Hier bin ich wieder mit ihren Kindern, ich sprach sie, die Natur [?] ihrer Handlungen steht für ihr. Das Uebel, was sie verhindert, nicht das Gute, was sie gethan, ist ihr Trost. Sie war ganz still und freut sich der ewigen Liebe, die das reife Alter so wenig verlassen wird, als den Säugling. Wenn wir die Menschen, und sie unserer nicht mehr bedürfen, dann sinken wir wieder in die Arme des Vaters der Natur. Es ist ein ganz eigener Blick und Gefühl, mit dem man die Natur vor einer Gefahr ansieht. Mein Bruder wollte die Sonne aufgehen sehen, ehe er stürbe; als sie herauf kam, lag er dem Koppe, der in Hannover gestorben und damals in Göttingen war, im Arm. Heiliger Gott, rief er aus, und erblaßt sank er dahin.[1]

Was soll ich über Ihren Brief sagen? die Sehnsucht fühlt' ich auch, als ich ihn las. O, hätte ich sie noch gewaltiger empfunden! Ich weiß gewiß, daß Sie gestern einmal sehr lebhaft an mich dachten, vielleicht war es in der Komödie; es war mir oft so, und ich war nicht hier. Wie unendlich schön — nur durch ein ganzes Leben, nur hin durch eine ganze Ewigkeit kann man solche Gesinnungen verstehen lernen und für sie dankend

---

[1] Friedrich Freiherr Marschalk von Ostheim, geb. 5. Sept. 1760 † 20. Nov. 1782 in Göttingen.

fein. Ich bin so .gar nichts, daß auch nur in diesem ganz mich umwehenden Bewußtsein ich mein Dasein bemerken kann, und in diesem stören mich die Worte: Beste, Gewaltige, und können mich kalt und hochmütig machen. Goethe hab' ich immer wahr gefunden in seinen Aeußerungen. Die Zukunft wird's Ihnen zeigen. Sie sind ein Wesen, das ihn interessiren muß. Es ist ½12 Uhr. Die Schüler singen eben auf dem Marktt die Arie: „Wie sie so sanft ruhn, alle die Seligen". Die Operation muß vorüber sein; ist's eine Ahndung, ist sie nicht mehr? Es ist vorbei — sie lebt und hat geredet.

11.

Jena [Donnerstag], den 23. Juni [1796].

Am Sonnabend erhielt ich einen Brief von Sie; am Sonntag schrieb ich; auf diesen hab' ich noch keine Antwort er= halten. Ist's möglich, so noch, so lange zu schweigen?

Mein Gott, da schickt mir Einsiedel Ihren Brief. Ist denn ein Brief verloren gegangen von Sie an mich? ich hab' Ihnen nur einmal geschrieben und diesen Brief gab Ihnen die Herdern. Meine Seele ist immer um Sie. Ich bin zerstreut, aber auch gesund, heiter und sehnsuchtsvoll; den 26. oder 27. kommt mein Mann nach Weimar, — — ich hab' Ihnen ein lustiges Projekt mitzuteilen, wenn's Ihnen gefällt, wollen wir's ausführen.

Schiller kann Ihre Ankunft nun nicht erwarten. Goethe muß sehr interessant von Ihnen geschrieben haben.[1]) Ich kann

---

[1]) Ueber seinen Besuch bei Goethe berichtet J. P. im Briefe an Otto vom 18. Juni. An demselben Tage schreibt Goethe an Schiller in einem Postscript: „Fast hätte ich vergessen zu sagen, daß Richter hier ist. Er wird Sie mit Knebeln besuchen und Ihnen gewiß recht wohl gefallen." (Vergl. hierzu den Brief an Heinrich Meyer v. 20. Juni 1796 bei Riemer, Briefe v. u. an Goethe p. 39). Am 22. Juni schreibt Goethe: „Richter ist ein so complicirtes Wesen, daß ich mir die Zeit nicht nehmen kann, Ihnen meine Meinung über ihn zu sagen; Sie müssen und werden ihn sehen und

nicht schreiben, ich bin durch Ihren Brief beklemmt; ich verdiene nichts und ich habe das Höchste, was im kühnsten Flug meine Seele sich nur ersinnen könnte.

O, zweifle nicht länger!

Charlotte

In Eil.

Dieser Brief ist gestern durch mein Kindchen vergessen worden, es tritt oft ein besessenes Genie zwischen uns. Heute schicke ich das ganze Paket ans Thor, damit ein Wanderer es mitnehme. Ich bin nicht immer mit mir zufrieden. Das Leben ist mir hier zu lau, das erschlafft mich; wie wird's werden mit der Zukunft, wie wird's werden?

Ja wir werden uns allein sprechen; wir wollen die Thäler und Berge besuchen und auf dem hohen Dach unter dem Sternenhimmel verweilen. Adio.

12.

[Jena, Sonnabend, den 25. oder Sonntag, den 26. Juni 1796]. à 8 heures du soir.

Ce moment l'on me donne votre billet[1]) — je ne puis quitter la société; deux de mes cousines sont arrivées; après 9 heures je serai chez moi! Vous êtes attendu pour le souper chez Monsieur d'Einsiedel;[2]) il n'aimera pas vous voir partir si tôt. —

Sans vous défendre de venir chez moi, je ne veux pour-

---

wir werden uns gern über ihn unterhalten. Hier scheint es ihm übrigens wie seinen Schriften zu gehen; man schätzt ihn bald zu hoch, bald zu tief, und niemand weiß das wunderliche Wesen recht anzufassen." Jean Paul besuchte Schiller in Jena am Sonnabend d. 25. Juni. S. Otto I p. 359.

[1]) J. P. verweilte vom 24. bis 27. Juni in Jena; am 25. war er mit Ch. und einigen andern in Trausnitz.

[2]) Einsiedel war Präsident des Appellationsgerichts zu Jena.

tant[1]) pas vous attendre — car je ne veux ravir votre société à personne et surtout point d'éclat. —

Si vous pouvez facilement venir avant les 10 h. après 9 heures, votre amie vous dira à qui elle a pensé les huit heures. Charlotte.

[Am Rand:] Demain toute la matinée aussi je suis chez moi et demeure auf dem Markt im Salzmannischen Haus.

13.

[Jena, Freitag, ben 6. Juli 1796].

Soll ich noch ein Zeichen geben? Wie fanden sich heute, entfernt, doch unsere Gemüter! Wir waren uns näher, als da wir nahe waren. Ich habe eine heitere, frohe Stimmung ohne Sie und möchte Sie um alles nicht vermissen. Es ist gut, daß ich mich so gewöhne, daß meine Seele immer da ist. Es wird mir eine so darstellende Sprache geben, und in Ideen wird sich meine Existenz verwandeln, wie die laut und mit Worten beten, die der Gottheit persönliche Eigenschaften geben.

Aber der Glaube an die Unsichtbaren hat sich leider ver= mindert. Es ist nicht gut für uns, denn die Freunde und Lieb= haber haben sich darum nicht vermehrt, und die Ideale des Gemüts und der Phantasie sind seltener worden. Also bald wieder sichtbar, balb, wie wäre es anders möglich, wenn nicht alles ein Rauch ist. Mein Mann dankt herzlich für Ihr An= benken, er ist heute sehr heiter, ich schreib' morgen wieder und Montag geb' ich den Brief auf die Post. — —

Dem Herrn von Oertel meine Empfehlung; er bringt mir vielleicht etwas von Ihnen mit, das wäre ein Morgengruß. que le temps me dure passé loin de toi![2])

---

[1]) Ch. schreibt: pourtemp.
[2]) Auch in diesem Briefe hat J. P. einige Worte deutlicher barüber geschrieben.

14.

Jena [Sonnabend], ben 9. Juli [1796].

Heute find's vier Wochen, als Sie nach Weimar kamen, und vorüber ist, was ich so lange erwartete. Vorüber — nein — und wenn ich Sie nie wiedersehe, so weiß ich doch nun das Wesen zu finden, dem ich meine geheimsten Gedanken und Gesinnungen mitteilen kann. Was gleich einer Ephemere nur in mir lebte, mit dem Sonnenblick entstand, am Abend vergangen war, erhält nun ein zweites, ein längeres Leben, wenn ich es bem sage, der mich versteht, mich berichtiget, wo ich irre, mir auch die Schätze seines Geistes vertraulich mitteilt. Am Montag Abend waren wir, wie ich Ihnen schon geschrieben, bei Herrn von Knebel. Ich sprach wenig und doch zu viel. Es giebt nur sehr wenige Menschen, die, wenn ich mit ihnen rede, mein geistiges Sein vermehren und erhalten, und unter diesen ist's mir besser, ich rede nicht; ich kann so nicht leicht mich andern verständigen. Knebel sprach viel von der Vernichtung. Vor die Vernichtung, aber nicht für Ihre Dichtung.[1] Diese wird in der litterarischen Welt noch viel Aufsehen machen. Am Dienstag früh war ich in Tieffurt, kam hierher, wo ich am Mittwoch mit meinem Mann Schiller besuchte, der mir dies Gedicht für Sie gab; ich glaube, es hat ihn verwundert, daß Sie ihn nicht noch einmal besuchten. Wir sprachen von Goethens Idylle, die Goethe Ihnen wohl auch vorgelesen.[2] Schiller findet es eines seiner besten Compositionen. Mir hat's auch sehr gefallen — Gedanken, Composition — aber mir scheint's, für die Wesen interessirt man sich nicht, von denen gedichtet wird. Der Jüngling ist ein Dichter und kein Liebhaber, das Mädchen verliebt und keine Geliebte. Im sechsten Stück

---

[1] Geschrieben im April 1796; jetzt Werke. 24. p. 234.
[2] Hermann und Dorothea. Vgl. Otto I., p. 350.

der Horen sind Gedichte: Das Geständnis;[1] die haben mir
ausnehmend gefallen. Ich werde diese und auch Goethens Idylle
auswendig lernen; noch Weniges hat mich so entzückt.

Ich habe von Ihnen noch keinen Brief erhalten, heute ist
Montag, der 11te. Mein Mann ist wieder nach Weimar, weil
mein ältester Sohn[2] an der Gicht leidet, die er schon oft gehabt
hat. Sonderbar, nur die äußerste Diät kann dieses Übel von
ihm entfernt halten.

Sagen Sie dem Otto viel Schönes von mir! Leben Sie
wohl! Wie oft hab' ich Ihrer gedacht, wie oft, denn Ihnen kann
ich ja alles sagen, was ich denke, und selbst mein Ahnden wird
eine Gewißheit.

Leben Sie wohl! Wie wird der erste Brief sein, den ich
von Ihnen erhalte? Ich werde Ihnen schreiben, wenn ich von
hier abreise.

Wie gefällt Ihnen der Aufsatz in den Horen über Realisten
und Idealisten? Die Schillern ist heute von einem Sohn ent=
bunden worden.[3]

15.

[Jena, 11. Juli 96], Abend 10 Uhr am Montag.

Die Haushälterin von H. Salzmann, in dessen Haus ich
hier wohne, läßt mir eben sagen, sie reiste nach Karlsbad, und

---

[1] Es sind drei Lieder „Theon an Theano; Theon und Theano; Theano
an Theon." Die erste Strophe des ersten lautet:
Ich denk' an Dich und holde Fantasien
Und rosenfarbne Träume schmeicheln mir,
Mein liebelechzend Herz zerschmilzt in Elegien
Und jede Fiber tönt von Dir.

[2] Friedrich von Kalb, geb. 1784. 8. Sept. zu Mannheim.

[3] Ernst v. Schiller; er starb als preußischer Appellationsgerichtsrat
am 19. Mai 1841 in Bilich bei Bonn.

da sie über Hof geht, so kann dieser Brief mit dahin und bald in Ihren Händen sein.[1]

Mein Mann ist nicht hier. Fritz war krank. Er hat schon oft Anfall von der fliegenden Gicht gehabt, durch welche der Knabe sehr leidet, und da ging er wieder hinüber, um den Kleinen zu pflegen. Es geht aber wieder viel besser. Wie freue ich mich fast auf Weimar, wo ich dann die wiedersehe, die Sie kennen.

Ich bin heute zerstreut, leer, öde durch die Leere des Geistes, die mich umgiebt. Wie anders war die Zeit, die wiederkommen sollte. Wiederkommen! Aber die Zeit hat Flügel. Nur wir werden es wissen, wenn sie wiederkommt, ob die jüngere Hore der ältern ähnlich ist.

Tausend Lebewohl! Jetzo sind Sie wohl noch unter Ihren Freunden?

Ich werde bald wieder zu Ihnen eilen. Ich habe allerlei, selbst über (lachen Sie immer) merkantilische Gegenstände zu fragen. Ich sagte Ihnen ja etwas über meine Negotia[2]), und vielleicht fände sich ein Kaufmann in Hof dafür, da ich es hingebe, ums nur los zu werden. Wo ich nicht irre, sagten Sie mir, der Bruder von Otto sei ein Kaufmann. Noch dürfen Sie mich nicht nennen; Verzeihung diesem öden Brief und Güte!

[Am Rande der ersten Seite:] Das schrieb ich schon; sehen Sie, welche Geduld man mit mir haben muß, und was ich wage, so an meinen satirischen Freund zu schreiben.[3]

---

[1]) J. P. ist am 12. Juli bereits wieder in Hof.

[2]) Diese Stelle ist sehr wichtig, sie zeigt, daß die Vermögensverhältnisse der Familie schon damals zerrüttet waren.

[3]) Die uns vorliegende Briefsammlung erleidet an dieser Stelle eine tief zu beklagende Unterbrechung, denn der nächste Brief Ch.s ist vom Nov. 97. Zunächst trat eine Entfremdung zwischen Ch. u. J. P. ein. Dieselbe war teils durch Ch.s Briefe, insbesondere durch den vom 16. Okt. (s. Förster, Denkw. aus d. Leben J. P Fr. Richters I, p. 31) veranlaßt, teils dadurch), daß J. P. im August die Bekanntschaft der

16.

[Kalbsrieth,[1]) erste Hälfte des November 97].

Ich bin heiter, werde fest, ernst und fast stolz.
Als die B[erlepsch] bei mir war und mich auch verhörte,[2])
wenn ich einen Brief von Ihnen erhalten, hab ich ein wenig
gelogen und gesagt, Sie hätten mir von Leipzig geschrieben.[3])
Denn wenn es auch wahr ist, daß Sie Ch. über diese Minerva,
Venus, Ninon und Sappho vergessen und ganz entbehren können,
so soll sie doch dieses Glaubens noch nicht leben. Ein Brief
kann mir überhaupt wenig sein. Ein Besuch muß über uns
entscheiden. Es ist bald Dämmerung, so können Sie uns be=
suchen und niemand werden Sie bei uns finden. Wenn so ein
Flug möglich wäre bei guter Witterung! Ein sehr gemeiner
Name, der nicht auffällt und in einem kleinen Gasthof logirt —
dann wollen wir von der Zukunft reden und sie befestigen.
1000 Grüße von meinem Mann. Er hat mich gedrungen, Ihnen

Frau v. Krüdener gemacht hatte, und durch diese das Bild der Freundin
eine Zeit lang überstrahlt wurde (s. Nerrlich a. a. O. p. 127). Im
Dec. jedoch klagt Fr. v. Kr. bereits über das Ausbleiben von Briefen
J. P.s, das Verhältnis zu Ch. dagegen wurde jetzt durch wichtige Ent=
hüllungen, welche die Freundin dem Dichter machte, so innig und herzlich,
daß J. P. am 27. Jan. schreibt: „Ach, Sie wissen nicht, wie sehr der
angeschmiedete Prometheus sich sehnt nach der unersetzlichen Charlotte.
O wären Sie doch zweimal in der Welt!" Freilich taucht bald ein neuer
Stern am Horizont auf. Im Juni lernt J. P. Frau v. Berlepsch kennen
(s. Nerrlich, p. 145) und entbrennt in Liebe zu dieser.

[1]) Kalbsrieth, in der goldnen Aue, am Zusammenfluß von Unstrut
und Helme, war das Landgut von Ch.s Schwiegervater, dem Präsidenten
von Kalb. Vgl. Palleske. Charlotte. Stuttgart, 1879, p. 151 ff.

[2]) Sie war am 17. Sept. nach Weimar gekommen.

[3]) Jean Paul war am 3. Nov. von Hof nach Leipzig übergesiedelt,
deswegen kann auch dieser Brief nicht, wie Förster will, im Oktober von
Weimar aus geschrieben sein.

2*

zu schreiben, und bittet, Sie möchten bald antworten und viel
von sich erzählen, und läßt Ihnen sagen, Sie möchten glauben
und trauen auf unsere feste, innige Achtung und Freundschaft.

Charlotte.

17.

Kalbsrieth, den 10. November [97].

Schon lange hatte ich Ihnen das Buch der Frau v.
Staël[1]) als ein sehr merkwürdiges Product des weiblichen Genies
empfohlen — es freut mich, daß Sie es so wichtig und energisch
fanden. In dem Flug ihres Räsonnements erreicht sie oft einen
hohen Punkt, der nur noch von wenigen geahndet wird. Sie
wäre weit größer, wenn sie mehr Haltung hätte, in der Idee
und im Stil — sie hätte dieses Buch noch nicht herausgeben
sollen, aus geistigem Eigennutz, in zweierlei Rücksicht. Doch
mir ist's lieb, daß ich es gelesen habe, und sie sollte unsere
moralischen Philosophen zu dem Vorsatz auffordern, nichts zu
schreiben, was nicht diesem Werk zu vergleichen wäre in der
Reinheit des Stils und Freiheit des Geistes.

Sie haben sehr wohl gethan, Leipzig J[ena] und W[eimar]
vorzuziehen; an jenen Orten hätten Sie nie gewöhnen und keine
Heimat gefunden.

Jawohl hat sich vieles in uns geändert. Ich bin älter ge=
worden, auf dem Lande stille, und hafte an nichts fast mit persön=
lichem Anteil; wenn wir uns wiedersehen sollten, wird es sein,
wie eine neue Bekanntschaft.

Herder hat die Teufelspapiere; ich habe dahin gesendet, daß
man sie Ihnen schicken möge.

Frau von Berlepsch sah ich oft. Hat sie Ihnen gefallen,

---

[1]) De l'influence des passions.

so haben Sie sehr wohl gethan, sich dieser angenehmen Empfindung zu überlassen; ich hab' keine Empfindung für sie und auch keine gegen sie, und so wird es der Frau von Berlepsch gegen mich auch gehen. Sie bedarf meiner in ihrer Welt gewiß nicht, und in meinem Alter stiftet man schwer neue Verbindungen.

Ich werde bald nach Weimar gehen, nur auf kurze Zeit, aber ich wünsche gar nicht, Sie da zu sehen oder vielmehr dort zu sein, wenn Sie hinkommen. Denn ich verspreche mir und Ihnen kein Vergnügen an diesem Orte. Ja ich bin jeder Gesellschaft so entwöhnt, daß ich mich aus dieser Ursache für den Aufenthalt fürchte. Aber es ist eine noch sehr vermehrte, gespannte Lage für manchen in dieser Welt.

Herr von Knebel scheidet wegen seines neuen Verhältnisses auch von Weimar, er heiratet die Madame Ruhdorf, Sängerin bei der Herzogin Mutter, die Sie in Tieffurt gesehen haben, und wird künftig in Ilmenau wohnen.[1]

Kalypso hat nicht verwandelt, sondern sie ist verwandelt worden![2]

Ich kann nur schwer schreiben. Und ich glaube, wir müssen uns erst wieder gesprochen haben, um zu wissen, ob wir uns noch gefallen und die Zeit einen höheren Wert erhält, die wir mit einander zubringen. Ich glaube es. Aber sehen müssen wir uns wieder, sonst schwimmt die alles tilgende Lethe über

---

[1] Die Vermählung fand am 9. Februar 1798 statt.
[2] J. P. hatte am 21. Okt. an Ch. mit Beziehung auf Knebels Aufenthalt in Bayreuth und Hof geschrieben: „Herr v. Knebel ließ bei meinem Otto ein treffliches Bild zurück, seine Erscheinung hätte mich gleichsam wie eine Blume, die auf dem leeren Meere schwimmt, an die glückliche Insel (an Weimar) erinnert; nur daß dort schönere Verwandlungen hervorgehen als durch die Kalypso."

diese Vergangenheit. Sie werden sich über diese Gemütsstimmung
nicht wundern, wenn ich Ihnen von meiner Vergangenheit erzähle.
Leben Sie wohl! So bald ich mich wieder in Weimar
orientirt habe, schreibe ich wieder.

Charlotte.

Meinen Freunden schreibe ich nur, weil ich ihnen die
Stimmung bekennen kann, in der ich mich befinde, und nicht
componire, denn das ist eben die Natur der Freundschaft: das
Interesse an dem Wesen eines andern. Als solches interessieren
Sie mich, und der Seele und [dem] Gemüt von Jean Paul bin ich
weit mehr geneigt, wie seinen Schriften. Meine Idee über das
Bücherwesen hat sich sehr geändert. Die Umwandlungen der
Begriffe in der Gesellschaft gehen so schnell, daß, ehe das Werk
aus der Presse ist, ist schon die Form veraltet.

Mir scheint, als wenn Deutschland einen ganz anderen
Gang zu einer Veränderung halten wollte, denn viele Dichter,
Philosophen und Statistiker[1]) haben einen Willen, nämlich die
Hierarchie und die Theologie zu vertilgen, nämlich dieses Regiment
im Staat, diese Wissenschaft außer dem Recht und der Moral.

Vortrefflich ist Goethens H[ermann] und D[orothea]; seine
Gedichte las ich noch nicht, sie sollen sehr antichristianisch sein.

Verzeihen Sie mir den kalten, rauhen Ton, den Sie vielleicht
in diesen Blättern finden, und zum Zeichen dessen, so schreiben
Sie mir bald und adressieren Ihren Brief nach Weimar. Erzählen Sie mir viel von der Lindenstadt und dem Honig, Rosen
und Lilien,[2]) und von den neuen Büchern, die Ihnen bekannt
worden sind und gefallen. Wie geht's dem H. v. Oertel?[3])

Charl.

---

[1]) So ist wohl zu lesen, Ch. schreibt: Statisker.
[2]) Jean Paul hatte ihr am 21. Okt. geschrieben: „Im November
zieh' ich in die Lindenstadt, in der ich neben den Bienen einigen linden
Honig anzutreffen gedenke".
[3]) Am 19. Dec. schreibt J. P. an Otto, er sei noch von keiner Frau
so sehr und so rein geliebt worden, als von Fr. v. Berlepsch. Später heißt

— 23 —

[Diktiert]. 18.

Weimar, den 4. Jan. 98.

Ihr letzter Brief war mir sehr erfreulich, daß Sie gesund sind, daß Sie unserer gedenken, daß Ihr Geist heller und bestimmter wird, daß Sie uns besuchen wollen; alle diese Gaben des Geistes und Lebens haben auch mein Glück vermehrt. Mein Augenübel hat sich noch nicht vermindert, ob ich zwar viel brauche; ich kann und darf weder lesen noch schreiben. Mein Mann hat mir Ihren letzten Brief vorgelesen, der sich Ihnen sehr empfiehlt, und meinem Sohne diktiere ich meinen Brief. Sie werden mit seinem ungebildeten Schreiben Nachsicht haben.

Sie werden Weimar sehr geändert finden. Ich lebe sehr häuslich, aber Sie finden bei uns die alten Bekannten. Herr v. Knebel ist jetzo mit seiner jungen Sängerin in Ilmenau; ich bin neugierig, wie lange es dieser Philomele bei ihrem Vulkan-Anakreon in den Tannenwäldern gefällt. Herr Meyer, ein verständiger Künstler, und Herr Falk sind neue Bewohner dieser Stadt.

Neue gute Bücher nennen Sie mir oder schicken mir, Blinden versagt man kein Almosen. Darf ich bald einen Brief von dem reichen Seher J. P. erwarten?

Ch. v. Kalb.

19.

Weimar, am 12. Febr. 1798.

Ich kann wieder Briefe lesen. Die Wolke, so mein Auge umgab, verzieht sich etwas.

es: „Die K. schrieb mir über die Wahl Leipzigs einen kalten Brief, dann, als ich schwieg, einen wärmeren". Dieser letztere ist am 10. Dec. geschrieben und findet sich bei Förster a. a. O. p. 53.

Warum schreiben Sie mir nichts?[1]) Ich gebe diesem Schweigen keinen Namen, denn es ist an der Zeit, daß man vernichtet und tötet. Denn die Veränderung, die mit gewaltiger, strenger Eile gebietet, hat alles, alles zu ihrem Werkzeug erkoren.

Ich bin was ich war, nur heiterer, glücklicher, stiller, isolierter; ich empfinde nur nach dem Urteil meines Geistes und suche sehr mein Individuum zu sondern. Es geschähe mir oder einem andern, so ist mein Gemüt gleich afficiert.

Ich gehe bald nach Kalbsrieth; werde ich Sie dort sehen? 1000 Dinge habe ich zu sagen; ich bin mit Freundschaft, Achtung und Andenken

Ihre Freundin

Charlotte v. Kalb.

[Diktiert].   20.

Weimar, den 15. März 98.

Die heutige Zeitung, welche uns die Ueberlassung des linken Rheinufers an die Franzosen meldet, wird nunmehr bald auch die Aenderung der deutschen Provinzen erfolgen [sic] und vielleicht auf unser aller Schicksal von Einfluß sein. In solchen Krisen kann man wenig von der Zukunft sagen, und ich weiß nur so viel, daß ich willens bin, gleich nach Ostern nach Kalbsrieth abzureisen, um dort einige Sommer-Monate zu verleben. Ich rechne darauf, Sie da zu sehen. Die Menge von Erfahrungen muß aus uns ganz andere Menschen gemacht haben, als wir vor einigen Jahren waren. Ich habe diesen Winter nur in meinem Zimmer verlebt. Ich bin zu alt für die Theegesellschaften.

---

[1]) Am 27. Febr. schreibt J. P. an Otto: „Einmal an einem Morgen (den 13. Januar) .... ging mein Inneres auseinander: ich kam Abends und sagte ihr (Fr. v. Berlepsch) die Ehe zu ..... Aber noch ist die Sache, insofern sie von mir abhängt, nicht entschieden."

Ja ich merke fast, daß ich älter bin, als die Aeltesten im Volk.
Es kann mich gar nichts mehr verwundern, und ich glaube, auch
nicht leicht betrüben. Ich würde zu lange über mich selbst
sprechen, wenn ich diese Betrachtung ausführen wollte. Was
können wir diese Ostern von Ihnen erwarten? Herder wird
bald ein Werk über die Ruinen von Persepolis herausgeben.
Von den übrigen Dichtern und Schriftstellern weiß ich wenig
zu erzählen. Fräulein von Imhof bearbeitet ein neues Gedicht
in sechs Gesängen: das Mädchen zu Lesbos. Es wird viel Inhalt
und Reiz haben. Auch unserer Litteratur kann man bald eine
schnelle Veränderung verkündigen, und ich vermute fast, daß
bald viele unserer Bibliotheken nicht zum Aufbewahren, sondern
zur Feuerung werden gebraucht werden. Mit meinen Augen
geht es eben nicht besser. Bücher lese ich gar nicht mehr, nur zur
Not ein Billet, einen Brief, ja jeder Gebrauch des Auges fängt
an mir schmerzhaft zu werden. Von meinem Manne soll ich
Sie vielmals grüßen. Besuchen Sie mich mit Herrn von Oertel
und seiner Frau, damit Ihnen die Zeit bei mir nicht lange wird,
und ich auch Ihren Freund persönlich kennen lerne. Leben
Sie recht wohl!

Charl. v. Kalb.

[Diktiert].   21.

Weimar, den 4. April 1798.

Ich gehe den 10. April von hier nach Kalbsrieth. Abressieren
Sie also wieder Ihre Briefe über Artern dahin. Ich und
mein Mann verlangen sehr nach Ihren neuesten Schriften, deren
Anzeige wir in der jenaischen Litteraturzeitung gefunden haben,[1]
aber mehr noch, Sie einmal wieder zu sehen und zu sprechen.

---

[1] 1797 waren „der Jubelsenior“ (Werke, 10, 149) sowie „das Kam-
panertal“ und die „Erklärung der Holzschnitte“ (s. Bd. 13) erschienen.

Denn wie vieles können wir uns sagen, was vielleicht manches bestimmen könnte! Ich wünsche also von Ihnen sehr bald nur die einzige Frage beantwortet zu wissen, um welche Zeit Sie uns dort besuchen können. Denn unser Aufenthalt wird nicht den ganzen Sommer dort währen, weil wir den größten Teil in Franken zubringen wollen. Sollte Ihnen aber diese Reise zu beschwerlich sein, so bestimmen Sie selbst den Ort, wo wir Ihnen ein Rendez-vous geben können. Die Zeit bringt so viele Veränderungen, und die Menschen altern und durchwandern so vieles, daß, die sich die Nächsten sein sollten, nur von sich hören und sich verstehen, wie sie auch die längst Verblichenen des Altertums erkennen, für die man nicht mehr sein, denken und handeln kann. In unsern Zeiten, wo man von Humanität, Völkerrecht und Gleichheit so viel spricht, scheint mir der Mensch am wenigsten der Individualität zu schonen, er sucht nur sich und seine Individualität zu erhalten, und diese Harmonie geht durch alle Grade der Natur.

Ich wünsche sehr, daß wir uns sprechen, damit doch einmal eine Handlung geschähe, die diesem Ton der Zeit widerspräche. In Briefen kann man nicht über Dinge, die blos durch unsern Willen Leben und Consequenz erhalten, reden; es kann aber ein schöner Plan werden, den wir Ihnen mitzuteilen haben, und mehrere, die es herzlich wünschen, werden daran teilnehmen. Ich kann wegen der Schwäche meiner Augen nicht selbst schreiben, sie scheint mir mehr zu= als abzunehmen. Leben Sie recht wohl![1])

Charlotte v. Kalb.

---

[1]) In den ersten Tagen des März hatte J. P. an Oertel und Otto ge-schrieben (s. Förster I., 369 u. Otto II. 201), daß er mit der Verlepsch zwei „fürchter-liche, aus der glühendsten Hölle gehobene Tage" gehabt, daß er nun aber frei und ein ruhiges Freundschaftsverhältnis an Stelle der Leidenschaft getreten sei. Eine Reise, die er mit Fr. v. B. im Mai nach Dresden unternommen, entfremdete ihn jedoch der Freundin. Ende August verweilt er einige Tage in Jena u. Weimar, am 2. Sept. schreibt er: „Die halbblinde K. ist leider

22.

Weimar, den 29. [Oktober] abends um 8 Uhr.

Gestern hätte ich Ihnen schreiben sollen und fand keinen ruhigen Augenblick — ach, warum erfüllt man nicht gleich seine besseren Wünsche und Pflichten! Hätte ich es gethan, so wüßten Sie schon meine Ankunft und wären vielleicht schon bei uns.[1] Heinrich kann Ihre Bekanntschaft nicht erwarten und ich nicht das Wiedersehen. Sie sind in Tiefurt; sobald Sie können und frei sind, kommen Sie zu uns. Morgen Abend sind wir mit Ihnen bei Herders. Morgen Mittag wünschte ich, Sie könnten mit Oertel mein Gast sein. Antworten Sie mir bald — sind Sie vielleicht schon hier, so kommen Sie noch diesen Abend. Ihren Brief habe ich erhalten. 1000 Lebewohl!

Abieu.   Charlotte Ostheim.

23.

[Weimar, November 98].

Hier sind die Briefe — ich habe heute Kopfweh und bin etwas dumpf, darum konnte ich nicht lebhafter schreiben. — Schicken Sie mir Briefe zum Lesen und vielleicht auch ein Buch, den 1. Band von den Palingenesieen oder die neue Ausgabe des Hesperus. Ich will mir so die Zeit vertreiben.

Abieu.   C. v. K.

nicht hier, mit hoher, heiterer Stille erduldet sie ihre lange Nacht, aber oft auf einmal bricht, nach Herders Versicherung, aus dieser bedeckten Seele ein breiter, glühender Strom".

[1] Jean Paul war am 26. Oktober nach Weimar übergesiedelt.

24.

Gestern waren Wolzogens bei mir; ich begreife nunmehr das Gespräch zwischen S[chiller] und G[oethe], und somit hat es auch eine ganz andere Auslegung.

Lassen Sie nur nie erfahren, wer es Ihnen gesagt, man würde dieser Person sehr schaden. Verbrennen Sie dieses Blatt! Darum schreibe ich auch sonst nichts mehr. Leben Sie wohl!

Ch.

25.

Hier sende ich etwas, was nicht gelesen oder mit der innigsten Aufmerksamkeit gelesen werden muß. Es ist kein Kunstwerk, aber ein Seelenwerk, etwas Einziges! Auch hat es eine Frau geschrieben. Ich bemerke, daß die Welt und der Mann und der Dichter und der Schriftsteller ebensowenig dies geistige, herzliche, weibliche Wesen kennt, als wie Fichte den Theologen Schuld giebt, daß sie Gott nicht kennen.

Den zweiten Theil schicke ich, wenn Sie mir den ersten wiederschicken. Sagen Sie niemand, daß Sie es gelesen, noch viel weniger, daß ich es Ihnen geliehen habe. S. 125. 126. 128. — es ist meine Seele selbst, meine Gedanken mit denselben Worten. Gott im Himmel, mit welchem Schmerz vernahm ich dies Wesen, das mein ist! Wenn der Geist und das Herz mehr verstanden wird und die Natur reif ist für die reinste Wahrheit, dann dürfen, dann sollen Frauen reden und schreiben.

Ch.

Was thun Sie heute? ich bin im Zimmer.

26.

Hier sind die Briefe Deiner Freunde wieder, unter ihnen habe ich Deine Geliebten erkannt. Und meine Seele hat sich mit ihnen vereinigt, meine Gedanken sollen auch bei den ihrigen ruhn!

Auf morgen Mittag bitte Dich durch ein Billet bei mir zu Gast. —

Oder vielleicht ists noch besser, komme gegen 4 Uhr zu mir, dann bin ich einige Stunden allein.

Ich habe Dir nichts zu sagen, was nicht alle Seligen hören könnten. —

Schick wieder Briefe der verstandenen Seele Deiner Freundin.

27.

Heinrich v. Kalb ist heute vormittag angekommen. Kommen Sie diesen Abend nicht! Aber morgen Abend nach 6 Uhr und zum Abendessen, wenn es Ihnen gefällig ist. Frl. von Imhof und meine Schwägerin Luck werden auch da sein. Ich kann Ihnen angenehme Dinge sagen. Wann wird wieder der Tag kommen, der dem Mittwoch an Schmerzen und Freuden gleicht? Heute gehe ich in die Oper.

[Abr.] Hr. Richter. Ch.

28.

[Weimar, December 98].

Ich sende die Briefe, die ich immer mit zärtlicher Aufmerk= samkeit und Innigkeit lese, und hätte ich ein besseres Auge, so müßte ich vieles vielmals lesen. Jacobi, dieser Agathodämon, will Sie auch zu sich ziehen.[1]) Ich merke wohl, es hat mit dem Reich des Glaubens ein Ende, alle wollen schauen von Angesicht zu Angesicht. Baggesens Brief hat mich belustigt,[2]) war aber

---

[1]) Jean Pauls erster Brief an Jacobi ist vom 13. Okt. 1798 (s. Werke 29, 213).

[2]) J. P. schreibt am 30. Nov. an Otto: „Baggesens Brief ist mir moralisch widrig und ästhetisch angenehm."

doch recht froh, wie ich den mysteriösen, dithyrambischen, aus=
gelassenen Brief von dem berauschten Menschen geendigt hatte.
Ich kenne ihn persönlich, und er gefällt mir viel; er belebt,
aber man muß ihn in eine reine Luft versetzen, damit er nüchtern
werde; dann ist er weniger, aber besser. —

Dieser Emanuel Nathanael der Jsraelit, in dem kein Falsch
ist.[1]) Wären alle Christen wie dieser Jude, und alle Juden
wie dieser Christusgesinnte, so wäre die Zeit vollendet, von der
gesagt ist: sie sollen nur bleiben, bis der Herr kommt, das Reich
der Vernunft und Liebe, wenn das Stückwerk aufhört und wir
ihn erkennen, wie er ist, und in seinem Sinne wandeln. Ich
war gestern ein Stündchen bei Herders. Sie waren gegen mich
verschlossen und gespannt; sie faßten meine Hand nicht, wenn
ich die ihrige hielt. Ich kann es mir erklären und werde es
Ihnen erzählen, vielleicht vermehrt's auch häusliche Sorge und
Kränklichkeit.

Mein Mann hat sehr durch Podagra gelitten, heute aber
ist er recht wohl und heiter. Ich bin es auch und auch gut.
Gut mit einem und allen.

Ch.

O, hätten Sie doch die Briefe von Herdern wieder! der
große Mann kann diese nicht lesen wie ich.

29.

Guten Morgen!   [Weimar, Dec. 98].

Am Montag war es mir, als sähen Sie Geister. Den
Dienstag habe ich nur vegetiert.

---

[1]) Emanuel Osmund, ein israelitischer Geschäftsmann in Bayreuth.
Jean Paul war mit ihm vom Jahre 1794 bis zu seinem eigenen Lebens=
ende auf das innigste befreundet. Der Briefwechsel findet sich Förster. I.
1—319.

Gestern Mittag war ich bei Goethe. Es waren da Dichter, die nichts sagten, Hofleute und ordentliche Leute; ich allein war etwas unordentlich, das heißt, ich habe gesprochen und etwas zu lebhaft für die Zeit. Dann war ich in der Oper. Heute Abend bin ich bis um 8 Uhr bei Frl. v. Knebel. Morgen von 6 bis 9 bin ich zu Hause und für wen? — kein anderer Geist ist bei mir. Mein Brief ist fertig, dann könnte ich Ihnen den vorlesen, oder soll ich ihn diesen schicken?

Schicken Sie mir wieder Briefe! Guten Morgen, wie gehts denn Dir, liebe Seele?

Ich schaffe schon wieder an einer neuen Welt.

[Abr.] An Herrn Richter.   Ch.

30.

Ich bin heute von 7 bis um 8 Uhr zu Hause. Lassen Sie mir die Stunde wissen, wenn ich Sie sehen werde. Es hat mir auf keiner Redoute noch so wohl gefallen, wie auf der letzteren; wenn [es] so fortgeht, will ich wohl sehen, wie jugendlich ich in 40 Jahren sein werde. Es giebt eine Stimmung des Gemütes, in der der leiseste Hauch die Seele bewegt, aber Freude und Schmerz wie das Ruder über den See Furchen ziehen, die aber schnell wieder in glatten Spiegel sich verwandeln. —

Ich gehe mit leichtem Schritt den Berg hinan, denn die Wahrheit, die Liebe und die Begeisterung begleiten mich.

[Am Rande der ersten Seite:] Nur schriftlich einige Worte!

Charlotte.

31.

Ich fange an zu zittern und Todeskälte umfaßt mich. Ich kann nichts thun, bis ich weiß, ob Sie den Abend kommen.

Schreiben Sie bald, damit ich weiß, ob ich auch schreiben und arbeiten kann. Oder ob — — ach — denke Dir das Widrigste, das ist es. Die Billette, die so spät kommen, sind immer Todes= boten. Was ich zu sagen habe, ist sehr bedeutend. Mich hat ein Wort mit dem ganzen menschlichen Geschlecht bekannt gemacht und mich in ein anderes Verhältnis mit ihm gesetzt, bei dem es ewig bleibt. Deiner Seele darf es nicht verborgen bleiben.

Meine Seele wird ruhig sein. Ich werde aber auch diese Wahrheit sagen von mir und andern, und es wird, was ich einst sagte, ein Testament. Sie werden von nichts hören als [was] von der Wahrheit, der Güte kommt. Ich will dann auch lange keinen Besuch von Ihnen erwarten; so wollen, wollen Sie mich auch nie wiedersehn! —

[Abr.] An Richter.   Ch.

<hr />

32.

Ich habe kein Auge geschlossen. Diese Stelle in dem Billet: „Warum erlaubst — die Bedingungen — zeigen kann" hat mir alle Rast genommen. Hab' ich denn diese Bedingungen je ge= fordert — nenne sie mir, damit ich es beantworten kann!

Es stehet ein Fragezeichen zu Ende, und ich weiß nichts und kann nichts beantworten.

Ich habe heftiges Kopfweh. Ich wünschte, daß mir dieses Rätsel endlich gelöst würde. Ich bin auch fest und gehe von keiner Wahrheit, keinem Vorsatz und keiner Ueberzeugung ab. Ewig will ich sein, was ich bin — und mein Herz und meine Seele, meine Natur, nie, nie wieder verläugnen!

Ch.

Kommen Sie diesen Vormittag zu mir und bestimmen mir die Stunde! —

[Abr.] An Herrn Richter.

33.

„Daß ich meine Lippen auf die Wunden Deines Herzens legen werde. Sei still, liebe Seele!" Ich habe seit gestern um 10 Uhr nichts anderes gedacht.

„Werde ruhig und hoffend!" Bei der ewigen Wahrheit, bei meiner Seligkeit, ich will es werden. Prüfe Dich nur, was Deine Liebe für mich Dir ist. Ob sie Deinem Herzen unent= behrlich ist, ob sie unendlich ist. Es ist mir, als hörte ich nur meine Liebe. Von einem mächtigen Geist vernichtet zu werden ist viel erhabener, als die höchste Ehre, Genuß und Fülle, so die Welt geben kann. O nimm mich auf, damit ich sterben kann, denn ich kann entfernt von Dir nicht leben und nicht sterben.

Heiliger Gott, gieb deinem Unsterblichen alles — alle die Seligkeit, die deine Erschaffenen entbehrten, alle die Seligkeit, die sie verkennen! Gieb ihm mein Herz, gieb ihm meine Wonne! Laß mich nur in seiner Nähe, daß ich sein Antlitz schaue! Laß mir den Schmerz, laß mir die Thränen um ihn!

[Abr.] J. P. Richter.

34.

Ach komme, ich beschwöre Dich um meine Seligkeit, komme jetzo, Du wirst Ruhe finden! Laß mich nicht in den fürchterlichen Leiden allein! Bis den Abend kann ich's nicht tragen. —
Lieber den Tod.

Ch.

35.

Kommen Sie ja! Sie müssen mich hören! Ich schreite fort; ich bin unveränderlich bis in Tod! Bis in Tod!

[Abr.] H. Richter.

36.

Wenn Sie für diesen Abend kein Projekt haben, so kommen Sie nach der Suppe, etwa um 8 Uhr, zu mir. Wir wollen zu den Kindern gehen, Punsch trinken und Klavier spielen und singen. Heinrich von Kalb wird Ihr Besuch auch recht sein. Thun Sie aber nur, als wenn Ihr eigener Genius Sie hierher führte und nicht meine Bitte, damit der Weihnachtsabend ein heiliger Abend für mich werde!! —

Das Schicksal, die Gelegenheit, alles vereinigt sich, und balde werde ich im Vater Unser sagen: Dein Wille geschieht wie im Himmel also auch auf Erden.[1]

Ch.

37.

Das menschliche Leben ist ein Traum, der Frauen Leben sind zwiefache Träume. Ist nicht das stärker, was doppelt ist? Und verlohnt es sich der Mühe zu wachen, wenn man so träumen kann, wie Deine gewonnene Seele?

---

[1] Am 28. Dec. schreibt J. P. an Otto: „Durch meinen Nachsommer wehen jetzt die Leidenschaften ..... [Ch. v. K.] ist seit einigen Wochen vom Lande zurück und will mich heiraten." Er berichtet darauf, wie sie es ihm nach einem Souper bei Herder geradezu gestanden, er aber einige Tage darauf „der hohen heißen Seele" Nein gesagt habe. Er sehe die hohe, geniale Liebe, aber sie passe nicht zu seinen Träumen, er sehne sich nach einer idyllischen, ihn an sein Joditz erinnernden Ruhe (vgl. den Brief an Jacobi vom 4. Juni 1799 Werke. 29. p. 225). Zum Verständnis Jean Pauls in dieser Periode seines Lebens dient neben den Briefen vor allem die um dieselbe Zeit entstandene Schrift „Jean Pauls Briefe und bevorstehender Lebenslauf (s. Werke. 13).

Selige Amöne!¹) glücklicher Otto! wenn mein Traum
Wahrheit würde! und dreimal glücklich und selig ich! Ohne
Euch werde ich bald von seinem Herzen verbannt sein. Er tritt
in eine andere Welt, die meiner nicht bedarf, die ich nicht bedarf.
Er tritt in eine Welt, die schon geschaffen ist und nicht allbeseligt.
Er kann eine Welt schaffen, die er beseligen kann, und wir
brauchen keine Götter neben ihm. Er erkennt die Geister, die
waren und sein werden. Aber ich vernehme auch den leisesten
Laut, aus welcher Tiefe der Seele er auch entschlüpft. Darum
bin ich so gerne allein, weil ich ganz andere Dinge höre, wie
die Getäuschten oder die Unbescheidenen anzeigen. Nur bei Euch
werde ich aufgenommen, von Euch werde ich erkannt sein, nur
von Euch wird er geliebt. Er wird nicht geliebt werden
und ich werde verbannt sein. Ich will verbannt sein, denn wer
nicht bei Euch bleibt, bleibt nicht bei mir.

Sollen die uns Fremden, die er sein nennen wird, mit
Gunst und Gnade auf uns, auf mich blicken? Soll das
Heiligste zum frechen Spott werden, wie es schon ist?
Denn ich höre den leisesten Laut, der aus der Tiefe der Seele
kommt!! —

O, wie verachtet, wie verspottet hat man ihn, bis der
Ehrgeiz ihn aufnimmt! War's auch ein Wahn, fanden sie ihr
besseres Selbst wieder, so ist's nicht so mit uns, die ihn nie
verleugneten. Der Treue, die die Begierde bewacht, die man
der Creatur geschworen, wird alles Edle geopfert, alles Leben
getötet, und das Wesen, welches etwas Höheres kennt, welches

---

¹) Amöne Herold aus Hof (J. P.'s Briefe an dieselbe finden sich
Otto IV pp. 207 ff.)vermählte sich 1800 mit Chr. Otto. Sie ist auch als
Schriftstellerin aufgetreten (s. Schindler, deutsche Schriftstellerinnen des
19. Jahrhunderts, Leipzig 1825); zu vorliegendem Briefe vgl. noch Otto
III. 6. J. P. redet da von Charlottens „sonderbarem, ihr manches erleich-
terndem und ihr süßen Irrtum über ein näheres Verhältnis zu Amöne."
Als er ihr den Irrtum genommen, habe die vorher Frohe, wie vom
Schreck getroffen, lange vor sich hin geblickt.

unter den Lebendigen tot war und wie ein verdammtes Wesen sich nach der Auflösung sehnte. Und nun, da ich lebe, nun schmäht mich die Welt, nun ist der Gift ihres Spottes mein Teil. Ich weiß es, es ist in dem Herzen derer, die ich nannte, Haß! Haß! und das Hohnlachen der grinsenden Ohnmacht wird bald nachkommen. Verachten kann mich niemand. Es ist ja der Kampf eines Geistes um Dich und um Deinen Geist, der in seiner erhabenen Schönheit beharren soll. Führe mich vor Gericht, vor den Geist, und den Geist und das Gewissen des Ottos. Verdamme oder erhöre die Seele, die Du gewonnen hast! Mit allen Dämonen und Ag[ath]odämonen wage ich den Kampf, mit der Natur und ihren Reizungen, mit der Jugend, die ohne Dich den Mann findet, dem sie nur huldiget, und die Schmerzen nie kennen wird, die die himmlische Venus Urania ihren Erwählten giebt. Du bist ihr Gesandter; wie kannst Du ihre Gesetze lehren, wenn Dein Herz sie nicht anerkennt!

Mich schaudert, wenn ich an ein Verhältnis denke, wo Du ein Fremdling wirst — uns und Dir und ihr ewig bleibst. Amöne, Amöne, rette ihn! Warum ist dieser Wille in mir, der wohl vernichtet werden kann, der aber keinem andern Raum läßt?

Sollst Du nicht seliger sein als wir? Soll Deine Wohnung durch Ruhe, der Traum Deines Lebens nicht durch eine heilige Liebe geweiht sein? Sollen Deine Kinder mir nicht verwandt sein und verwandter werden durch eine solche Liebe? O wie schaudert mich, wenn ich denke, daß es nur eine Vereinigung der — — ist, nicht der Liebe, die ich erkenne. Verliere Dich nicht, verliere nicht, die Du gewonnen hast. Bin ich denn ganz einsam, ist kein Geist hier, der mit mir fleht, keiner? Oertel, Du bist eines Sinnes mit meinem reinsten, heiligsten Willen! — Otto nehme ich auf, und er wird nur als ein höchst Beglückter für Dich wieder erscheinen, durch Liebe, Wohlstand und Wirkung. Und was mein ist, ist Dein, mehr als mein. Ach, ich habe immer gefragt: warum hat Dir das Schicksal so viel gegeben,

und Du kannst nicht genießen? Du kennst nicht meinen roman=
tischen Wohlstand und den weiten Wirkungskreis meiner Lage,
den ich ohne Dich nicht brauchen kann. Eile nach Hof, gehe
hin, hole mir Amöne! Mein Mann ehrt Dich, er liebt Dich;
wir lieben uns vielleicht jetzo; vernichte nicht wieder, was Du
gewonnen hast! Wie wird sie in Deinen Armen erwachen, wie
wird sie blühen mit allen Reizen der Liebe, der Jugend und
Grazie, und wird meine zärtliche Huldigung nicht gewahren!
O, die Seele mit der ungestillten Sehnsucht, die aus der Welt
verwiesene, wird auch ihr Herz bei mir ruhen lassen.

Ich bin matt, heute gehe ich in die Oper. Mit dem Bild
sende mir morgen einige Zeilen. Du kannst, wenn Du willst,
den Abend kommen.

38.

[Anfang Januar 1799].

Nichts Lieblicheres kenne ich — schon das schöne Antlitz.
Hier ist für die Geliebte Raphaels die Gebenedeite. Gieb dem
holden Geschöpf Empfindung und Rede! —

[Abr.] An Herrn Richter.

39.

[Sonnabend, den 5. Jan. 1799].

Auch ich habe geträumt.[1]) Schnell ging ich durch einen
dichten Nebel. Ich konnte keine Gegenstände unterscheiden, eine
unnennbare Beklemmung erschwerte mir das Atmen, und die
Schwermut verdunkelte mir mein Auge. So trat ich in ein
Zimmer, ich kannte den Ort nicht. Als ich so in Gedanken

---

1) Am 6. Jan. schreibt J. P. an Otto: „Gestern sandte sie mir einen
Traum, dem Goethe und Jacobi keinen heiligeren Geist der Liebe hätten
einhauchen können."

verloren war und von meiner Bestimmung nichts wußte, er=
schienen mir drei Wesen. Ich erkannte sie, sie wurden mir bei
ihrem Namen genannt, aber wir vergaßen die Namen und
kannten nur einen: die geliebten Liebenden. Die Ruhe, das
süße Lächeln, der herzliche Scherz, die Anmut des Geistes, die
Bangigkeit der erregten Liebe und das Entzücken der Wehmut.
Die süßen Thränen — war es nicht immer ein Zeichen der
Verheißung, wenn die Sonne durch Regentropfen schien? —
diese Verkünder der Seligkeit, der Augenblick, wo kein Tod
mehr ist und die Seele in Gott und in der Liebe ruht.

So verging eine Zeit, vielleicht eine lange Zeit. Zwei der
Geliebten verschwanden, und nur die weiblichen Herzen blieben
beisammen und die Erinnerung und die Zärtlichkeit und der
Einklang einer heiligen Harmonie!

Es war ein Flüstern unter ihnen; es war ein Bekennen
der Jugend, der Sehnsucht, der Vorsätze, der Hoffnungen!
Der Tag verging, die Nacht kam, die Morgenröte bestrahlte
wieder den Horizont, und immer noch schaute ein Auge in das
andere Auge, um sein eigenes Selbst, seine Liebe, seine Trauer,
seine Rettung zu ahnen. Sie waren innig vereint, und beide
dachten: in Ewigkeit! Da erschien der geliebteste Geist. Als
er mich sah, wollte er mich umfassen und seine Lippen auf meine
Lippen legen. Aber ich schloß mein Auge, ich verbarg mein
Angesicht, ich hielt fest mein Herz. Da neigtest Du Dein Haupt,
da zuckte die Wehmut über Dein Angesicht, da erblicktest Du den
sehnsuchtsvollen, glänzenden Blick der mir Getrauten. Deine
Seele erkannte die ihre. Ihr waret eins, sie war Dein! Als
ich Eure Gelübde vernahm und von dem Anschauen dieser Ver=
einigung entzückt war, da bewegte sich wieder mein Wesen, und
ich umfaßte sie, und Du sahst meine Thränen fließen und mein
inniges Glück, und Du rieffst: die Liebe! Ja, die Liebe, sagte
ich, aber nicht die verlangende, die gestillte, die seligste!
Und ich legte meine Hand auf ihr Herz, auf ihr Auge, und
sagte: mein Herz, meine Seele! Da verschwand die Täuschung,

der Irrtum, der Wahn. Die Sonne der ewigen Liebe leuchtete
uns, sie leuchtete immer, sie wärmte immer mehr. Wir erblickten
noch zerstreut die Lilien- und Rosen-Bande, aber sie waren
schon verwelkt vom heißen Strahl und viele ganz verschwunden.
So war't Ihr Eins, und die Allmacht selbst konnte Euch nicht
trennen!

Die Liebe, und es war ein heiliges Schweigen! Da erschien
Dein Getrauter, und er erblickte nun auch das Licht der
Wahrheit, und erhaben wie Du stand er vor Dir und sagte:
Sie ist Dein! Als Du wie ein Gott ihr erschien'st, als Du
mit zerstörender Innigkeit und Gedankenmacht um ihr schwebtest,
als Du, Genius der Liebe, Dich mit einem Herzen vermählen
wolltest, da verschwand es Dir. „Nur ein Sterblicher konnte
der Sterblichen Seufzen fassen". „Ich nahm Deine Liebe auf
und pflegte sie, aber keine sterbliche Lippe heilt die Wunden der
göttlichen Liebe". Sie ist gereift. Ich habe ihr Herz gehalten,
als es vergehen wollte. Nimm stärker, rein und heilig wieder,
was Du mir gegeben hast. Die Täuschung schwindet, die
Sehnsucht zerrinnt, die Liebe vereint uns.

Da ward ich bleich und bleicher, und sie sagten: Ist das
der Tod oder ist sie verklärt? Und Du tratst mir näher und
sagtest: Es ist die Liebe! die Liebe stirbt nicht. Und sie
faßte meine Hand und Du mein Auge; da ward es heller
und ich sah Dich auch verklärt. Daß meine Seele gerettet wurde,
umschlang mich die Zauberei. Sie ist gelöst. Du befreitest
mein Herz von den Banden des Todes, Du gabst mich dem
Göttlichen wieder. Bleibe bei uns, sagte sie. „Ich bin nichts
ohne Dich". Nur von den Liebenden wird die Liebe erkannt.
Sie ist der göttliche Atem, der die Gestalten belebt.

40.

[Sonntag], ben 6. Jenner 99.

Schon wieder erscheine ich; welch' einen Plaggeist haben Sie sich geschaffen! Es war mir ganz eigen, als ich meine Briefe erblickte und sie, als die von einer andern Person, las. Alle andern Briefe scheinen mir geistreicher und als Briefe gebildeter zu sein. Ich sagte mir selbst, Du kannst nicht schreiben; die meisten von den Briefen, die an Sie gerichtet sind, könnte man drucken lassen, die meinigen nicht. Wenn ich sie nur alle hätte, die ich — gab, damit ich mich noch deutlicher schaute! Ich bin treu wie eine Deutsche, und meine Treue ist nicht eine Tugend, eine Pflicht, eine Empfindung, sondern sie ist das Feuer selbst, was den Kern meiner Existenz erwärmt. Ich könnte sie verlieren, dann ist es aber auch mit meiner Existenz aus, und ich erblicke nur in düstrer Nacht die Trümmer meiner Heimat. Ich lese in meinen Briefen, ich mag schreiben, was ich will, nur die Worte: Halte meine Seele fest, dann will ich den Flug ins Unendliche wagen! Ich will nichts, aber Dir will ich das Oelblatt und den Myrtenzweig bringen und Violen und Rosen um Dein Haupt winden. Die Sorge soll entfliehen, und die Innigkeit soll jeden Augenblick des Lebens — er mag Namen haben wie er will, mit gleichem Wert fassen; und Dein Vertrauen, Deine Erinnerungen, die Du mir giebst, sollen gleich einer Perlenschnur seliger, bereichernder Ideen in meiner Seele verwahrt sein. Und nur Du sollst mich immer schöner dadurch geschmückt erblicken.

————

41.

[Februar 1799].

Wenn ich schreiben dürfte und könnte, wenn meine Phanta=sieen auf das Papier flögen und Dir sichtbar werden könnten, wie sonst mein Leben, das heißt meine Liebe, Dir hörbar wird, wenn Du an meiner Seite bist, so hättest Du den ganzen Tag nichts anderes zu thun, als meine Briefe zu lesen.

Warum sagtest Du: „Habe keine Irrtümer, das heißt liebe mich!" Weißt Du denn ganz, was das in meinem Herzen heißt: Lieben? Giebst Du mir dieses Recht, so wird bald die Macht dieses einzigen, beglückendsten Gefühls die Zauberei meines Lebens sein.

O mein Freund, mein holder, mein liebenswürdiger, mein gütiger! O dürfte ich auch sagen, mein treuer! Was ist alles Herrliche ohne das Beständige! Aber glaube mir, ich bin eigennützig und mehr noch. Mich kann jede Sehnsucht von Dir verwunden, und wäre sie nach dem Paradies. Warum willst Du etwas anderes wünschen, als was ich wünsche? Schreib' mir morgen früh, das heißt....! Ich nehme nie so von Dir gute Nacht, ich darf Dich nicht an den flüchtigen Kuß gewöhnen.

Nenne mich nicht Titanide![1] Man fühlt wenig Mitleid, Liebe und Schmerz für das Kühne, Sonderbare. Denke, daß das Leiden und die Freuden der Wesen sich nach ihren Kräften messen, und daß die Ruinen eines Pantheons noch trauriger an die Ungleichheit erinnern, als die einer ruhigen Hütte.

Schon bemerkst Du die mächtigen Stürme der Seele, die meinem Wesen vorübergingen. Gebiete ihnen zu schweigen und fasse jetzo auf ewig die noch liebende Seele! Ich bin zufrieden und nicht traurig, aber mein Geist schwebt immer auf der Höhe, wo er in bodenlose Abgründe oder in die lichte Sternenhöhe des neuen Lebens schaut.

Ich liebe Amöne, weil sie liebenswürdig ist, weil Du es wünschest, und fast einzig wegen meiner zarten, lieblichen, erwärmenden und belebenden Idee über sie.

---

[1] J. P. hat die Linda des Titan nach Ch. gezeichnet.

42.

[Februar 1799].

Meine Laune entstund aus Mißlauten, die mir von der mich umgebenden Welt entgegen kommen, aus der Unmöglichkeit, jetzo nicht mehr von Angesicht zu Angesicht mit der gänzlichen Offenbarung des Geistes und Willens meinen Freund bei mir zu sehn. Ich bin der A. gut und ich will freundlich und tugendhaft gegen ihr sein, das verspreche ich. Ich wünsche sehr, daß Sie erlauben, daß Ihnen die A. besuche. Das ist ganz schicklich;[1] aber jede Auszeichnung von Vertraulichkeit, wenn Sie beide nicht mit mir allein sind, ist nicht schicklich. Wenn Sie das der A. erlauben; so komme ich auch, wenn Sie es wollen, einmal mit meinem Mann des Abends zu Ihnen und trinke Punsch bei Ihnen. Ich glaube, diese Veränderung wird gut wirken, und wir wollen sie zweckmäßig anwenden. Ich will das vermeiden, was mich manchmal reizen kann und oft mit Recht. Ich muß mir die Person fixieren, und dann geht alles gut. Personen, mit denen man immer in gutem Vernehmen zu existieren wünscht, für diese muß man sich ein gleichgültiges Betragen vorschreiben.

Andere, die wir ganz kennen wollen, in jeder Laune, jeder Empfindung, jeder Idee, und die uns so kennen sollen, für diese wagt man oft, und man muß es. Denn das Ich will von den ihn interessirenden Wesen erkannt sein und kein anderes. Die Wahrheit, den Charakter und die Erhebung in den freien Horizont des Geistes muß sich das sich bewußte Wesen zu erhalten suchen. In manchen Stunden unseres Beisammenseins

---

[1] Am 5. Febr. bereits hatte Ch. Amöne in ihr Haus eingeladen. Am 4. März schreibt J. P. an Otto: „Ueber mich habe ich schon mit der Kalb unterhandelt, daß ich mit Am. im Beisein der Kalb umgehe, als wäre Caroline dabei und umgekehrt. Zögern würde alles verderben. Ich denke, mit einer Frau von mehr Geistesfreiheit, Tiefe und Kraft und Toleranz, als ich je eine gekannt, wird sich wohl Am. befreunden."

fand ich diese Eigenschaften und Wirkungen in reichem, befriedigten Sein, und darum werde ich sie immer wünschen und an Dich denken.

43.

[Februar 1799].

Ich bin nicht ganz wohl. Schicken Sie mir Briefe von Otto, ich glaube, diese könnten mir am meisten wohl thun, aber die letzteren von ihm und Amöne pp. — Tausend Dank für das, was Sie mir gestern brachten. Sonderbar, ich liebe es wie ein einziges Zeichen und Erscheinung einer seltenen Seele, die nie bekannt werden darf und kann. In dem Reich der Liebe und der Wahrheit erhöhen und beseelen diese Ideen das Reich der Gesinnungen. Aber es ist nicht von dieser Welt, von keiner; in einzelnen Wesen ist's verständlich, aber nur in wenigen; mehr will ich sagen. Otto, wenn er mir so erscheint, daß ich glauben kann, er verstehe es, will ich es selbst vorlesen. Der gestrige Abend war mir nicht ganz recht; es war eine Heterogenität und das Fräulein war hofmeisterlich.

[Adr.] Richter.

44.

[Februar 1799].

Die Liebe und die Tugend, sagt ein bekannter Schriftsteller, ist eine Schöpfung aus Nichts. Findet oder glaubt eine Seele jene Eigenschaften, nach denen sie sich sehnt und die ihr die Möglichkeit erschaffen könnten, ihr Wesen auszusprechen und mitzuteilen, so beginnt in ihr dies mächtige Werden aus Nichts für eine Seele, eine Person, die von ihr erkannt und die sie erkennen soll in ihrer Sinnigkeit, in ihrer Macht, in der Kraft und Unterscheidung ihres Herzens und ihres Verstandes.

Wo die Liebe in einem Herzen erschaffen wird, kann die

Tugend mit erschaffen werden; wo aber dies Herz sie sehnt und liebt, da ruhte schon von Anbeginn der Existenz die Liebe und die Tugend, das heißt die Begierde, nach reinen, hohen Ideen zu handeln, die Gerechtigkeit über alles zu ehren, zu herrschen durch die Macht der Wahrheit, der That, der Klugheit, der erhaltenden Weisheit, die Liebe genannt wird, wenn ein anderes Wesen zu diesem seltenen Gemüt sagt: Du bist's. Nach diesem Augenblick, der eine Ewigkeit werden muß, verlangt die Seele. So ist's in vielen, und eben weil es so ist, so ist's kein Traum, denn nur im hellsten Wachen und mit der höchsten Kraft und Willen können wir dieses Leben schaffen.

Wenn die Liebe den höchsten Grad erreicht, wenn sie vertraut und ruhig wieder von der Gegenwart in die Zukunft blickt, dann sagt sie sich leise: diesem Wesen kann ich mein Glück vertrauen, meine Freuden, meine Pflichten und meine Wünsche. Gieb diesem Verhältnis einen Namen; ich weiß, wie es heißt. — —

Diesem Wesen kann ich ein anderes vertrauen, daß sie es aufnehme mit Treue, Klugheit, Sorgfalt und Liebe. So empfing ich Amöne, als ich im Januar ihren Namen hörte und Deinen Wunsch, sie bei mir zu sehen. Ich befriedigte Deine Liebe und Dein Verlangen. Beseligter war ich nach dem, denn ich hatte mich selbst vergessen und konnte nur in dem Gedanken und Willen eines andern leben.

45.

[Febr. 1799].

Die Kinder fragen, ob Herr Richter nicht heute mit uns essen würde, weil wir Sauerkraut hätten. Die Rose blüht auch noch. Warum wollen Sie mir nicht lesen lassen, was Otto über mich sagt?[1]) Ich bekomme immer nur sehr unbedeutende

---

[1]) Am 13. Jan. hatte Otto geschrieben: „Ich sann ihrem (Charlottens) Leben nach, und bei aller Erhabenheit, die sie jetzt hat, fand ich

Briefe von ihm zu lesen. — Von etwas [1]) aber kann ich mich nicht überzeugen, daß er und Amöne sich lieben. Er hat vielleicht nie geliebt, darum weiß er nicht, daß er nicht liebt. Sie, sie —, o, ich lese tiefer und wahrer im weiblichen Herzen, als Meister und Künstler es können. Ich weiß mancherlei zu erzählen, was Ihnen freuen wird, es betrifft mich nicht.

Ich bin ein sonderbares Wesen. Mit aller Freiheit, mitten in der Fülle des Lebens, mit aller Gewalt über mein eigenes Wesen, mächtig über mich selbst nach zerstörendem Schmerz, bin ich mir selbst wert, weil alles in meiner Seele ist und der Zufall und die Lehre und die Meinung anderer mich nicht ge=bildet hat. Und dennoch sehne ich mich oft nach dem langen Schlaf.

Verbrennen Sie diesen Brief!

[Abr.] Herrn Richter. Ch.

46.

[Sonnabend, den 16. März 1799].

Auch ich bin in G[otha][2]). Wenn der Geist nur die Gegen=wart bestimmt und das Gemüt nachzieht, so bin ich wohl nur immer da, wo das Wesen ist, welches mir das Liebste sein kann, wenn es will.

Ohne die Macht der Liebe hat kein Weib in der Welt etwas zu thun und zu wollen.

---

doch manches auf ihrem Weg, auf dem sie sie errungen hat, weshalb ich sie Deiner — es thut mir weh es zu sagen — unwert hielt".

[1]) Am Rande der ersten Seite, die hier zu Ende: „Lesen Sie nur dies und beantworten mir's schriftlich".

[2]) Jean Paul war am 14. März auf einige Tage nach Gotha gereist.

Nur in der allerhöchsten Vorstellung des eigenen Wert's, des eines andern, der Liebe, des Lebens, der Natur, kann eine Seele, sich als Person vergessend, alles hingeben und gleichsam über die Zeit hin sich mit allen Hoffnungen der unbekannten, unsichern Ewigkeit weihen. Aber mutlos zuckt das Herz bei diesem Opfer. Werden vollendete Geister erbarmender sein, als die Geister, die Du hier suchtest? Ist in der Ideenwelt nicht fast auch alles ein= sam, wie in der Welt des Gemüts?

Aber ich wollte nur sagen: nicht die vernichtende, sondern die erhebende, verherrlichende Resignation kann hingeben und verlieren wollen. Die reizendste Vorstellung des Lebens und die Wehmut eines reichen Herzens sei gleichsam das Oel, welches die Flamme des Lebens erhält. Kein Ideal darf aufgegeben werden, oder die Seele vernichtet ihre Würde und ihr Selbst.

Oft denke ich, ich habe nichts Bestimmteres erfahren. Den 20. März. Ich bin gut. Je connais l'amitié, l'amitié qui toujours, souvent est l'amour à vos côtés. Donnez-moi l'amitié, mais avec la jalousie de l'amour! Jede Gesinnung hat ihren Himmel und ihre Hölle in sich. Jedes Band unter Menschen hat ein eigenes Reich, in dem die Gesinnung gepflegt, erhalten und genossen werden kann. Es giebt Menschen, deren Wesen so eigentümlich und so reich ist, daß sie nur den leeren Boden suchen müssen, wo sie Raum, Licht und Wärme finden.

47.

[Donnerstag, 21. März 1799].

Ich habe heute Briefe von meinem Mann aus München erhalten, er wird morgen oder übermorgen wieder hier sein.

Bleibt ein Churfürst von Bayern, so ist sein Etablissement gewiß.[1]) Ich will doch Amöne bei mir haben. Wie gerne möchte ich Sie diesen Abend sprechen, oder wenn Sie wollen. Um 5 Uhr gehe ich zur Imhof, wo ich zum Thee gebeten bin. Heute ist also Dein[2]) Tag! — mein Tag! Denn was ist das Leben, wenn nicht ein Wesen uns nahe ist, von dem wir Glück, Ruhe und Heiterkeit erwarten; unmittelbar durch uns allein ist alles schwerer und fast unmöglich.

[Am Rande:] Ich verspreche nichts und wünsche nichts — nur keine Trennung, sichtbar und unsichtbar! —

[Abr.] Herrn Richter.

48.

[Donnerstag, 21. März 1799].

Ich komme wieder, mein Liebling, mit einer kleinen Gabe zu Deinem Lebensfest. Nimm es gütig an, das weiche Gewinde mit dem Zeichen der Unendlichkeit! Ich liebe es fast, es dünkt mich belebt. Guter, Lieber, wie erhält alles einen so innigen Wert für mich, das läßt sich nicht schreiben. Ich sehe Dich heute nicht, und nur mündlich brachte mir der Knabe Antwort! Eine Zeile von Deiner Hand würde mir einen ruhigen, lieben Abend bereiten, und ich würde unter den Fremden fast liebenswürdig sein.

Ch.

---

[1]) Am 1. März schrieb J. P. an Otto: „Die Kalb nimmt Am. desto lieber auf, da jetzt ihr Mann vom Herzog von Zweibrücken nach München zum Avancement berufen worden".

[2]) Statt dieses Wortes schreibt Ch. hier wiederum, wie sie dies auch in einigen der unmittelbar vorhergehenden Briefe und im folgenden gethan hat, einen Gedankenstrich.

49.

Wenn Morpheus einem andern als Euch — Paul, Amöne und Otto[1]) — die Schlummerkörner zuzählte, die er mir entzog, so zürne ich auf ihn, den Trüger, der oft den Bedürftigen der labenden Ruhe, der süßen, dunkeln Vergessenheit beraubt.

War ich gestern zu reizbar, so bin ich heut fast schwermütig.

Kommt bald, denn ich fürchte, gegen 11 Uhr sind wir nicht mehr allein.

Guten Tag — gute Vorsätze und guten Glauben, der auch manchmal der Sichtbarkeit fehlt.

Ch.

50.

Nun ist sie bei mir. Und gleich wie eine Mutter nicht die Liebe weniger, aber die Resignation und die Schmerzen ihres neuen Standes fühlen muß, so fühle auch ich, daß ich ein neues Leben mit dem meinigen zu erhalten habe in dem Gedanken meiner Seele, mit dem Blut meines Herzens, mit jeder Bewegung meiner leicht erschütterten Natur. Es ist oft der Fall, daß die Mutter dem Leben des Kindes aufgeopfert wird. Es thut Dir vielleicht wehe, dieses Wort, ja es thut Dir wehe. Nein, nein, nichts soll untergehen. Allein das Licht des Geistes und die Macht eines hohen, flammenden Gemütes kann eine Welt erhalten.

---

[1]) Am Freitag, den 29. März, waren Ch. und J. P. Amöne und Otto bis Jena entgegengefahren.

Beantworte Du mir dieses! Überhaupt ich will jetzo oft Briefe von Dir haben; ich kann auch wollen, daß man mir das giebt, was ich erhalten kann für die Hoffnung unseres Lebens.

Ich werde Ihnen die Einsamkeit auch bei mir nicht ver=
weigern, wie ich es nie that. Wenn Sie die A. besuchen, so lassen Sie nie ein Wort merken, ich werde so diese Woche immer Abends erst spät nach Hause kommen, denn es wäre mir widrig, wenn nur eine Thüre mich von Dir trennen sollte und müßte. Ich muß auch scheinen nicht zu wollen, wenn ich nicht wollen soll; was sagen Sie dazu?

Aber welch' ein Einfall, ich könnte allein zu Ihnen kommen! Sind Sie Gerning pp.? ist unser Verhältnis so unbedeutend? Ich bin nicht spröde und nicht pedantisch, und das glaubt auch niemand von mir. Aber aus Unterscheidungen wird die Geister=
welt geschaffen, und in Betragen und in der Erkennung wird das mannigfaltige Reich der Sitten, der Art und Gattung nicht untergehen.

Ich gehe vielleicht diesen Abend zu Herders, wenn Sie nicht vielleicht lieber mit Amöne allein dort sind.

Auf alles Antwort!

C. h.

<hr />

51.

[Weimar, April 99].

Guten Morgen, teurer Freund! Ich bleibe diesen Vor=
mittag allein in meinem Zimmer mit Amöne. Den Abend bin ich und mein Mann bei einem Thee gebeten. Wenn ich Sie wiedersehe, werde ich Ihnen manches sagen, was ich jetzt be=
stimmter weiß. — Kommen Sie vielleicht diesen Vormittag ein halbes Stündchen zu mir? Gestern war ich mit Amöne bei Oertel, wo es ihr nicht gefiel, er war auch kalt und gewöhnlich.

4

Heute will ich viel bemerken. Man muß hier fein bemerken. Amöne bemerkt im ganzen fein, das ihr aber fast [unleserlich] außer bei mir und etwa bei der Schröbern nicht wohl möglich ist. Denn zu einer unbefangenen Anschauung von Weimar gehört eine lange Zeit und für sie eigentlich eine kurze, weil sie viel Verstand und ein feines geistiges und körperliches Auge hat. Ich bin ihr sehr gut, aber Weimar ist kein gedeihlicher Boden für uns drei.[1])

[Abr.] Richter.   Abieu, Abieu!

52.

[Weimar, April 99].

Eben haben sich Schillers bei mir melden lassen.

Die Männer sind wie die Frauens, man darf auch die nicht zusammen bitten, die um Amors Gunst buhlen, und die Priester Apollos können ihren Gott unmöglich in Einem Tempel anbeten. Aber noch eine Bemerkung: Bei den ausgebildetsten, empfindlichen Naturen ist just auch das Verschiedene am lebhaftesten empfunden. Ich table es sehr. Aber mein Kapitel über Menschenumgang wird reifer.

Nächstens, wahrscheinlich am Sonntag, sehe ich Sie bei mir mit Herder und Wieland. Doch wünsche ich sehr, Sie besuchten mich früher; wir sind alle, Heinrich, Amöne und Ch[arlotte] recht brav und gut gegen Sie gesinnt.

[Abr.] Richter.   Ihre Freundin

                                   Ch.

---

[1]) Den 5. April 1799 schreibt J. P. an Otto: „Die Kalb liebt Dich herzlich, auch Am. gefällt ihr ganz. Aber dieser scheint noch wenig zu gefallen, sie sieht und hört eine neue Welt mit etwas ***ischen [Hoffchen] Augen und Ohren. Auf ihre Moralität kann sie hier stolz werden, aber nicht auf ihr Wissen. . . . .

53.

Guten Morgen, mein Geliebter! Heute brachte ein Mädchen [ein] Veilchenbouquet und sagte, Du habest sie gesendet.

An Otto habe ich zu schreiben angefangen, ich werde ihm viel sagen. Amöne wird mir immer lieber und unentbehrlicher — ich danke Dir, guter Jean Paul! Ich fasse mein Herz, es gehört nur Dir an und Deinen Freunden; da kann es beglücken, da wird es beglückt. Ja, mein Bester, ich kann Dir nicht sagen, wie sehr ich das Glück anbete, Dich gefunden zu haben. Glaube mir, wir haben noch nicht alles erkannt, was uns unser Herz gewähren kann. Bin ich unendlich und ewig, so ist's auch meine Liebe für Dich; an diesem Sein meines Herzens prüfe ich meine Unsterblichkeit. Erhalte Dich mir, Dein Leben, Deine Liebe, aber auch Deine Treue. Der Mensch kann und darf nicht um sich die Sehnsucht so vieler vereinigen — ein Herz voll Liebe genügt den Liebenden. Es ist mir lieb, daß ich Deine Briefe habe, wenn sie einmal alle um uns sein werden. Es ist sonderbar, sie wären gar gleichgiltige Gestalten für mich, durch Dich werde ich Ihnen und sie mir bedeutend und belebt. Guter Gott, wie schön kann sich mein Leben enden! Wann sehe ich Dich, du Lieber? Erhalte Dich! Heute gehe ich nicht in die Komödie. Schreib mir zu Zeiten. Ja, die Gegenwart ist stärkender, aber glaubst Du nicht, daß mich Deine Briefe und Billete zweimal mehr erfreuen als Dich die meinigen? Gedenke mein, wie ich Deiner gedenke.

[Abr.] Richter.   Ch.

54

[April, 99].

Guten Morgen — Dich sehe ich heute nicht, ob Du[1]) gleich
aus dem Klub einen Augenblick zu mir und Amönen kommen —
Laß Deine Seele nicht gegen mich ermatten; bleibe meinem Willen
treu — ich kann nichts anderes auf der Erde mehr wollen. Ich
will Dir alle meine Briefe wiedergeben; ich suche nur ein
Kästchen, worin ich sie verwahren kann. Glaube mir, mein
Wunsch, mein Plan wird siegen, ich mag, ich kann das Leben
ohne dem nicht wollen, ich kenne die lange, öde, widrige Ver=
gangenheit. Liebe mich und kein anderes Wesen so wie mich. .
Ich kann und will mich nicht ändern, denn ich fürchte das
Unglück und die Oede und die Trauer meines Lebens. Wir
müssen mit einander leben und sterben. Das sagt meine Vernunft,
mein Verstand, mein Herz, und mein ganzes Wesen findet nur
Wohlsein in diesem Wahn, in dem Umgang, in dem einsamen
mit Dir und dem mit Deinen innigsten Freunden.

Schreiben Sie heute dem Sckb.[2]). Da Hardenberg wohl
nach Franken kommen wird, so kann Ihnen und Ihrem Bruder
bald geholfen werden. Oder schreiben Sie lieber an Harden=
berg selbst.

Von München haben wir gute Briefe. Ich verlaß nicht
Dich und die Welt.

[Abr.] Richter.   Abieu!

---

[1]) Hierfür Gedankenstrich.
[2]) Seckendorf; am 13. März hatte J. P. an Otto geschrieben: „Durch
die Kalb bringe ich meinen Bruder vielleicht als Sekretär unter — bei
Seckendorf in Anspach oder in München." Hardenberg hatte damals im
preußischen Kabinetsministerium die Leitung der fränkischen Angelegenheiten.

55.

Ich soll Sie im Namen Ihres Beneiders, des Herrn v. Kalb, auf heute Mittag zu uns einladen, (doch thun Sie allein, was Ihnen bequem, angenehm und gemütlich ist, und kommen Sie nicht, wenn unsere Gesellschaft Ihnen das nicht wäre).

Was das Neiden anlangt, sagt er, er hätte vorgestern nicht taub, aber blind sein mögen; doch dies ist sehr scherzend gesagt, obgleich meine Tochter so nicht scherzen darf. Die Liebe aller, die gedruckt eine Diotima sein kann, sollte keine Circe sein wollen und nicht viele Männer beleidigen, indem sie einen be= rauschen möchte. Ich sage die Wahrheit, wie ich sie bemerke, und die lang bekannte, zu der sich in diesem Augenblick gar keine eigennützige Rücksicht mischt, sondern in jedem Verhältnis hätte ich Euch das gesagt und sagen müssen.

Amöna hat einen sonderbaren Traum über Sie gehabt. Ich gehe nicht nach Leipzig, wenn ich Sie nicht dort finde.

Wir beide lieben Dich und sind treu — trenne Dich nicht von uns und beharre!

Schreib' mir einige Worte aus der Wahrheit der Seele!

Bald Antwort! Ch.

[Adr.] Richter.

56.

Meine gestrige Aeußerung über Woldemar war zu heftig, aber ich möchte wohl einmal mit Jacobi darüber sprechen. Auch ist in dem Ganzen mehr Warnung als Kunst und Ruhe in der Darstellung. Henriettens Wesen ist als Wesen das heiligste, was ich kenne. Ich werde nicht mich gegen Sie darüber erklären,

ich würde Sie beleidigen. Aber der Geist, der in Wolbemar
herrscht, hat nur Ähnlichkeit mit einem, den ich Ihnen nennen
werde. Ich wünsche Sie bald einmal mit der Berlepsch[1]) bei
mir zu sehen.

Sie sollen nicht über mich zürnen. Doch wenn es Ihnen
Spaß macht, — nein, nicht doch! Ach, der Geist und seine
Erscheinung und die Gefühle, die ihn zu Zeiten begleiten, weht
nur im stillen, milden, weichen und hellen Äther; die Kälte
oder die zerstörende Flamme des Zürnens — ober — ach, wie vieles
heißt den Geist entfliehen, dessen Wille allein alles ist, was
war, ist und sein wird. Ich möchte noch etwas sagen . . . . k.
— dies Zeichen!

Ich habe mit A. heute Morgen gesprochen und ihr gesagt,
daß wir nicht wieder mit einander streiten wollten. Es war
eine gute Morgenstunde. Beantworten Sie mir dies Briefchen,
und mißverstehen Sie mich nicht!

Ch.

57.

[Anfang Mai 1799].

Unsichtbarer Naher! Stummer Schweigender! Kalter, Ent-
fernter! Warum ist so alles? Ich bin nicht ganz wohl: es ist
mir öde und ich bin körperlich müde. Amöne hat heute keine
Briefe erhalten. Schicken Sie mir den Brief von der Französin.[1])
Gestern hat mir das Stück gefallen, im einzelnen nicht befriedigt
durch die vielen Gespräche ohne Handlung und Entscheidung.
Ich werde jetzo das Entbehrliche gewahr, was die Zeit raubt
und die Gebuld und dem Effect bald ganz Schaden thut; mehr

---

[1]) Diese reiste Ende April über Curhaven nach Schottland.

[2]) Im März hatte Jean Paul den ersten Brief von Josephine
v. Sydow erhalten (über diese s. Nerrlich, a. a. O. p. 130).

mündlich. Ich gehe künftige Woche nach Kalbsrieth, komme
Anfang Juni wieder hierher auf wenige Tage, gehe, wenn es
Gott nicht anders mit uns vorhat, um Johanni nach Franken;
Ainsi soit-il! Sie können zu mir kommen, wenn Sie wollen;
überall in meinem Herzen und meiner Wohnung können Sie
sein und werden willkommen der Wohnung sein, weil sie es
dem Herzen sind.

Ch.

58.

[Anfang Mai 99].

Hier ist der Brief, den ich immer wieder zu schicken vergaß,
auch zwei Teile vom Hesperus; die zwei andern nehme ich mit
aufs Land. Hätten Sie den ersten Teil der Palingenesieen sowie
die Mumien, so geben Sie mir diese auch mit, ich will es in
der Laube lesen und so durch Ihre liebsten Gedanken die Idee
von Ihnen in mir nähren.

Wir haben uns so lange nicht gesprochen, daß ich wohl
glaube, ich bin Ihnen fremd geworden (kaum in fünf Wochen
eine halbe Stunde). Den schnellen Tod bemerkt ein jeder, der
langsame wird nur zu Zeiten mit seiner drohenden Kälte von
der aufmerksamen Seele bemerkt. Sie haben mir keinen Augenblick einer einsamen Unterhaltung zum Abschied geben wollen;
ich kann, und es würde mir nicht wohl thun, unter vielen den
letzten Abend bei Ihnen zu sein.

Amöne hat mir gestern gesagt, Otto werde sie im Juni
wieder abholen.

Werden Sie mir schreiben? Schreiben Sie mir zuerst! Ich
mag nichts mehr erwarten, auch nicht einmal eine Antwort;
durch das Sehnen und Streben wird eine starke Seele doch
endlich auch kleinmütig und elend. Es ist schöner, ich beantworte
mit herzlichem Dank das Blatt der Wahrheit, von den innigsten

Gesinnungen Deiner Seele bezeichnet, als ich spreche mit lautem
Verlangen aus der Ferne, unwissend, ob ich das Ohr oder den
Willen finde, der mich hören möchte. Mein Mann auch läßt
Ihnen sagen, daß, wenn Sie zu uns kommen wollten, es uns
sehr freuen werde, und Sie mit freundlicher Sorgfalt aufge=
nommen werden sollen. Lebe recht wohl! Bewahre verschlossen
und gesondert meine Briefe. In die Goldne Aue bringen
[Sie] alles, was Sie von mir haben. . . . Ist ein Band des
Geistes und eine Sehnsucht der Nähe in Ihnen nach der Seele,
die diese Briefe schrieb, so gehören sie Ihnen — ist dies nicht
mehr, so gehören Ihnen in diesem Augenblick auch meine Briefe
nicht mehr.

<hr />

59.

Kalbsrieth [Donnerstag], b. 6. Juni [1799].

Hätte ich Ihr Buch erhalten,[1] wie Sie gewiß meinen Brief
an Otto, den Sie gelesen haben, aber nicht bemerkt, daß er
nicht an Sie war, so hätte ich vielleicht Ihr Buch mehr oder
eben so unvollkommen verstanden, wie Sie meinen Brief an
Otto. Doch Sie haben das Geistige desselben wohl in eilendem
Anblick bemerkt, aber das Lokale, Individuelle, Beziehende nicht.
Wir sollen keine Briefe schreiben, wir Frauens. Es würde ein
Brief, wenn ich mich erklärte. Wollen Sie mich hören, so kann
ich manches sagen. Den Montag bald Nachmittag bin ich in
Weimar, Dienstag Nachmittag fahre ich mit Amöne, für die
ich immer mehr Zuneigung erhalte, wieder fort, und wir sind
in einer schönen Gegend den Abend, und den andern Morgen
sehe ich Otto.

Wer hat denn das Buch für mich erhalten? wenn Sie mir

<hr />

[1] Jean Pauls Briefe und bevorstehender Lebenslauf. (Werke
Bd. 13, p. 169).

und Amöne vielleicht noch etwas wollten wissen lassen, so schicken Sie Ihr Briefchen am Freitag Abend zu der Frau von Luck,[1]) denn den nächsten Sonnabend als übermorgen geht eine Gelegenheit nach Kalbsrieth.

Leben Sie wohl! Es beginnt eine neue Zeit für uns. Die gegenseitige Wahrheit unseres offenbarten Gemüts wird Namen geben den Tagen und den Wochen.

Charlotte.

60.

[Kalbsrieth, Mitte Juni 99.]

Endlich gedenken wir nach Weimar zu kommen. Leicht, aber wie ein Vogel, den man an einem Band gefesselt hat, schwebt der Vorsatz vor uns, und wenn uns irgend etwas Ge= fälliges begegnet, ziehen wir ihn wieder ein und verwahren ihn im Käfig, bis die Stunde kommt, wo er ausfliegen kann und soll.

Ich bemerke auch in mir die Möglichkeit, die mir bis jetzo so oft begegnete: nicht immer den Willen des Willens zu thun, sondern auch leicht und spielend den Zweifel und das Mißtrauen unter den Blumen zu säen. Das Veilchen blüht auch am schönsten unter dem welken Moos. Lebt wohl! Amöne ist still, freundlich und gut, und ich bin gut mit allem, was J. P. liebt.

[Am Rande:] Besuchen Sie meinen Mann in einem Abend= stündchen.

Ch.

---

[1]) Charlottens Schwägerin.

61.

Ich werde wohl morgen Abend wieder hier sein — ein
ganz unvorhergesehener Zufall kann mich nur bis übermorgen
halten — aber der wird nicht kommen. Dann bleibe ich zwei
Nächte und einen ganzen Tag hier, und gehe dann wieder nach
Kalbsrieth. Einen Abend sind Sie bei mir, den anderen bin
ich bei Herder. Sie können wählen, welchen Abend Sie bei
mir sein wollen, ob den ersten oder den letzten. Der erste wäre
mir lieber.

Sie müssen aber in Ihrem Haus bestellen, wo Sie morgen
oder übermorgen zu finden sind, wenn ich hinschicken sollte, um
Sie um Ihren Besuch zu bitten!

Jetzo schreiben Sie mir auch einige Worte, damit ich recht
heiter in Jena bin. Ich habe Ihnen noch manches zu er=
zählen, nicht von der Zukunft, sondern von der Vergangenheit,
und Sie werden Ihren Irrthum erkennen, denn kein Wort
hat gegen Sie gesprochen. Hören Sie nur! Mir ist alles sehr
nahe wieder — und eine Scene, worin Sie mich verkannten, muß
[ich] Ihnen mit jedem Gedanken und Empfindung und Vorsatz er=
zählen. Nicht alles bleibt — hundert Blüten verdorren, ehe eine
reift — aber grausam ist's, mit frecher Hand und dunkelm
Blick Blume und Baum zu zerstören. Wir hören das Seufzen
der stummen Natur nicht über diese Mißhandlung, aber ich
würde Dir sagen: thue es nicht; ich vergleiche Euch mit dem
Baum, mein Gemüt kennt die Leiden dieser Mißhandlungen
und auch von Dir!

Ich will dann noch eine schöne Bitte Dir vortragen, Du
wirst sie gerne hören, und Engel sind befohlen über Dir, daß
Dein Fuß sich an keinen Stein stoße.

Charlotte.

62.

[Weimar, Mitte Juni 1799].

Dies ist ein wahres Zeugnis meines Gemüts:

Glaube — Liebe —
Ruhe — Ewigkeit!

Ich brauch' es nicht auszusprechen. Du weisst's, dass ich Dich segne.

63.

[Weimar, Mitte Juni 1799].

Ich lese das neue Buch mit ganz eigener Lust und Gefühl, und wenn ich nicht schon vor drei Jahren gerufen hätte: komme zu mir, so rufe ich wieder: bleibe bei mir. Ich verstehe alles tief, leicht, sinnend und bildend, und zu Deinem Leben möchte ich auch noch ein Blättchen beilegen, was auch so sein wird, wenn uns Gott das Leben und die Liebe erhält. Otto wird mit Amöne zu mir kommen und zu jedem häuslichen Fest bei Dir mich abholen; und wenn ein Leiden im Hause ist oder ein krankes Kind, so wird Hermina[1]) zu mir schicken, um den beruhigenden Rat meiner stets gegenwärtigen Liebe zu hören. Und wenn ich schwächer werde und nun mein einsames Zimmer nicht mehr verlassen kann, wird immer eines oder einige die Abende bei mir zubringen, und wir werden in traulichem Gespräch unsere Gedanken, Erfahrungen und Lektüre wechseln. Und wenn einst unter dem Schatten einer Linde sich ein frischer Rasen hebt und die Kinder am liebsten in dieser Dämmerung verweilen und mit kleinen Erinnerungen von mir ihr kurzweiliges Spiel unterbrechen, dann wird der Vater nicht fragen, wenn sie nach

---

[1]) S. die oben angeführte Schrift Jean Pauls.

Hauſe kommen, was habt Ihr gethan? ſondern, wo habt Ihr
geſpielt? und es wird lange eine Sage im Dorfe ſein, daß auf
dem Grabe Deiner Freundin die Kinder am frohſten und trau=
lichſten ſpielen.

Nicht wahr, heute um 6 Uhr ſind Sie in meinem Zimmer,
wir eſſen dann auch mit einander?

Ch.

<hr>

64.

Kalbsrieth [Sonntag], den 16. Juni [99].

Als ich allein auf der Landſtraße fuhr, war mein Gedanke
mit wenigen Perſonen beſchäftigt. Ich dachte an Paul zwei=
mal, und den dritten Teil meiner Zeit erfüllten die andern
Bekannten meiner Seele. Auch ich war mir eines ſolchen freien,
ruhigen, voll Liebe und Gedanken erfüllten Gemütes bewußt,
daß ich ſelbſt von meinem willenloſen und hoffnungsloſen
Weſen innigſt bewegt war. Ach nein, doch hoffnungsvoll,
denn Du wirſt mich immer lieben, und was fehlt mir dann
zum höchſten Glück, als Deine Gegenwart? Keine Gegenwart
hat Bedeutung ohne die Liebe. Kein Weſen hört, keines verſteht
das andere ohne die Liebe. Sie iſt das Licht, ohne das kein
ſterbliches Weſen eine Seele erkennen kann. Es giebt nichts
Schmerzlicheres, als die gleichgültige Gegenwart eines Weſens,
das ſonſt uns nahe war, das einſt zu unſerm Herzen ſagte: Du
biſt mein. „Die Zeit iſt vorbei, in der wir nicht liebten, uns
nicht kannten, — jetzo iſt die Ewigkeit, in der wir's thun",
das iſt die ſchönſte Zeile Deiner Hand, die ich beſitze.[1] Als

<hr>

[1] Am 24. Juni 1796 hatte J. P. ihr geſchrieben: „Ich reiche Dir die
Hand über Zeit und Raum, es war eine Zeit, ehe ich Dich kannte und
liebte; die Ewigkeit beginnt für den Liebenden."

ich neulich Deine Briefe wieder las, haben diese Worte einen
hohen Mut mir gegeben, und Du hättest schwören können, ich
liebe Charlotte nicht — ich hätte geschworen, er liebt mich
dennoch. Wir werden die Welt verlassen, in der wir uns nicht
erkennen und lieben konnten. Du wirst die Geliebten Deines
Herzens zu Dir rufen und unter ihnen auch mich; meine Liebe
wird erscheinen dürfen, leicht, gefällig, innig und thätig,
huldigend und belohnend. Du wirst mich nicht mehr verkennen,
und in dieser Stimmung liegt alles, was meine Seele verlangt.
Ich war, ich bin innigst bewegt; was ich so selten kann, ich
konnte weinen. Was ist's in mir, das diesen Geist mir schafft
und dies Erheben über alles und Ergeben in alle Dinge? Und
ich war lange ohne Gedanken, betäubt war ich in dieser Frage
an mich selbst versunken, als schnell mit vielen Thränen dies
Wort aus meinem Herzen quoll oder kam: „Werdet wie die
Kinder, sonst kommt ihr nicht ins Himmelreich." [Das ist] der
kindliche Sinn, den ich in meinem Herzen so gerne pflege, das
von allen unnützen Bedürfnissen befreite Leben, die Freuden, die
nur das eigne Herz erschafft und teilt. Aber ist denn eine
andere Freude als diese? Alles andre ist Irrtum, Zerstreuung
oder gar der Laut eines zu gewohnten Schmerzes. O, es ist
nichts Schrecklicheres, als das bange, verworrene, zwecklose Dasein,
wo die Seelen verscheucht werden.

Den 17. Ich fand in unserer Goldnen Aue die Luft milder,
den Rasen grüner und die Gegend süßer, denn sie versorgt
reichlich die Kinder der Natur. Nur fünf Stunden fuhr ich,
so kam ich schweigend an. Die Kinder waren um meinen Wagen
versammelt, und Heinrich und die Bärbel und die andern. Das
kleine Hündchen meines Sohnes Fritz sprang in [den] Wagen
und leckte mir die Wange. Die Bärbel reichte, küßte, drückte
mir die Hand, August brachte mir sein neuestes Kleinod, ein
junges Kätzchen. Ebba, meine süße, schon wie die Mutter ver-
kannte Ebba, eine niedliche Zeichnung von ihrer Hand. Sie war
sehr liebenswürdig, sehr sanft, und so blieb sie die ganze Zeit.

Da ich mich jetzo dem Ausbruch des freudigen Wohlgefallens nicht mehr überlassen darf, so bin ich ernst mit ihr, aber weil doch die Liebe einen Ausdruck haben muß, so treten mir oft von inniger Freude über sie zitternd fast Thränen der Wehmut in die Augen. Lieber, Guter, vergieb, ehe Du es liest, mein Be= kenntnis.

Du hast mir oft tiefe Schmerzen gegeben! Dichterbiographen wie Du, das heißt, wie Du allein bist, sehen, fassen, bilden, zeichnen und schaffen tief die Menschheit. Aber die Wirklichkeit eines festen, unzerstörlichen, liebenden Gemüts fassen sie nicht. Ich glaube fast, sie sind besorgt, daß in den Zügen, in der Seele der Menschen etwas ist, was ihren Idealen gleicht. Sie sind eifersüchtig auf die Kinder ihres Gemüts und ihrer Phantasie. Die Wirklichkeit darf ihre Begeisterung nicht erfüllen, sie sind zu stolz und zu mutlos. O, das Herz des Menschen, welch' ein stolzes und verzagtes Ding! Ich verzage nicht an meinem Herzen, aber verstummen, erstarren wird es wohl müssen, denn das Herz, die Liebe bildet hier auf Erden nur den Geist zu höheren Begriffen, und mangelnd und unbeseligt wird mein Geist das Leben verlassen. Ja, mein Teurer, ich sage Dir jetzo nicht, wie oft ich gelitten habe, wie zerstörend, so daß ich mein Herz Deiner Gewalt entziehen müßte, (wenn Du es nicht haben willst) als länger den Tod der Liebe so oft zu schmecken. Denn sie erwacht immer wieder in Deiner Gegenwart, ach, leider auch durch Deine Bücher, und ich muß mit St. Preux[1]) sagen: On veut te fuir, le fantome est dans ton coeur. Du bist nicht schuld daran, ich weiß es wohl, verzeih also meiner Klage — Du bist nicht Schuld daran — Du bist, das weiß mein Herz, und darum will es zu Dir! — Wenn einst glücklicher ich neben Dir ruhe, will ich Dir vieles erzählen, und dann wird die Thräne der Wehmut sich mit den Thränen der Freude mischen, dann küssen wir die letzten Zeichen unserer vergangenen Leiden.

---

[1]) Juliens Geliebter in Rousseau's „Julie".

innig von den Wangen, und keine ähnlichen Klagen erpressen wieder diese Zeugnisse einer ewigen Liebe!

Man verwunderte sich, daß ich so allein kam und mein Sohn Fritz hat das Geheimnis ausgeplaudert: sie haben gewettet, J. P. käme mit, aber er kam nicht. Er kommt nicht. Ob ich gleich immer an Dich denke, so will ich Johanni den ganzen Tag und auch den Abend so an Dir denken, als wenn Du da wärest. Ich werde Deine Stimme hören, und meinen Namen Charlotte sanft klingend und leise an Deiner Lippe belauschen. D. 18. Heute bin ich müde, ich habe nicht geschlafen. Gestern war ich zu beklemmt, und die Zukunft hatte eine düstre, dunkle Schwere für mich. In der Ermattung träumen wir leichter und können schwer den Traum, den Wunsch von der Wirklichkeit, von der Gabe und [dem] Besitz eines glücklichen Seins unterscheiden.

Ich denke oft an das Projekt, welches mir in Jena eröffnet wurde. Ich glaube und hoffe, es soll gelingen. Die Gegend ist die reizendste in Deutschland, gute Lebensmittel, schöne Dörfer, eine nahe Meß= und Marktstadt, gute Postcourse, Buchhandlungen in vielen nahe liegenden Städten, die reichen Sammlungen von Büchern in Klöstern, reiche Privat=Personen, gefällige Menschen. Dort kann man das Stadtleben mit dem Landleben ver= einigen und wegen der häuslichen, friedlichen, aber reichen Einrichtung an den reellen Bedürfnissen Freunde bei sich sehen und bewirten.

Wie, wenn wir gar unserm Herder eine Freistatt bereiten könnten, der von seinen Consistorialarbeiten sich befreien müßte, eine Pension nehmen und die letzten Jahre des Lebens den Musen und der Ruhe und der Freundschaft widmen? Du mußt wohl merken, daß ich halb schlaftrunken bin. Ich dachte an ihn, weil Du ihn liebst; ich liebe ihn auch, aber mein Herz bedarf nur **Liebe** und **Ruhe**; also wünsche ich niemand als Dich für mich.

Der Mann erhält die Ansicht der Gestaltenwelt fast nur durch sein Weib, und er traut der Wirklichkeit selten etwas mehr, als was sie ihm beweisen kann. Diese Erfahrung hat sich bei mir noch nie widersprochen. Alles was über diese Wesen sich sein Geist vorstellt, gehört zum Idealischen, zum Unnützen, zur Ausartung. So habe ich gemeine Köpfe gekannt, die eine größere Rangordnung unter dem weiblichen Geschlecht fassen konnten, als die feinsten, größten. Ich kenne nichts Trivialeres, als die Vorstellung unserer meisten Aufklärer, auch Dichter, über die Frauen — Wieland, Falk u. a. m.

Einige spotten zwar über das gemeine, mißbrauchte und vertändelte Leben der Frauens, aber sie glauben nicht, daß mit einer ächten Geisteskultur auch die praktische Thätigkeit an Einsicht, Reinheit, Zweckmäßigkeit und richtiger Würdigung der Dinge nur allein gebildet werden kann. Ich hatte in diesem Betracht eine sonderbare Lage in der Jugend: ein Buch in der Hand und lesend; in der Küche, Keller, Boden, Kinderstube und am Krankenbette immer Beobachtung der Wirklichkeit; thätig und ordnend stand ich einem Hauswesen vor, wo mehr als 30 Personen Nahrung und Aufsicht forderten. Mir schien jede Thätigkeit im Leben und selbst das Sterben so leicht, daß ich nichts für schwer achtete und fürchtete, als die Gebuld. Und dieser ernsten, strengen, stummen, lieblosen und tötenden Gewalt habe ich mein Lebelang dienen müssen.

Den 19. Juni. Heute ist der Tag, wo ich einen Brief von Ihnen erwartete und keinen erhielt.[1]) Ich will heute über „Ihr Buch[2]) schreiben, was mir einfällt.

Die Vorrede hat schöne Gedanken. Es kann sich eine bessere Zeit in stillen Gemütern verbreiten, aber sie wird es schwer, wenn der Mann für sich das Evangelium in dem

---

[1]) Jean Paul hatte Ende Mai in Hildburghausen Karoline von Feuchtersleben kennen und bald auch lieben gelernt.

[2]) Jean Pauls Briefe ꝛc.

selbstsüchtigen Eigennutz will, aber für die Frauen das strenge Gesetz. Auch giebt's Ansichten der Dinge, die nichts wirken. Keine Karikatur bessert oder kann moralische, das heißt ruhige, glückliche Menschen machen. Die „Wandernde Aurora" hat mir sehr gefallen,[1]) so die Abhandlung über den Traum[2]) und fast auch ganz der Philosophie=Brief,[3]) ich hab' darüber an den Herder geschrieben; dann Luna am Tag[4]) und die Neujahrs= Nacht.[5]) Der Hutverein[6]) ist gut; ich ahnde die keine Satire und ihre Gestalten.

Das Testament für die Töchter[7]) ist eine zu leichte Arbeit für Sie. Ich muß einmal ein Testament für Töchter schreiben, wenn ich einmal so dumm bin, meine eigenen Irrtümer zu be= kennen. Das Testament der Männer an die Töchter lautet ungefähr so: Ihr habt kein Recht [an]s Leben, keine Liebe giebt's für euch, ihr werdet verachtet oder genossen. Ihr müßt lieben und einen einzigen beglücken, aber ihr dürft weder Verstand noch Willen haben; keinen Wunsch, keine Freude und Teilnahme dürft ihr bezeigen, nicht euer Verlangen allein, auch das unsere wird euch in der Erinnerung als Schuld angerechnet. Aber wenige Männer in gebildeten Ständen haben diese Vorstellung, und Jean Paul wird solche Stellen, die ihn zu einem Falk gesellen, in andern Auflagen vermeiden. Ich kenne nichts Schwächeres und Lächerlicheres an einem Manne, als wenn er solche Offen= barungen des weiblichen Herzens bekennt und gewiß nicht ver= tilgen, sondern uns kund thun möchte. Genug schriftlich! Das

---

[1]) A. a. O. p. 216; es heißt nicht „wandernde", sondern „wan= delnde".

[2]) „Ueber das Träumen", a. a. O. p. 217.

[3]) Brief über die Philosophie p. 262.

[4]) p. 184.

[5]) Die Neujahrsnacht eines Unglücklichen, p. 211.

[6]) p. 194.

[7]) Privilegiertes Testament für meine sämtlichen Töchter, p. 178.

Picknick[1]) hat mir meist gefallen; ich habe mich zu Euch und der Hermina gehalten. Mir fallen Personen dabei ein. Die Satire über die Schriftstellerei der Frauens finde ich nicht ganz wahr; ich mag mit einem und dem andern nichts zu thun haben, und selbst meine Tochter soll sich nicht bemühen, aus Stolz sei es ihr verboten. Aber Ihr thut's nur aus Eigennutz, damit Euch nichts von unserer Seele entgehe, und Ihr macht's wie der Teufel, der die in die Ewigkeit behalten will. Das glücklich liebende Weib wird kein Autor, und bei einer Unglücklichen sucht niemand eine Freude. Warum wollt Ihr nicht, daß sie ähnliche Mühen mit Euch habe und ähnliche Täuschungen erlebe? Die Ehrsucht, die Eitelkeit und [der] Ehrgeiz hat nie diese Gewalt über eine weibliche Seele, wie bei einem Manne. Sie kann es nie vergessen, daß sie ein Herz hat und daß sie lieben können. Kein Rausch, kein Rauch bringt sie um dies Bewußtsein des Höchsten, und die Liebe, von der die Männer singen, ist dem Weib die ewigste Wahrheit. Jean Paul muß sich in acht nehmen, daß er nicht mit einer Heckenscheere das Gesträuch noch kürzer beschneide. Den wahren Genius wird er nicht aufhalten, aber manchen Druck vermehren und manche Dummheit befördern, und soll das Weib nicht sein, was es sein kann und wird? Denn Kinder haben und kochen und flicken kann auch geschehen, und der Verstand und die Muse dient mit Grazie allen und jeden; so laßt sie Schnorhammel sein und bleiben, für Vito, Veit,[2]) Jacques und Jean!

<hr>

65.

Kalbsrieth, [Donnerstag] ben 27. Juni [1799.]

Es ist mir ein Rätsel, daß ich gestern wieder keinen Brief von Sie erhielt. Aber Sonntag Nachmittag bin ich in

---

[1]) p. 195.
[2]) Personen in Jean Pauls o. a. Schrift.

Weimar. Wollen Sie mich den Abend besuchen, so machen Sie mir's durch ein Billet bekannt — auch Zeit und Stunde. Kommen Sie nicht, so schreiben Sie mir's ja auch bald. Ich bleibe nur zwei Tage in Weimar (und sehe diesen Ort wahr= scheinlich als Einwohnerin nicht wieder[1]) — es sei denn, daß mich der Krieg aus dem ländlichen Thal vertriebe) — dies ist Ihnen im Vertrauen und als Geheimnis gesagt.

Charlotte.

[Abr.] An Herrn J. P. Richter in Weimar.

66.

[Weimar, Anfang Juli 99].

Wann kommen Sie zu mir und essen wieder wie das letzte Mal? Sind Sie nicht bei Koppenfels, so bin ich ½8 Uhr wieder zu Hause; sind Sie aber da, so führen Sie mich nach Hause. Schicken Sie mir die Jenaischen Briefe wieder.

Antworte mir, mein Geliebter, und versiegle Dein Billet!

Ch.

[Abr.] An Herrn Richter.

67.

[Weimar, Anfang Juli 99].

Hätten Sie nicht Lust, um acht Uhr zu mir zu kommen und mit mir eine Stunde weit zu fahren und dann wieder zurück=

---

[1] Nachdem Ch. Weimar verlassen, siedelte die Schiller'sche Familie in ihr Haus über. Bereits am 24. August 1799 schreibt Schiller: „Ich erwarte mit jedem Tag Antwort von der Frau von K. des Quartiers wegen, das ich, wenn es zu haben, ohne Anstand gleich von Michaelis an auf ein Jahr miethen werde."

zugehen, oder vor das Buttstedter Thor[1]) zu gehen und da sich
erst in meinen Wagen zu setzen? Es geht vor Bertuchs Haus und
dem Bären vorbei. —

Lieber, thue es, wenn Du kannst! Es ist nicht ein Ver=
langen, sondern es ist ein anderer Geist, der Deine Nähe heut
wünscht, der ruhige, friedliche, liebende, der Deiner Seele Schein
und Ton heute vernehmen möchte. Schicke mir Briefe von
Deinen Korrespondenten, von Oertel, Otto, der Feuchtersleben[2]).

Gedenke mein! Jetzt fahre ich in einer Stunde in die gol=
dene Aue.

[Abr.] Herr Richter.   Ch.

68.

[Weimar, Anfang Juli 99].

Gestern um elf Uhr ging ich mit der Schröbern aus, und
zu Mittag aß ich bei der Schröbern; sie mußte mir viel von
Hof erzählen. Wir haben Sie bis um 4 Uhr erwartet; die
Probst sagte, Sie würden nach Tisch wiederkommen. Dann
ging ich zu Herder und blieb bis 10 Uhr. Auch da habe
ich Sie wieder erwartet und die ganze Gesellschaft; es war eine
leise Sehnsucht in mir, ich war still, zerstreut und abwesend. —

Wo warst Du denn?

Als ich nach Hause kam, fand ich die lieben Zeilen. Heute
werden Sie die Prinzeß Taris sehen. Es thäte mir leid, wenn
Sie die Königin nicht gesehen hätten.[3]) Heute gegen sechs Uhr
bin ich bei der Koppenfels zum Thee geladen, sind Sie
auch da?

---

[1]) Das Jakobsthor im Westen der Stadt; von diesem aus führt
südwestlich die Straße nach Ettersburg, nordwestlich die nach Buttstedt.

[2]) S. Förster II, 231 ff.

[3]) Königin Luise v. Preußen; vgl. hierzu Otto III, 141.

69.

[Weimar, Anfang Juli 1799].

Heute Abend von fünf bis gegen acht Uhr bin ich bei der Koppenfels, sind Sie vielleicht auch invitirt?

Gestern in der Komödie sah ich meine Cousine, die Engländerin Mellisch, ein schönes Weibchen,[1] die, wenn Vernunft und Liebe sie vom achten Jahre an gebildet hätte, eine Venus hätte werden können im schönsten Sinne dieser Gottheit; so ist sie nur eine Grazie geworden. Sie hat aber noch etwas im Auge, was die andern Frauens nicht haben: Innigkeit, Feuer und Macht. Ihre Schwester ist das beste weibliche Wesen, die treueste Tochter, ohne Beispiel ist ihre Liebe und Aufopferung für ihre Mutter gewesen. Sie wird von Vater und Geschwister und Unterthanen mehr als verehrt. Sie hat Klugheit und Betragen, aber, wenn man es je wenig haben kann, gar keinen Egoismus. Sie hat gar keine wissenschaftliche Kultur, aber sie spielt gut Schach; sie ist klein und nicht schön, aber das Auge ist es fast.

Heute ißt eine Bekannte bei mir, die ich vor achtzehn Jahren zum letzten Mal sah. Ich war ihr sehr gut. Sie war eine sehr schöne Brünette und sang köstlich schön. Jetzt ist sie in Mangel und Unglück. Es ist etwas für mein Herz, daß ich die Strahlen ihrer Morgenröte bewahrt habe.

[Adr.] Herrn Richter.

70.

Waltershausen bei Römhild [Montag], d. 8. Juli [1799].

Ich hatte eine leichte Fahrt bis Gotha und den andern Tag kam ich nach Meiningen, den Ort, wo ich zehn Jahre meiner

---

[1] Gemahlin des englischen Consuls.

Jugend zugebracht habe.[1]) Ob ich gleich diesen Ort nicht gerne habe, so fühle ich mich doch immer dort gedankenvoller, stiller als anderswo. Mich zieht eine Gewalt in die Vergangenheit hin; Du mußt den Ort sehen, damit Du das Theater meiner Jugend kennen lernst. Es wohnt außer dem Herrn Cramer[2]) noch ein anderer Autor in Meinigen, dessen Name ich Ihnen nächstens schreiben werde.

Meine Schwester Geispitzheim[3]) ist hier, und am Montag bin ich wieder allein, dann gehe ich wahrscheinlich nach Boklet. Auch mein Schwager bleibt nicht länger, und Fritz verläßt mich auch im August; man wünscht, ich soll ihn begleiten, ich habe aber keine Lust dazu. Eines teils mag ich meine Kinder nicht gerne verlassen, dann könnte es auch Jean Paul einfallen, die Gegend und sein Maienthal zu besuchen, denn ob Sie es gleich beschrieben haben, wissen Sie doch nicht, wie es in der Natur aussieht. Sie werden auch noch einen Grafen=Gelehrten und Dichter hier finden. Der Graf Soden[4]) quartiert sich bei dem Pastor des Orts ein, weil man seine Meubles auf seinem Gut gestohlen hat. Ich werde ihn nicht viel sehen, aber für einen Biographen ist's eine gute Figur.

Als ich aus Weimar fuhr und oft auf dem Wege war es mir, als käme ich Dir[5]) immer näher. Es war eine fast noch nie bemerkte Sicherheit, Gegenwart und holde Ruhe in mir. Ich denke nicht mehr an Dich wie sonst mit gespannter Er-

---

[1]) S. Palleske, pp. 35. 80 ff.

[2]) Der bekannte Romanschriftsteller lebte seit 1795 als herzogl. sächs. Forstrat in Meiningen.

[3]) Caroline M. v. D., geb. 22. Juni 1766, vermählte sich 1784 mit Friedr. v. Geispitzheim, kurpfälz. Hauptmann und Herrn auf Loblach. Ch. schreibt jedesmal „Geisbizheim;" das Geschlecht hat seinen Namen von dem elsässischen Schlosse und Städtchen G., zwei Meilen von Straßburg.

[4]) Dramatischer Dichter und staatswissenschaftlicher Schriftsteller, er lebte seit 1796 auf seinem Gute Sassenfahrt im Bambergischen.

[5]) Hierfür Gedankenstrich.

innerung. Ich denke an ihn, weil er an mich denkt, und mir
ist oft, als wärst Du bei mir. Ich würde sehr einsam sein
und arm und mangelnd, wenn Dich meine Seele wieder verlöre.
Es ist nicht möglich. Der Verstand und die Kraft muß den
Willen und das Leben unsres Gemüts erhalten, das uns Ruhe,
Freude und Vervollkommnung gewähren wird.

Den 9. Juli. Guter, hier bin ich schon wieder! Sonderbar
drängt sich vieles in unsern Familiengeschäften, und vieles kann
sich bald entscheiden. Ich kann's nicht schreiben, weil Sie von
der ganzen Geschichte nicht unterrichtet sind; ich werde aber
alles einst und vielleicht bald erzählen. Ja wohl müssen wir
uns diesen Sommer noch sehen, denn ich habe zu bedeutende
Dinge zu sagen. Oft werde ich nach Ihnen gefragt von den
Herren v. Kalb, den beiden Brüdern,[1] und Heinrich glaubt, daß
Waltershausen nicht eher schön ist und unsere Existenz gesichert
und glücklich, bis es Deinen Beifall hat. Es ist alles sonderbar,
aber das Ähnliche sucht sich, und endlich sieht der Mensch, und
wär' es nur, wie es den Dummen und Bösen begegnet, daß man
nur mit den Aehnlichen glücklich sein kann. Ich küsse Dich!
Ja, tausend Dinge hab' ich Dir zu sagen. Ich wollte nicht
mehr Du sagen, und hier steht das ewige Du schon wieder. Es
ist sonderbar, daß man aus einer solchen Gegend nicht einmal
schreiben kann. Die Aenderung, die mit dem Gemüt vorgeht,
kann der Fremde nicht verstehen. Das Thal ist anmutig und
reich, aber etwas beschränkt; die Natur scheidet uns von der
gleichgültigen Fremde und Ferne. Wer sich selbst nicht besitzt,
kann hier nicht leben, wer sich selbst besitzt und seine liebsten
Hoffnungen, ist hier im Himmel. Liebes Wesen, ich bemerke
wohl, daß es auch hier schwer werden wird, meine Geschichte
zu erzählen. Doch wenn ich keine süßen Worte und kein Ge=
schwätz mehr finden sollte, dann erzähle ich und rede von mir.

---

[1] Ihr Gemahl und Joh. Aug. Alex. v. K., Sächs. Weim. u. Eisen.
Kammerpräsident und Johanniter-Ritter; Goethes Vorgänger im Staats-
dienste. Vgl. Böttiger. Liter. Zust. ꝛc. I. p. 51, 56.

Schreibe mir auch), was Du vorhast, was Du thust, was Du wünschest, wo Du bist.

Ich schicke doch die beiden Blätter ab, mein Teurer. Erkenne mein Herz, hab' meine Seele lieb, Du meinem Geist so Gegenwärtiger! Gott sei mit uns!

Ch.

71.

Waltershausen bei Römhild, [Mittwoch], d. 10. Juli [99].

Ich habe Ihnen oft geschrieben, aber die Blätter liegen in meinem Schreibtisch. Ich werde Ihnen oft schreiben und werde nichts absenden als das einzelne Blatt, was allein die Annonce der verborgenen ist. Der Verstand kann Briefe schreiben, die Seele und das Herz nicht mehr. Heute reist mein Schwager wieder ab, wir sind wieder allein.

Nächstens schreibe ich wieder. Sagen Sie mir, wo Sie sind und was Sie vorhaben. Vielleicht schreibe ich Ihnen bald, daß ich Ihre Gegenwart wünsche, daß ich Ihnen etwas Bedeutendes und Wichtiges zu sagen habe; es ist ein Geschäft, was Ihnen sehr vorteilhaft sein kann und Ihr Einkommen wenigstens um die Hälfte erhöhen kann, aber es kann nur deutlich mündlich gesagt werden mit Andenken und den einzigen Gesinnungen einer Freundschaft. O mein Freund, welche Sicherheit ist in meinem Herzen! Wenn ich Ihrer gedenke, so hat das Leben Inhalt und Wert für mich.

Charlotte.

72.

Waltershausen [Montag], d. 12. August [1799].

Heute, mein teurer Freund, erhielt ich Ihren Brief vom fünften dieses. Ich schreibe im Bette; acht Tage bin ich wieder vom Bad[1]) zu Hause, aber immer krank. Noch ist viel Krankheitsstoff in mir, ich muß still sein und ganz ruhig und mich sehr warm halten. Zweiundzwanzig Bäder hab' ich gebraucht; es hat vielleicht meiner Natur die Kraft gegeben, das Uebel abzuleiten. Es ist eine heftige, rheumatische Materie, die mir auf den Nerven liegt im ganzen Körper; die mindeste Spannung oder Unruhe drückt mich nieder. In dieser Lage kann ich nicht lange Briefe schreiben, auch siecht mein Leben, das können Sie wohl denken! — Sie haben nun zwei Briefe von mir, ein Blättchen durch die Post, zwei Blätter durch Einschluß an die Herbern; weil ich so lange keine Zeile von Ihnen erhielt,[2]) habe ich die Kraft nicht mehr gehabt, ferner zu schreiben. Es war ein Schlummer über die Vergangenheit in meiner Seele; meine Erinnerung konnte die Kraft nicht haben, sie zu beleben. Ich muß mich still und mild erhalten, damit ich wieder genesen kann, damit ich gesund bin, wenn ich Dich wiedersehe. Heinrich von Kalb freut sich sehr auf Sie, sehr! Er sagte mir, ich sollte es Ihnen schreiben, er habe Sie für einen Mysogyn [?] gehalten, wenn Sie aber den Freunden treu bleiben, wären Sie's nicht. Von Ilmenau haben Sie bis Waltershausen zwölf Stunden und der Weg ist nicht gut, sechs bis Schleusingen, vier bis Römhild, zwei bis hierher, den Weg nach Hildburghausen wissen Sie ja ohnehin. In Hildburghausen sagt man, die Feuchtersleben wäre Ihre Braut.[3]) Der Pastor von hier hat seinen Schwager, den Oberhofprediger, und den Herrn Geh. Rat Röderer besucht, und diese haben es ihm gesagt. Ich habe von andern keine klare Idee von dieser Person bekommen können, ich habe aber auch mich nicht sehr erkundiget. Mit Liebe, mit Freundschaft, mit Innigkeit, mit Wärme gedenke ich Deiner,

---

[1]) Aus Boklet.

[2]) Jean Paul war in Erfurt, Gotha, Eisenach, Hildburghausen gewesen.

[3]) Die Verlobung fand erst im Oktober statt. S. Nerrlich p. 155 ff.

aber die Sehnsucht und keinen unruhigen Affect darf ich nicht in mir aufkommen lassen; meine Natur hat schon viel gelitten, sie würde jämmerlich zu Grunde gehen. O lieber, guter, teurer Freund! unsere Liebe, das heißt unsere Seelen, unsere Geistesart, unsere Neigungen, unsere ähnlichen Freuden an den Freuden, an dem Genuß des Schönen, des Erhabenen — auch an dem ruhigen, häuslichen Sein sind nicht vergänglich. Sie sind, denn wir leben nur dadurch, und wo das nicht ist, leben wir nicht, wir zerstören uns nur. Das Unähnliche, Rohe, Geistlose, Zweck= lose zerstört uns auch.

Die Gesellschaft im Bad war ziemlich gebildet, einig und artig; doch kann meine Natur keinen unnötigen Aufwand der Kräfte mehr ertragen. Das Frankenvolk ist gutmütig und gerne froh, höflich mit Herzlichkeit ꝛc. Wir waren von allen Ständen versammelt: geistlich, weltlich, Augustinergenerale und kaiserliche Generale — Hoffouriere und Materialisten mit Domherren, Reichsgrafen, Gesandten u. s. w. und alles hatte Anstand und guten Ton, weit mehr als man in Sachsen findet, aber flach. Also konnte man über Sie ruhig schlafen. Doch habe ich eine Bekanntschaft gemacht, die Sie auch in der Folge der Zeit machen werden: der Forstmeister von der Borch[1]) aus Bayreuth, eine sehr feine Natur, gebildet, unterrichtet, denkend. Sonderbar, er war sehr krank, und ich glaube, er kann nie ganz genesen. Die Äußerung seines Wesens, seine Spannungen, Krämpfe, häufige Ohnmachten, wo er wie in Schlaf hinsinkt, Schlaflosigkeit, dies ist durch seine Individualität, Schicksale, Aerzte, Art zu sein und zu empfinden, so bestimmt. Ich glaube nicht, daß er ganz genesen kann, das heißt, daß er werde verändern [?]. Seine Mutter ist auch eine eigene Frau, sein, voll Kennt= nisse und Talent, Emanuel kennt sie etwas. Herder kennt die

---

[1]) Fr. Wilh. Frhr. v. d. B., geb. 1771, k. bayrischer Kämmerer und Forstmeister zu Gunzenhausen.

Mutter; er hat sie, wie sie mir sagte, vor vielen Jahren in Pyrmont gesehen. Diese beiden suchten fast nur mich auf, und sie waren mir dort auch das Liebste. Ein heftiger Schrecken versetzte Mutter und Sohn in die traurigste Lage und fast sehr gefährlich. Sie hatten ihr Vertrauen zu mir, sie suchten Rat und Unterhaltung bei mir. Den 20. August kommen sie hierher und bleiben acht Tage; vielleicht lernen Sie ihn hier kennen und er Sie. Ich bin neugierig, wie Sie beide auf einander wirken werden. G. R. Einsiedel und Knebel und wir — wollten mich diese Weltgeister auch besuchen, es wäre mir auch recht lieb.

Adieu! Meine Augen schmerzen gar sehr.

Charlotte K.

Den 13. August.

Es geht heute etwas leichter, doch kann ich das Bett noch nicht verlassen.

Das Projekt, von dem ich sprach, betraf ein Kapital, um sehr hohe Procente unterzubringen. Wenn man die sichere Hypothek beweisen kann, will ich wieder davon sprechen.

Aber jetzo sucht auch Jemand 200 Louisdor und giebt gern 6—7 pCt. und kann sehr sichere Hypothek offeriren. Sind Sie so reich oder können Sie es bei Emanuel bekommen?

73.

Waltershausen [Sonntag], 18. August [1799].

Sie werden nun einen langen Brief von mir erhalten haben, den ich während meiner Krankheit schrieb. Noch bin ich nicht wohl, und es [ist] eine Frage, ob ich ganz wieder genesen kann, aber ich werde mir Mühe geben.

Es hat mich nicht gewundert, daß Sie Liebreich grüßen lassen, aber daß Sie so nennen [sic]. Heilig muß uns die Wahrheit fein. 16 Jahre hat man es gelogen, und jetzo wird man sich dieses Titels wohl selbst schämen. Denn Amor besitzt ihn mit ganzer Macht, und er kann sich jeden Schabernack von diesem heillosen Gott anthun lassen und bleibt ihm treu bis in den Tod. Nein, was unsichtbar nicht fest ist, wird durch Pfaffen=Segen nicht fester. Es bringt kein Heil, nur das Recht, des andern Vermögen mit dem Volk seiner Art zu verzehren. H[einrich] wünscht sehr, daß Sie hierherkommen möchten, er wünscht es für seine Ruhe. Ich werde etwas ändern, denn entweder sage ich es Ihnen mündlich oder bald schriftlich, wenn ich Sie nicht sehe. Das Zerstreuen in der Welt taugt nichts, — Freunde sollen, müssen miteinander leben, sonst beginnt bald der ewige Tod.

Es gehe Ihnen wohl, recht wohl. Ich bin nicht heiter, matt, ganz einsam, und durch die Mühe, die ich mir immer bei den Versöhnungen des liebenden Paar's geben muß, ganz verworren.

Charl.

Verbrennen Sie sogleich dieses Blatt.

74.

Waltershausen [Mittwoch], d. 28. August [1799].

Sie hatten mir geschrieben, daß Sie zu Ende August wahr=scheinlich hierher kommen würden, und ich hatte mich auf Ihre Ankunft gefreut, mein verehrter, teurer Freund! —

Ich werde bis zum 3. September hier sein, dann nötiget mich aber die Anwesenheit meiner Schwester Geispitzheim, diese in Coburg zu besuchen, und andere bringende Angelegen=heiten, einige Zeit in der Gegend von Bamberg, in Trabelsdorf[1])

---

[1]) Es gehörten den Ostheims: Dankenfeld, Marisfeld, Trabelsdorf, Waltershausen, sämmtlich in Franken, Canton Rhön und Werra.

zu sein. Meine Abwesenheit dauert vielleicht zehn Tage; sollte es länger sein, so schreibe ich Ihnen sogleich. Vorch und seine Mutter sind bei mir; diese gehen wahrscheinlich mit mir über Coburg wieder nach Bayreuth. Etwas hat ihm das Bad genützt, aber ich zweifle doch an seiner gänzlichen Wiederherstellung.

Mit meiner Gesundheit geht's besser, aber ich muß sehr diät leben, ruhig, mäßig, sanft und heiter.

Alle Welt, das heißt, zwei drei Pe[danten] schreiben, J. P. R. ist verlobt, versprochen, Bräutigam, nennen aber die Braut nicht.

Gott erhalte Sie und gebe Ihnen Freude und Ruhe und mir Ihre Seele klar und innig!

Charlotte.

[Abr.] An Herrn Jean Paul Richter in Weimar.

———

75.

Waltershausen [Dienstag], b. 3. Sept. [1799].

Sie werden vielleicht ein Briefchen von mir bekommen haben, worin ich Ihnen von einer kurzen Abwesenheit von hier schreibe. Alles hat sich geändert und ich bleibe wohl noch vier Wochen hier und vielleicht kann ich gar nicht diese kleine Veränderung vornehmen. Es giebt viele Krisen in unsern Angelegenheiten, aber mein Gemüt ist ganz ruhig, ich fürchte nicht, ich hoffe nicht. Oft ist mein Geist abwesend, und wenn ich ihn rufe oder ihn suche, war er bei Dir. Ich will die Ruhe festhalten, in ihr kann allein die Liebe wohnen. Gedenkst Du meiner auch? Schreiben Sie mir bald und sagen mir von dem Wichtigsten, was die Seele ist und von neuen Büchern.

Lebt 1000mal wohl!

Charlotte.

[Abr.] An Herrn J. P. Richter.

———

76.

[Waltershausen, September 1799].

.... Nur keine fremdartigen, heterogenen Naturen um sich. Der Mensch wird weder glücklich noch gut unter Fremden, in der Zerstreuung. Ich habe vergessen, warum ich eigentlich schrieb.

Du sollst den Namen Deines Gottes nicht mißbrauchen; das heißt, Du sollst Dir keinen Titel geben lassen. Ich vergesse immer alles, darum vergaß ich auch zu sagen, wie sonderlich mir neulich das Gespräch bei Herders vorkam. Was Sie manchmal für Einfälle haben! Jeder ausgezeichnete Mensch raubt sich jeden Rang und bekennt einen Unglauben, der sich einen Titel geben läßt. Ein Titel ohne Amt ist mir so widerwärtig wie ein hölzernes Schaugericht.

Ich mag nicht den Herrn Rat Richter bekomplimentieren[1]), es sei denn, daß Sie einmal für eine Pension von 1000 fl. aus Dankbarkeit sich einen Titel von einem Großen ausbitten. Aber mir schwant, daß Titel, Rang, Adel und Prinzen nicht lange mehr genannt werden wird.

Tausend Schönes, Liebes, Gutes an ....

Sie haben doch eine kleine Brieftasche bei sich, wo das Blatt Raum findet?

⟩ 77.

[Waltershausen, Oktober 1799].

Einen Brief waren Sie mir nicht schuldig, aber nur die wenigen Worte: „Ich kann nicht kommen, ich reise jetzo wieder nach Weimar,” oder, wie es im Evangelio stehet, als die Gäste

---

[1]) Am 15. August hatte die Geheimrätin von Koppenfels Jean Paul, der bei ihr zum Thee geladen war, das Dekret des Herzogs von Hildburghausen überreicht, das ihn zum Legationsrate ernannte.

nicht kommen wollten: „Siehe, ich habe ein Weib genommen, darum kann ich nicht kommen" u. s. w., damit hätten Sie alle Heilige im Himmel verstanden, und so wären Sie wahr und höflich und glücklich zugleich gewesen. Mein Geist und Gemüt hat Sie eigentlich nicht erwartet, denn ich hatte die Meinung schon aufgegeben Sie hier zu sehen, aber ich mußte ja den schrift= lichen Worten glauben, mit denen Sie mir sagen: „Ich schreib' Ihnen aus Hilbburghausen[1]) und bitte Sie um Pferde ꝛc.". Also blieb ich zu Hause und schonte die Pferde, weil ich immer von einem Tag zum andern meinte, Sie würden sie fordern lassen. So vergingen einige Wochen. Endlich schicke ich einen Boten nach Hilbburghausen mit einem Brief an Sie. Dieser brachte die Nachricht wieder zurück, daß Sie in einer Witterung, die alle Straßen in Bäche verkehrt, Ihren Abflug nach Weimar unternommen hätten. Wie sonderbar ist es doch, daß man in derselben Witterung wohl dreißig Stunden reisen kann, aber ohnmöglich wegen dieser Witterung in einer leichten Equipage vier Stunden bequem fahren oder in der Hinreise nach Weimar einen Umweg von zwei Stunden nehmen konnten [sic.]. Das Wasser war wohl das Element nicht, was Sie fürchteten! —

Fräulein von Feuchtersleben[2]) wird als eine verständige, an= genehme Person geachtet; ich und H. von Kalb freuen uns Ihrer Verlobung.

Meine äußere und geistige Lage ist so mannigfaltig, daß ich [es] in einem Brief nicht sagen kann.

Hoffnung habe ich für nichts, ich lebe in der Gegenwart. Die Veränderung bleibt uns immer gewiß. In Meiningen sind einige Frauens verständig und gut, mit diesen war ich viel; die Männer sind ärmer an Geist und dabei eitel, und das vermehrt die Armut und verdirbt die Fähigkeit.

---

[1]) Jean Paul war am Mittwoch den 2. Okt. in Hilbburghausen angekommen und hatte sich am Sonntag den 6. verlobt.

[2]) Ch. hat den Namen angefangen zu schreiben, bis auf den ersten Buchstaben jedoch wieder ausgestrichen.

Wenn nur Fichte etwas mehr Ähnlichkeit mit dem Heilande hätte als die Geißelung[1] ꝛc. Es ist ein sonderbarer Streit der Geister unter dem Himmel.

Titan wird siegen, an dessen Stirn der Name von vier Grazien geschrieben.[2]

78.

[Waltershausen, Februar 1802].

Sie werden ein etwas Schmerzliches in den Zeilen finden, die Sie vielleicht schon mit der Post erhalten haben. Jedes Bekenntnis ist Erleichterung, und so ist es auch jetzo etwas gemindert. Nun zur Entstehung dieser Stunden!

Sie waren mir, als ich nach M[einingen] kam[3], schon seit

---

[1] 1799 war Fichte in den Atheismusstreit verwickelt; am 29. März hatte er das herzogliche Reskript erhalten, welches seine Demission und Übersiedlung nach Berlin zur Folge hatte.

[2] Der Titan war der Königin Luise von Preußen und deren Schwestern: Charlotte, Herzogin von Sachsen-Hildburghausen, Friederike, Fürstin Solms, und Therese, Fürstin Taxis, gewidmet. Der nächste uns vorliegende Brief Charlottens ist vom Februar 1802. Jean Paul hatte sich inzwischen, nachdem die Verlobung mit K. v. Feuchtersleben rückgängig gemacht war, in Berlin mit Karoline Mayer, der Tochter des Obertribunalsrat M. verlobt, am 27. Mai 1801 vermählt und war dann nach Meiningen übergesiedelt. Charlottens Vermögensverhältnisse hatten sich bedeutend verschlechtert. Sie gedachte eine Pensionsanstalt zu errichten und wandte sich deswegen auch an Schiller. Dieser riet jedoch ab. Sein Brief vom 25. Juli 1800 findet sich bei Ernst Köpke, a. a. O. p. 137. Jean Paul schreibt im August 1800 an Herders Gattin: „Das Projekt der guten Kalb ist so unbestimmt und der französische Aufsatz so voll Sprachfehler, daß sie wahrscheinlich keinen Genuß davon haben wird, als den der Hoffnung. Geben Sie sich keine lange Mühe mit dem Abraten des Erziehens — die Zöglinge werden fehlen."

[3] Am 6. Febr. schreibt J. P. an Otto: „Die Kalb ist hier". Henneberger (Jean Pauls Aufenthalt in Meiningen-Meiningen. 1863) berichtet,

faſt zwei Jahren. wie eine mir fremde, zwar vom Schickſal
hingeworfen[e Erſcheinung] — wie auch ich — um Geiſt und
Gemüt durch Leiden zur Entwicklung zu bringen und eben da=
durch dem Schickſal einen ſchnelleren Gang zu geben, damit das
unbedeutende Spiel des Lebens ſchneller abrolle. Mehr Kon=
ſequenz konnte ich dieſer unſerer geweſenen Bekanntſchaft oder
Unbekanntſchaft nicht abgewinnen. Ein Brief, den ich aus
dieſer Zeit zwei Jahre habe, wird Ihnen mehr von dieſer
Stimmung ſagen, wenn Sie ihn einmal leſen wollen. Ich ſah
Sie, und Sie waren mir bei dem zweiten Mal weit unbekannter,
als Sie mir bei dem erſten Sehen waren, ob ich Sie zwar
damals anredete: „Sie ſind — ſind Sie denn der J. P. R?"
Ich hätte dieſen Zweifel meiner Seele nie merken ſollen.
Sie ſagten mir nichts, aber ich ahndete es; oder habe ich mich
betrogen, ſo ſagen Sie mir's. Noch nie hatte Ihre Seele kalt
zwar, und nur beobachtend, — aber doch iſt der Wunſch der
Gegenwart um Charlotte in Ihnen. Dieſer Wunſch iſt
nicht in mir, es ſei denn, daß über uns gegenſeitig alles
beantwortet werde und daß eine neue Wurzel des Daſeins
entſtehet. Ich bin gerne in meiner Einſamkeit. Ich wurde in
Meiningen krank, durch Verſteinerung u. ſ. w. das viele
Reden in den Stunden, wo ich um Sie war, was ich nicht
gerne mag und in meiner Natur nicht liegt, das Wort: Sie
kennten mich und mir würde die Linda gefallen, die ich ſo
innig haßte, wenn ich mir die Mühe geben möchte, ſelbſt eine
Idee zu haſſen. — Ich habe eine Tiefe in der Geſinnung, die
vielleicht nur ein Paskal und vielleicht ꝛc. verſtehen würde.
Den Abend und den letzten Morgen kam ſo vieles über mich
wie Hagelſchlag. Ich fuhr einſam, wie immer den Winter, weg
und trat ins Zimmer. K[alb] war freundlich, aber er ſagte: „Haſt

---

daß Charlotte mit der Familie von Türcke in Meiningen eng befreundet
geweſen, ſowie daß ſie früher in Nordheim unweit Meiningen bei den
„Fürſten der Rhön", dem alten Freiherrn von Stein, gewohnt habe.

Du Deinen Ver[ehre]r (auch jetzo mit mehr Umschreibung, aber
wie oft und viel habe ich es schon hören müssen) gesehen?"
Also dieser Gedanke ist auch in ihm, wie er in so vielen ist,
die mich sahen. Wir müssen uns sprechen und bald und in
Gegenwart von Kalb, wo nicht aller, doch vieler.
An einem Wintertag kann dieses am besten beredet werden.
Wenn Sie wollen, kann ich Ihnen einmal die Pferde schicken.
Schaden kann dieser Schritt nicht, [unleserlich] aber inkonsequente
Empfindung werden wir gewiß nicht verschwenden, Gerechtigkeit,
insofern der Geist, gekleidet in diese Vergänglichkeit, sie über
drei Wesen aussprechen kann.

Ch.

Eine Zeile Antwort nur durch die Post oder mit dem Buch!

[Adr.] Herrn J. P. Richter in Meiningen.

79.
[Waltershausen, Ende Februar 1802].

Dieser Bote, dem ich wünsche, daß Sie ihm einige Zeilen
für mich einhändigen möchten, überbringt dies Blatt. —
Vor allem Verzeihung für meine vorigen Blätter! Ich war
doppelt krank, wenn ein Mensch es doppelt sein kann. Unter
vielen Leiden muß ich mich emporhalten. Der Kampf ist sonderbar;
ein Drittes, Unerwartetes kann mich, muß mich verwirren.
Einmal müssen wir uns sprechen; Gott, möchte es bald
sein! Jedes Wort will ich erklären, was ich schrieb; und
nichts kann eine erhabene Seele trüber über das Wesen, wel=
ches es sagte, nur wähnen lassen [sic]. Sind wir unendlich,
so sind auch die Gedanken und Vorstellungen über uns unendlich;
die Wahrheit, die Klarheit umgiebt den, der sich dem Unver=
gänglichen weiht. Bin ich verändert, und ich bin es, so muß
ich Ihnen vor allen Dingen von den Schmerzen reden, die

mich verwandelt haben. Den Tod nannte noch ein jedes ein[en] Schmerz, und ich bin gestorben! Der Zustand zwischen der neuen Verwandlung ist unbesonnen und voll Betäubung. Ich schwankte nicht um Menschen, aber um manches Wollen. Als ich Euch wiedersah, und auch Sie, dachte ich doch, aber zagend, ich möchte um Euch sein und Ihr mit mir.

Es war unser aller Idee [?] — und ich war es nicht — als ich von Menschenzungen und ihren Deutungen redete. Was gehet mich das an, wo ich leben könnte, holder, ruhiger und seliger wie je? Ich bin vor zwei Jahren unter sonderbaren Schmerzen und Thränen untergegangen, und als ich erwachte, fand ich mich nicht wieder. — Die Idee ist bei mir Empfindung und Empfindung mir Idee. Ich darf keinen lebhaften Anteil an der Sichtbarkeit nehmen, ich vertrag' es nicht mehr.

Fritz, mein Sohn, ist fast sehr krank. Das Wesen interessirt mich, auch wenn es nicht mein Sohn wäre. Kalb ist sanft, und gewiß, Ihre Erscheinung wird ihm wohlthun. Vor zwei Jahren weinte er mit mir, und es war der einzige, dem mein Schmerz etwas verständlich war. Das ist die Quelle harter Worte — an der Sonne schmilzt die Schloße dahin und wird gleich dem wohlthätigen Tau.

Ihre Karoline ist mir wie ein interessantes Buch, von dem ich nur den Titel gelesen habe. Sie sind mir, so verbunden, vollkommener für mich.

Mit Schmerzen wird jedes Neue geboren. Und nun ist die Frage, soll die neue Welt voll Idee, Gesinnung und Leben, die euer beider Antlitz rötet [?], gleichsam wie eine Insel, die sich aus der Fläche erhebt, leben, grünen, gebildet werden, oder soll sie schmerzhaft und formlos untergehen?

Sie in Waltershausen zu seh'n ist für mich jetzo das Bedeutendste und Liebste, was mir geschehen kann, wenn es auch nur ein, zwei Tage wären.

6*

Den 6. März verreist Kalb; gerne fähe ich Sie wenigstens einen Tag vor seiner Abreise mit meinem Sohne, wenn dieser bis dahin genesen ist. Auch wünsche ich schmerzlich und herzlich, mein Fritz fähe Sie.[1]

Aber jetzo ist Tauwetter und kaltes Wetter, und wie kann ich Ihnen und der jungen Frau diese Reise zumuten! Gott erhalte Euch!

Alles hat bei mir fast zu viel Gewalt — Friede sei mit uns ewig, so wie er gewiß in meiner Seele ist! So viel Zeilen, wie ich Seiten schrieb!

Charlotte.

80.

Waltershausen, b. 8. März [1802].

Noch erwarte ich Sie nicht hier.

Aber eilend [?] erlauben Sie mir eine Anfrage. Ich habe Chokolade, die ich gerne bald los wäre. Das Pfund feine 2 fl. 12 kr., das andere 1 fl. 45 kr. Können Sie welche brauchen oder Ihre Frau mir bei Consistorialrat Heim[2] welche anbringen, — ich wäre nicht gerne genannt — so geschieht mir ein großer Gefallen. Ich handle jetzo mit allem, was mir vorkommt. Diese Spekulation ist mir aber nicht gelungen und ich habe daran keinen Profit und würde es Ihnen auch dann nicht anbieten. Leben Sie wohl! Schreiben Sie mir einige Worte und dieses gesiegelte Billet schicken Sie an Frau v. Dürkheim. Haben Sie kein gutes Buch, was mich erheitern könnte?

Gruß und Friede!

Charlotte.

[Adr.] An Herrn J. P. Richter in Meiningen.

[1] Ch. reiste Mitte März und Ende April selbst nach Meiningen; f. Aus Herders Nachlaß I 342. 344.

[2] Vgl. Nerrlich p. 74.

81.

Waltershausen, b. 12. März [1802].

Dieser Brief ist eigentlich mehr für Otto, als für Sie. Einige kleine merkantilische Betriebsamkeiten gelingen mir, und man fordert mich zu noch mehreren auf. Daß ich solchen Ge= schäften einige Spielstunden in der Woche weihe, das weiß mein Gemüt sehr wohl, warum ich es thue. Weder durch den Vorsatz noch durch die Ausführung glaube ich eigentlich Gutes zu thun, aber die Absicht, der Zweck ist gut und nötig.

Ich möchte also von Ottos Schwiegervater den Preis= Courant haben, wie er den Kattun an andere Kaufleute überläßt, im Stück, sechs Stücken u. dgl. immer die schönsten und modernsten Muster. Auch da Herr Otto gewiß in Plauen bekannt, oder doch leicht Abressen haben kann, wünsche ich auch von den besten Fabriken Muster zu bekommen, besonders von buntem Musselin.

Sie werden doch nicht über mich lachen, daß ich mich mit dergleichen abgebe? Das Leben ist rund und man muß es von allen Seiten fassen.

Auch bei dieser Misere darf ich mich nicht von dem Wahn, der sich über alles wie ein Riese lagert, abwehren lassen.

Ueber die Abhandlung der Mad. Necker denke ich in abstracto wie sonst, für mich anders.

Schicken Sie mir ein Buch, ein Buch! — Leben Sie wohl!

Charlotte.

[Abr.] An Herrn Legations=Rat Richter in Meiningen.

82.

W[eimar], b. 1. Juni [1802].

Ich kränkelte immer und habe aus Neigung und Notwen= digkeit wenig mein Zimmer verlassen. Sie haben mir nicht gesagt

Ihnen zu schreiben, aber da Sie neugierig auf meine Rückkehr
waren, um meinen Laut und Ton über die Gewaltigen zu ver=
nehmen, so schreibe ich, daß meine Rückkehr unsicher ist, daß
ich hier bin, weil ich keinen hinreichenden Grund habe, um an
einem andern Ort zu sein, daß von hier aus und im Fall
der Notwendigkeit doch noch mehr entfaltet werden kann, als
sonst wo.

Ich habe oft gewollt, Sie wären hier. Uns gehet es so,
wir werden uns mit allen unsern Mängeln doch in der Welt
nicht wiederfinden. Wenn das Schicksal nicht einen ernsten
Gang mit mir nimmt, und dies muß sich bald zeigen, so wollen
wir an einem Ort zusammen sein. Aber Kalb soll auch da sein,
wenn er will, — wenn er nur zufrieden ist!

Ich schreibe dies flüchtig in einer Abendstunde. Ich gehe
zu niemand. Schillers sind freundschaftlich. Ich bin einige=
mal in der Dämmerung bei ihnen gewesen; ich glaube, er
arbeitet, und mit Lust, con amore.

Herders sah ich mit P[astor] Günther, Meyer, D. Herder
in allem viermal. Ich hörte sie nicht. O, wo ist das Leben
hin! Ich gehe immer weniger hin, und, wie sie auch meinen,
weiß ich nur ahnend.

Mich verwandelt der Gedanke anderer in das Gefühl,
so bin ich. Dann muß ich ein Bad der Stille brauchen. Sie
sind nicht mehr wie sonst — Herders Gedanken sind göttlich,
die am meisten, die er nicht schreibt und sagt. Es thut mir
weh, dieses Alter zu sehen. Die ernste Wehmut bewegt mir
jetzo allein meine Seele. Iffland kommt den 16. und spielt
den Herkules, Reichardt[1]) ist und bleibt hier bis dahin.
Schlegels Alarcos ist nicht schlecht, aber unerträglich; er ist mit
Weib und Kind nach Paris. Mit immer mehr Rinde, Deine

---

[1]) Joh. Friedr. R., der bekannte Componist und Musikschrift-
steller.

treue Charlotte, Blüte und Frucht für Karoline.[1]) Wo ist der Violingast?[2]) - - -

[Adr.] An Herrn J. P. Richter.

83.

Weimar, d. 14. Juni [1802].

Gestern war Thieriot bei mir. Er verweilte ziemlich lange, ob ich gleich doch vermute, daß er in Weimar Langeweile fand. Herders gehen im Anfang August oder Ende Juli nach Bayern. Schreiben Sie mir noch einmal, und bestimmen mir ganz genau Ihre Ankunft in Weimar, damit ich ja nicht während dem abwesend bin. Ich muß jetzo für mich sorgen und darüber will ich Ihnen auch sprechen — o, schreiben ja nicht; ich finde es für mich eben so unschicklich als unselig. Ich erwarte von unserm Beisammensein nichts. Heiliget die Gegenwart! Das ist meine Religion. Über den Titan will ich einiges sagen. Ich wünschte mir in jedem Jahre vier Bände, puisque cela m'amuse, und bei einigen Stellen habe ich Sie auch lieb, und das ist mein Verhältnis zu dem Autor. Was mir nun an diesem mißfällt, ist mir darum auch unbehaglich, und weil es mich nicht anzieht, denke ich es auch nicht. Nicht die Kunst, das Wort wird — wird ein Wort bleiben. Sie schreiben immer lichter, schöner. Ob ich gleich den Titan nicht so liebe wie die Dornstücke bis auf Natalie, so ist mir doch der Autor dadurch bedeutender. Nein, auch das ist nicht wahr! Ich kann und will nicht mehr schreiben. Meine Briefe, die Otto hat und Emanuel, geben Sie mir auf kurze Zeit, Sie sollen sie wiederhaben — mit allem Ernst und Sehnen bitte ich darum.

---

[1]) Bezieht sich auf den Brief J. P.'s an Herder vom 22. April. S. aus H.'s Nachlaß I, 344.

[2]) Paul Emil Thieriot, ein excentrischer Jüngling, welcher Philologie studirt hatte und Violinvirtuos war. Vgl. Förster I, 403 ff. vgl. I. XIV ff. Charlotte schreibt Thuriot.

Ich gehe so schwach, daß ich oft meine, ich könnte leicht fallen und ein Bein brechen. Aber mein Leben ist doch leichter dahin, als wäre es anders mit mir.

Adieu, et[1]) avec moi — Caroline et J. Paul.

Ch.

Vielleicht schickt man Ihnen von Waltershausen ein Paket, das bringen Sie mir mit.

84.

Weimar, den 19. Julius [1802].

Heute sind Herders abgereist. Gestern Mittag war ich bei einem fröhlichen Mahle bei ihnen. Mit siebenfacher Empfindung habe ich von ihnen Abschied genommen, besonders von ihm. Alles war diesen Mittag liebenswürdig, selbst der Pastor Günther. Ich aber, die in der Darstellung weder mich selbst, noch den Wein vertragen kann, wurde krank, hab' nicht geschlafen. Hab' alle meine Beschwerden, die sonderbaren und die bösen dem Ärzten geklagt, und diese schwören bei dem Mercur und der Minerva, nichts könnte mich herstellen als ein Bad: Baden bei... Aachen, Wildbad, ich[2]) .... Wiesbaden die Ruhe, und dort mein vertrauter Arzt. Also beschick' [?] ich wieder alle Dinge und finde Hülfe in der Not. Unbehaglich, sehr unbehaglich war es mir während Eures Aufenthalts hier;[3]) es muß etwas in der Luft gewesen, und wer nicht gesund ist und bessert sich nicht, wird eben kränker. Ich schwöre beim Styx, mir ist nicht zu helfen ohne Wiesbaden, und das ewige Leben, das ist ein recht reiches, mannigfaltiges und eigenes; wie das tolle kommen wird, das wollen wir sehen, ich lege die Hände nicht in den Schoß.

---

[1]) Ch. schreibt est.

[2]) Es ist hier ein Stück Papier abgerissen.

[3]) Über diesen s. Otto, IV. p. 94.

Es ist möglich, ich reise über Meiningen; da sehen wir uns, so viel wir können. Ich lache darüber, aber in ein Element muß die Creatur.

Liebe Karoline, am Dienstag Morgen, wenn ein Wagen vorbei fuhr, that mir die Brust weh. Am Montag Abend, als Du bei mir warst, war es mir, als säß ich in einer Rosenlaube. Ich gehe viel aus, ich lese viel, ich komme nicht zu meinem ersten Ich. Wenn ich komme, müßt Ihr mir recht viel erzählen, recht viel Briefe lesen lassen, ich will gar nicht reden, sondern wenn ich noch etwas mit den Lippen thun muß, will ich lieber küssen, und wenn vielleicht diesen [unles.] mit dem entsetzlich langen Namen, dem ich auch noch zwanzig geben kann, die schlimmsten und einige gute. Ueber das Küssen will ich auch etwas sagen, ob es sich zwar nicht für mich schickt, nur über das Küssen etwas zu sagen, und wenn ich Dich nicht küssen wollte, hätte ich nicht daran gedacht. Also ich küsse Dich, nun lasse Dich aber in einer ganzen Stunde nicht von Jean Paul küssen, denn sonst bist Du mir untreu — das thue nicht! Du vergißt es nicht und ich vergeb' es nicht! An Karoline.

———

85.

Waltershausen, d. 6. Spt. [1802].

Ueber die Veränderung unseres Vermögensstandes habe ich die erfreulichsten Nachrichten. Dennoch will Kalb und auch ich, daß ich mein Projekt verfolgen soll. Gelingt es, gut; wo nicht, so bin ich in Bamberg; bis im November ist alles entschieden.

In wenigen Tagen reise ich ab. Haben Sie mir etwas Gutes und Schönes zu sagen, so adressiren oder couvertiren [Sie] die Briefe an mich an Frau von Laroche in Offenbach[1]), sie giebt oder schickt sie mir am sichersten. —

———

[1]) Am 28. Sept. schreibt Ch. aus Homburg an Schiller: „In Offen-bach besuchte ich die alte Mutter Laroche. Sie ist gekleidet in den Nacht-

Sie können mir durch diesen Boten auch ein Paket Briefe schicken, ich will sie vor meiner Abreise noch retour schicken, besonders auch welche von Thieriot. Durch die politische Veränderung bekomme ich sicher in weniger Zeit eine Einnahme von vielleicht 2000 fl. für meine Person, aber jetzo für die ersten drei, vier Monate fehlt mir Kredit und bar Geld. Wenn Sie bei Geld sind, und Sie so viel Vertrauen auf mein Wort und meine Ehre haben, so lehnen Sie mir 100 fl. Ich zahle, setzen Sie den Termin, denn um Weihnachten bin ich nicht mehr in dieser Presse und Verlegenheit. Wenn ich weiß, daß Sie in Zukunft meine Briefe verbrennen wollen, werde ich Ihnen oft schreiben, mehr Anekdoten und loses Geschwätz. Kalb grüßt, er ist gut und brav. Fritz hat den Fuß gequetscht[1]) und, wie man glaubt, auch den Knorren gebrochen. Er erzählt es selbst ganz ruhig und mutig.

Segen und Ruhe!

Charlotte.

Wenn Sie nach Koburg gehen,[2]) so besuchen Sie den Konsulent Sartorius, nebst meinem Kompliment. Ich glaube, man ißt gut bei ihm.

---

nebel des achtzehnten Jahrhunderts; und Bettina Brentano, die Erstgeburt des neunzehnten, stand und lag neben ihr in der gröbsten Naivität des neunzehnten."

[1]) In dem oben erwähnten Briefe vom 28. Sept. schreibt Ch. an Schiller: „Fritz, der zuweilen für seine Kameraden Pferde zureitet, ist mit einem alten Gaul gestürzt, hat das Bein gebrochen und den Knorren gesprengt, trägt aber das Leiden mit Gleichmut."

[2]) Jean Paul war Ende Oktober einige Tage in Koburg. Es gefiel ihm hier so gut, daß er im Juni des folgenden Jahres dahin übersiedelte.

86.

Also Sie haben wieder Kopfweh? Die rauhe Luft ist schuld. Hier sind die Briefe wieder. Der von Fanny hat eine gute Seele, aber der Stil ist geahmt. Der von Wagner[1]) ist leiblich, unter bessern und sicherern Verhältnissen hätte es wohl ein guter Kopf werden können. Thieriots Briefe von Paris möchte ich lesen. Der Schelm hat doch an Klarheit gewonnen, weil es ihm fehlte. Diese sind ein dicker Most, und man weiß nicht, was aus dem Getränk werden wird. Als Musikus schreibt er zu viel und gut genug. Ich bin ziemlich thätig. Ein Hauptbrief ist fort. Das Resultat will ich Ihnen mitteilen. Für mich thue ich nicht, was ich thue; meine Kinder machen es mir interessant. Finde ich es aber nicht behaglich und an= nehmlich, so bin ich in Bamberg.

Kalb ist böse, daß Sie nicht gekommen sind, daß Sie ihn und mich nicht besucht haben. Ich weiß nicht, wie lange ich noch hier bin. Gehen Sie doch ja bald nach Völkershausen, zu meinem Onkel von Stein, den Alten freut es, ob er zwar rabotirt und alles verwirrt und vergißt. Er hat ein schönes Haus und schöne Waldspaziergänge. Es liegt eine Stunde von der Fasanerie. Seine ziemlich schöne Schwiegertochter wird Ihnen gefallen, mein Herr Cousin weniger. Die Tochter kennen Sie. Gehet hin! Im Garten hatte ich im achten Jahr die Lust mit dem Reh.[2]) Es starb und wurde heftig beweint. Wie seelisch, wie geistig, wie liebend ist alles den Kindern. Um zu wissen, was die Welt eigentlich ist, mußt Du eine gute Er= innerung dieser Jahre haben. Darum habe ich nicht gerne,

---

[1]) Ernst Wagner, der Dichter von „Wilibalds Ansichten des Lebens," hatte am Ende des Jahres 1801 Jean Paul zum ersten Mal gesprochen. Vgl. Nerrlich, a. a. O. p. 260 ff.

[2]) S. Palleske, a. a. O. S. 31 f.

wenn die Kinder zu früh lernen. Noch ein schönes Mädchen,
Frl. von Münster, ist in Völkershausen und une petite sorcière,
Frl. v. Bobenhausen¹). Sehen Sie hier die Beschreibung von
Waltershausen. Wenn Sie reiche Leute kennen, die Güter
kaufen, denen können Sie es schicken.

Ich grüße die gute, herzliche Karoline. Diesen Brief verbrennen Sie, er ist, er hat allzuviele Makel.

Der Brief über Sie von Thieriot gefällt mir am besten.
Am Montag reise ich ab, vielleicht schreibe ich Ihnen bald.
Wenn Sie ein Kind haben, müssen Sie mir aber gleich schrei-
ben, und ob die Frau wohl ist.

Es gehet sehr gut mit unseren Vermögensangelegenheiten,
aber jetzo ist das bare Geld rar. Doch ich habe uns einstweilen
geholfen.

87.

Trabelsdorf bei Bamberg, d. 6. September [1803].

Um acht Uhr verließ ich Koburg, um acht Uhr kam ich an,
und acht Stunden fuhren wir, denn vier Stunden wurde in
Gasthöfen verweilt und erwartet. Also, liebe Emma,²) wieviel
Stunden sind's bis zu mir? — Sehet nur, es zählt sie ab an
seinen Fingerchen, das liebe Kind! Sie merkt's leichter wie der
Vater. Um acht dachten in Dreieinigkeit drei seltene Ver-
schiedenheiten — an wen? wie? comment? Das sage Thieriot
in einer Devise von acht Silben oder acht Zeilen oder acht
Seiten oder lieber nicht, denn in acht Tagen spielt er vielleicht
sein Konzert in Bamberg und hat schon acht Grazien gefallen.

¹) Die B. waren ein in den niederen Maingegenden, im Hanauischen,
Nassauischen, Darmstädtischen und Würzburgischen begütertes Geschlecht.
²) Jean Pauls erste, am 20. Sept. 1802 geborene Tochter, späterhin
die Gattin von Ernst Förster.

Ich will Bamberg leben, doch verschet Euch nicht allzuschnell mit
Rosen für diese Grazien — sind sie da (wer hat den Taschen=
spieler nicht gesehen?) schnell blühn auch die Rosen.

Der Tag war so schön, als wenn die Natur verlernen
wollte nützlich zu sein. Aber sie ist Vater und Mutter, die
weiß sich zu helfen. Sie wird selten verstanden, ob sie gleich
nur Ähnlichkeit haben will. Ich lobe sie nicht, denn ich gehöre
ihr. Ich möchte still doch unter allen Stürmen den Reichtum
des Gemüts behalten wie sie. Ich lobe Euch nicht. Ich will
Euch haben. Es ist keine Eigenschaft und kein Talent und keine
Gesinnung. Nichts Vergängliches, Ruhe und Leben, Lächeln,
Ernst und sanfte Wehmut, diese Gaben sind uns. Aber in dem
Tempel dieser Harmonieen sollten mehrere sich verbinden zu einer
Feier, einem Wohlsein, einer Trauer! Lese meine Morgenträume,
liebe Karoline, und lächle! Du meinst es am treuesten mit mir
und möchtest vielleicht auch, daß aus diesem Wort nicht allein
Brod, sondern ein Stein werde.

In Gleisen, wo ich den Präsident v. Kalb fand und mit
diesem weiterfuhr, band ich leicht über unser Projekt zur Wall=
fahrt nach Bamberg quer durch[?] noch drei andere Orte: Walsdorf,
Colmansdorf, Feigendorf nach Trabelsdorf oder als Spaziergang
über Gaustadt, Bischberg, Fütschengereuth, eine Vor= und Anrede
bei. Er ist in Bamberg geblieben, und Marcus, Soden, Gley
und Stengel sollen nun das Konzert und eine vertrauliche
Suppe mit den leiblichsten Gesichtern und Geistern in Bamberg
zu Tag, zu Nacht und zu Ohren verhelfen. Dieser Uranus
kann zu vielem gut sein, nur muß man seine Rolle gut gegen
ihn spielen, denn er unachtet sehr seine Gattung und weiß vieles
nicht, was dieser Not und Heil ist. Aber genug! Der Mann
wäre eher zu ermorden, als zu verachten, der, als man ihm von
Bonaparte sagte: „Es liegt ein stummer Haß gegen ihn fast in
der ganzen Nation,“ [sagte:] „Vor das hat er sich nicht zu fürchten,
nur für das Lachen des Hohns oder der Verachtung.“ In Bam=
berg im Einhorn, auf dem Steinweg, verließ ich den Präsident mit

meinem letzten Willen. Das Haus hat ein großes Zimmer mit zwei Betten, wenn ihm nicht die Leipziger reinliche Eleganz fehlte, für die aber auch etwas theurer ist der Bamberger Hof. Ich sah die weite Straße hinauf, aber mir fiel nichts bei als: Hier giebt's das beste Rindfleisch, Brot und Bier 2c. Ich ging auf dem Gang dem Hof zu, und aus Mangel von Aussicht und Einsicht mußte ich etwas Tolles finden und erfinden. Im Tempel der Proserpina war ich. Den Eingang besetzten zwei Amore mit wallender, schaukelnder Fackel. Sappho singt dort ihr ewiges Lied und Eurydice lauscht nach Orpheus-Tönen. Da waren auch Linda und Roquairol. Da ward ein anderes Ge= spräch im Flötenthal. Aber heute finde ich die Worte nicht mehr. Stehet mir der Genius bei und Dein Buch, einziger J. P., und dergleichen Geistigkeiten mehr, so versuche ich den Versuch und mache das Arge ärger. Adieu pour toujours![1]

88.

[Waltershausen, Oktober 1803].

Heute hat der Präsident v. Kalb Trabelsdorf verlassen, um nach Mannheim zu reisen. Ich habe mir Pferde und Wagen bestellt und gedenke auch, künftigen Donnerstag oder Freitag aus dieser Gegend zu gehen. Wenn nicht bald ein Blatt von Ihnen auf die Post gegeben wird, so findet es mich nicht mehr hier. Vielleicht ist es aber schon in Bamberg und der Bote bringt es morgen.

Ich bin so alt, so gleichgültig, phlegmatisch, und gehe in die Wunderstadt,[2] wo ich keine Illusionen haben und geben

---

[1] Jean Paul schreibt am 29. Sept. an Charlotte: „Wie danke ich Ihnen für den Brief, der nicht bloß der Länge wegen der beste, sondern weil er so heiter, gewandt und witzig war und uns allen wie ein Mond, den hellen Tag zurückglänzt, der in Ihnen lebt." S. Förster II, 88.

[2] Berlin.

werbe. Geben Sie mir Ihren Segen, liebe Karoline! Könnte
ich einen Blick in die Zukunft thun, um zu wissen, ob ich Sie
in einem Jahr oder früher dort finden werde!.........

Der Kalender gehört dem Herrn Meusel,[1]) der grausam
genug war, mich acht Wochen lang ohne Buch, Zeitung und
Journal athmen zu lassen.[2])

89.

[Waltershausen] den 16. Oktober [1803].

Sie haben schon einigemal dem deutschen Volk zu erklären
gesucht, wie man blind wird, und noch mehr, daß man blind ist,
aber noch nicht, daß man auch taub werden kann. Diesen Versuch hat die Fatuität meiner endlichen Existenz mir zu erklären
aufgetragen. Ich rief, als ich Koburg verlassen hatte, (das
Sprichwort heißt, wie man in den Wald schreit, so schallt es
wieder) verlangend, horchend, lauschend. Kein Name, kein
Wort, kein Schall! Ich rufe wieder. Endlich! Der letzte, leiseste
Schall des dreifachen Echos — aber Worte, die mir lieb
waren, und daß man kommen wolle, reden, am Donnerstag.
†[3]) Die Einsamkeit macht alles zum Freude= oder zum Trauer=
mahl. Nichts will heiliger gehalten sein, als die Einsamkeit
von der Einsamen. Sie hat kein Kind in Arm (denn die
Edda war außer dem Häuschen, an der Gartenthür, und wollte
sie durch den Garten führen), keinen Kranken, den sie pflegen,
keinen Sterbenden, den sie erheitern könnte, denn der gött=
lichen Einsamkeit gab man sonst den erbarmenden Geist. Kein
Buch, nur die Seele, die Geister belebten, wenn sie nicht den

---

[1]) Besitzer eines Leseinstitutes in Koburg.

[2]) Ein zweites Blatt ist abgerissen.

[3]) Am Rande: „Die Stelle mit † am Anfang und Ende ist für
mich und den Brief zu gut."

Trug hätten, ob sie gleich den Betrug erlitten, daß etwas wäre,
das man Freunde nennen könnte. (Aber heilig ist die Einsam=
keit, und kein anderer Geist kann dem stillen Ich sich nähern.) †
Der Trug. So ist's. So war's.

Um vier Uhr kam der Bote und brachte das erwartete
Billet von Th. Alles ungewiß; da war es mir öde und sum=
mend im Kopf. 48 Stunden, die nichts wert waren. Endlich,
nun kommt das Blättchen. Es fiel mir vom Finger der Faden,
und plötzlich war es mir, als hört' ich nicht — gut. So ist's,
ich sehe wenig und höre nicht gut....[1])

90.

[An Karoline Richter].

[Waltershausen, Anfang November 1803].

Liebe Karoline, liebe Karoline! Halten Sie mich nicht zu
hoch! Halten Sie mich Ihrem Herzen näher, und bleiben Sie
mir gut! Mein Wohlgefallen an Sie wird zunehmen, denn ich
kenne Sie bei weitem noch nicht so, daß ich sagen könnte, ich
werde Karoline nie mehr lieben, als heute. Haben Sie aber
ja den Egoismus, alles was ich Ihnen sage, auch für sich allein
zu behalten; nicht einmal Emma, ob ich gleich Sie mir nicht
ohne die Kleine denken kann, so wenig wie ohne Richter. Also
in meiner Phantasie sind Sie eins, und nur das arme, was
man Verstand nennt, hat Mühe, Sie zu unterscheiden.

Die Schwester ist wohl bei Ihnen?[2]) Sie pflegt Sie treu=
lich, und Sie genießen jetzo die bängliche, aber doch hoffnungs=
volle Ruhe — — und dann die reiche Ruhe, die selige Ruhe

---

[1]) Ein zweites Blatt fehlt.

[2]) Karolinens älteste Schwester Minna war an Karl Spazier, den
Herausgeber der Zeitung für die elegante Welt, verheiratet, die jüngere,
Ernestine, an den Dichter Mahlmann.

einer Auferstandenen. Wenn der zweite Liebling in Ihren Armen liegt,[1] dann werden Sie Emma siebenmal lieben und den Kleinen zweimal, und Ihre Kleinen werden, sollen, müssen Ihnen alles sein in der Welt.

91.

[Walterhausen], ben 15. Dec. [1803].

Innig freue ich mich des Wohlbefindens der teuren Mutter und Glück auf dem Knaben! Hätte ich Gelegenheit gefunden zu einer Wallfahrt zu Euch, so hätte ich meinen Glückwunsch selbst ausgesprochen, denn wir bleiben Freunde.

Mit Waltershausen verzögert sich die Entscheidung. Ge= duld ist in allem Not, nur nie das vorteilhafte Vorhaben aufgeben. Jetzo sind die beiden Brüder Kalb hier, die Kinder der Bb. [?] sind gar hübsch, und glücklich organisiert. Über die Menschwerdung wird die künftige Generation besser denken, die eine Hälfte nicht lügen und die andere vernünftig sein dürfen. Aber eigentlich kann es noch 1000 Jahre dauern, denn die Im= becillität ist zu groß. Den M[inister] Kr[etschmann][2] (Orga= nisation von Coburg) habe ich noch nicht gelesen, Meusel kann es mir schicken. Ich bitte Sie, wenn Sie einmal ausgehen, dem H. Meusel zu sagen, er möchte mich doch nicht so lange auf Bücher warten lassen. Da die ganze Familie hier mitliest, so bin ich schon mit allem fertig und schicke ein Paket ab, und einige Bücher bleiben noch für die andern, die bei vielen Geschäften sehr langsam lesen. Er soll mir doch ja, wenn ich ihm ein Paket Bücher schicke, sogleich wieder andere schicken, denn ich habe hier keine andere Unterhaltung. Er kann ja für die Menge fordern, was billig ist. Dann werde ich hier nicht wohl über sechs Wochen mitlesen, denn länger bleibe ich wohl nicht

---

[1] Am 13. November wurde Jean Pauls Sohn Max geboren.

[2] S. Nerrlich a. a. O. S. 76.

hier. Ich soll — und meine Vernunft ist auch dafür — in eine entferntere Gegend eine Wanderung, vielleicht........[1])

92.

[An Karoline Richter.]

[Waltershausen, Mai 1804].

Wie erging die Wallfahrt Ihres Mannes, liebe Karoline? Bamberg, Erlangen, Nürnberg, was fand er da Interessantes? Nur mit wenigen Worten stillen Sie meine Neugierde.[2]) Meine Abreise nach Berlin — schreiben Sie nicht nach Weimar an die Herder, daß ich nach Berlin gehe; der mich in Weimar gekannt und erkannt, ist tot,[3]) — ist so nahe, daß ich um die Briefe bitte, die Sie mir mitgeben wollen, auch an Ihre Schwester Mahl= mann, wenn ich vielleicht einen Tag in Leipzig bleiben sollte.

Mit dem Präsident redete ich über Wangenheim[4]), der, wie ich von ihm hörte, sich noch auf der Bettenburg bei Herrn von Truchseß[5]) aufhält. Herr von Wangenheim könnte mit seinem Verstand, Wissen und Erfahrung jetzo für Bayern ein wohl sehr nützlicher und nötiger Geschäftsmann werden. Reist er nach Wien, so gehet er wahrscheinlich ohnehin über München. Eine Stelle als Geheimer Referendär wird ansehnlich gezahlt, und Einsicht, gute Absichten können da am leichtesten fruchten und gelingen. Auch thut es, wie überall, diesem Departement not, unbefangene, mit sittlich liberalen, edlen Gesinnungen

---

[1]) Vom zweiten Blatt ist nur ein Teil der linken Hälfte vorhanden.

[2]) Am 26. Mai schreibt J. P. an Otto: „Ich war in Erlangen in einem geistreichen Zirkel sogenannter Verehrer und Schlegelianer. Übrigens bin ich doch zu Hause am seligsten." Vgl. Förster, I. 162.

[3]) Die eingeschlossenen Worte stehen am Rande.

[4]) Wangenheim war coburgischer Minister gewesen. Ein Streit zwischen ihm und Kretschmann wurde zu seinen Ungunsten entschieden, so daß er seines Amtes enthoben wurde.

[5]) S. Nerrlich, S. 114.

begabte, gründliche Geschäftsmänner zu haben. In Bayern dünken oft die ersten Übungen für die höchsten, und der Staat ist daselbst ein so ominöses Wort, daß man alljeweilen Allgemeinwohl und Anständigkeit verletzt, dadurch selbst die Societät verletzt und erniedrigt wird (diese Ausschweifung müssen Sie mir verzeihen). Daß der Präsident von Kalb dazu ratet, darf am wenigsten in Coburg, ja nirgends bekannt werden, aber er möchte dann (wenn H. von Wangenheim dazu geneigt ist), an einen dritten Ort, — ich würde die Bettenburg dazu vorschlagen, sonst einen bequemen Ort, oder Staffelstein, ein Ort, der zwischen der Bettenburg und Trabelsdorf liegt — um, so viel er vermag, den Herrn von Wangenheim mit dem Lokalen bekannt zu machen.

Ich habe eine andere Vermutung über den Herrn von Wangenheim; ich glaube, daß er gothaische Dienste annimmt. Auf jeden Fall können Sie ihm die Idee über München mitteilen.

Ich sehne mich, Nachrichten von Ihrem Wohlbefinden, Zufriedenheit, guten Plänen zu hören. Daß Sie, wenngleich in diesem Jahre nicht (ob es gleich besser wäre), doch im künftigen in Berlin sein werden, wollte ich wetten. Ist es denn wahr, daß Schiller in Berlin ist?[1] Gestern erhielten wir Briefe von Weimar, davon ist nichts gesagt, und dieser Korrespondent meldet doch sonst alle litterarischen Manipulationen. Böttiger ist jetzo erst nach Dresden abgegangen. Der Sohn des Dichters Voß wird zweiter oder dritter Professor an der Schule und kein Direktor wird weiter ernannt.[2] ..... Der Herzog von Weimar begleitet den König zu der Zusammenkunft mit dem Kaiser von Rußland nach Memel.[3]

Gedenken Sie meiner mit Freundschaft.

Ihre Charlotte.

[1] Schiller war vom 1. bis 18. Mai in Berlin.
[2] Vgl. Briefe v. Heinrich Voß, Heidelberg 1838. Bd. III p. 51.
[3] Es kam nicht dazu, wohl aber fand im folgenden Jahre die bekannte Zusammenkunft am Sarge Friedrichs d. Gr. statt.
7*

Frau von Berlepsch ist bei Ihnen. K. Richter möchte mir doch einige Worte von ihr sagen.

Emanuel, den ich grüße und ehre, bitte ich um die Adresse, wo die gute und billige Bischofessenz oder Pomeranzenessenz zu bekommen, denn ich und mehrere verbrauchen viel von diesem Stärkungsmittel.

Verbrennen Sie dieses Blatt, ich bitte.

[Auf der Außenseite:] Schicken Sie mir die Flegeljahre und sonst noch pikante Curiosa; ich sende alles bald wieder zurück.

'
93.

[Waltershausen, Juli 1804].

Denken Sie, Ihren Brief vom 29. Mai erhielt ich den 6. Juni. Wahrscheinlich eine Nachlässigkeit unseres Boten ist schuld daran. Die Zeit in Erlangen verging Ihnen mannig=faltig — Mehmel[1]) schrieb mir davon.

Es ist wahr, ich bin, nicht in Rücksicht der Empfindung, aber des Ahndens und Wissens über andere eine psychologische, moralische Sensitive. Darum kann mir das Sein mit Menschen zehnmal unendlich widrig sein und einmal sehr angenehm. Die liebe Karoline! Sie sieht mich so, wie ich sein würde, wenn ich im Himmel wäre. Wenn das Reich der Vernunft und Liebe herrschte, da wären wir wohl alle verklärter. Einige erkennen die Gesetze dieses Reiches, die andere nicht denken noch be=greifen können, das ist der Unterschied.

Der Präsident von Kalb ist in Offenau bei Heilbronn in Schwaben — wenn Wangenheim nach ihm fragen sollte.

---

¹) G. E. Mehmel, Professor der Philosophie in Erlangen, Anhänger Fichtes, redigierte seit 1800 die Erlanger Litteraturzeitung.

Ich erwarte heute den Kutscher, der mich morgen fort fährt. Die Flegeljahre bringt Ihnen dieser von Berlin retour, und Mehmel wird es Ihnen schicken.

Möchte es uns mit jedem seltenen, guten Menschen so gehen, wie uns mit uns. Was die Phantasie, die Sehnsucht und der empfindlichere Sinn in einem hellen Feuer verklärt erblickte, findet endlich die Vernunft und Erkenntnis wahr, grünblich, ewig.

In solchen Wünschen und Gedanken, wie Ihr sie für mich habt, liegt ja Glück — ein anderes ist die Frage, ob es lauterer, ruhig und beseligend wäre; aber was nicht die Fittige der Seele erweitert und erleichtert, ist Mühe, aber kein Glück! Die letzten Zeilen aus Franken — Leben Sie wohl!

94.

Berlin, d. 27. Julius [1804].

Daß ich den Mahlmann nicht sehen konnte, wegen Unpäßlichkeit und der Eile des Kutschers, habe ich Ihnen schon gesagt, auch bin ich keine gute Bekannte auf eine Stunde. Hier verlasse ich selten mein Zimmer, und dann bin ich eine Stunde bei Fichte. Einige habe ich gesehen, aber in der großen Stadt wird man nicht leicht Bekannte finden. Ihren Vater habe ich besucht, ein feiner stattlicher Mann; die Mutter war gewiß sehr schön. Gestern war er eine halbe Stunde bei mir; er hat das Porträt von K. Richter erhalten. —

Bernhardi hat Kopf und Laune — könnte gebildeter sein, als er ist. Man kann ja zuweilen ein geistreiches Wort von ihm hören, aber keine Rede vollenden. Schiller wird den Winter in Berlin sein. Fichte hält wieder Vorlesungen. Man kennt die Familie Schroffenstein in Berlin noch nicht. Es liest niemand.

Ich finde hier keinen Herder, keinen Richter, keine Karoline und auch keine Charlotte. Fichte ist sehr edel und gut
gegen mich.

Ihre Flegeljahre, wo wenigstens der junge Held keiner ist,
werden wegen des Titels von den Unschuldigen nicht gelesen.
Es hat ganz vortreffliche Stellen...... aber der Flegel ist keiner,
weiß nicht, ob er ein Mensch, ein Engel, ein Flegel oder Sata-
nas werden möchte. Wegen seiner unruhigen Begierde, sich in
alles zu denken und zu fühlen, glaube ich, hat er am meisten
Neigung zu dem letzten, nämlich zur Versuchung.

Das Buch kommt mir vor wie mancherlei Bilder, mittel-
mäßig und gut und herrlich, die an einen Gold-, Seide- und
Wergfaden gereiht sind. Adieu, Grüße an Emanuel! Wo ist
Thieriot? Zuweilen will ich gelegentlich ein Blatt schicken.
Adieu, behaltet mich lieb alle beide!

B. d. 27. Juli.

Charlotte.

95.

Berlin. d. 14. März [1805].

Gestern war ich bei Ihren liebenswürdigen Eltern. Der
Vater las aus Ihrer neuen Schrift.[1]) Wie innig erfreut und
belebt ward ich durch diese einzig schöne, geist- und so gehalt-
und inhaltsreiche Offenbarung des griechischen Genius. Wer
kann dem etwas Schönes sagen, der das Herrlichste schrieb?
Aber Sie würden mich nicht kennen, wenn Sie nicht wüßten,
wie bedeutend und erquickend mir diese Schrift ist und sein
wird — ich hörte weniges nur flüchtig lesen. Aber ich werde
diese Schrift bald mit der liebsten Muße lesen. Wie ich von
dem Vater hörte, denken nun einige Ministerial-Seelen an Sie,

---

[1]) Vorschule der Aesthetik.

und man möchte ein Kollegium durch Sie stiften oder vermehren; die Finanz denkt Sie wohl zu benutzen..

Wer kann mehr als ich Ihnen einen ansehnlichen Gehalt wünschen, und nach meiner Meinung müßte diese Angelegenheit, Ihnen ein anständiges Einkommen zu verschaffen, jetzo von allen, die Sie kennen und ehren, betrieben und gefördert werden. Aber eine Universität scheint mir nicht der ziemende Ort zu sein, wo Ihre reizenden und mannigfachen Geisteskräfte ge- würdiget und genossen werden könnten.

Sie schalten·und walten im Moment auf und in das Sein der Menschen; sich mit den werbenden Menschlein abzugeben kann nicht Ihr Ruf und Beruf sein. Aber daß es des Vaters höchster Wunsch ist, Ihnen eine sorgenfreie, aber auch, wie ich meine, unbefangene Existenz zu verschaffen, werden Sie wohl empfinden, und jedes andere muß es beleben, und wer Macht hat, es unterstützen.

Diesen Zweck aber auf das anständigste für Sie zu er- reichen und schleunigste, scheint mir eine Anwesenheit in Berlin am vorteilhaftesten und beförderlichsten zu sein. Erstens um eine Präbende bald zu erheben,[1] dann, wenn Sie wollen, als Mitglied der Akademie aufgenommen zu werden. Dies wird ge- wiß leicht gehen, und Sie können doch endlich einmal dadurch eine Einnahme von 1200 Rthlr. erwerben; anfänglich freilich nur drei- oder vierhundert Rthlr. Sie werden nicht die harte Wider- spenstigkeit finden, wie Fichte. Dieser gehet wahrscheinlich diesen Sommer nach Erlangen. Wie Sie Ihre Situation jetzo behan- deln werden, bin ich verlangend zu erfahren.

Ich lebe ganz isoliert. Eine Frau, die in einer großen Stadt keine Equipage hat, kann nur in ihrem Zimmer existieren. Übrigens glaube ich auch nicht, daß etwas mir Angenehmes oder geistig Zuträgliches sich hier für mich finden könnte, als die Musik. Wenn ich große Konzerte zuweilen hören könnte!

---

[1]) Vgl. Nerrlich, p. 60.

Noch hätte es ohne Sorge nicht sein können, denn die Ruhe gehet mir über alles. Außer diesem Zustand will ich nicht leben, und jeder Genuß läßt mir nur Mangel empfinden. Denn nur in der innigsten Ruhe und Freiheit können freie Künste genossen und erkannt werden. Es ist in Berlin nicht teuer leben, aber meine Revenüen erhalte ich so unordentlich, wodurch ich oft geniert bin.

Der teuren, lieben, betrübten Karoline meinen herzlichsten Gruß. Sie wird ja wohl die Güte haben, Ihnen diesen Brief zu bechiffrieren. Auch an Otto, Amöne, Emanuel das Liebste von mir. Hätten Sie keine Lust, mir zu schreiben, so wäre ja wohl eins unter diesen vier, welches die Feder für mich führen möchte.

Charlotte.

96.

Berlin, den 3. April [1805].

Noch habe ich Ihre letzte Schrift nicht erhalten können und kann Ihnen also nicht ein a. b. darüber schreiben, wie Brink=mann ein Alphabet, in dem einige Millionen sind.

Man sagt, Ihr Jacobi reiste über Berlin und dann nach München, wo er als Präsident der Akademie mit 3000 Fl. Ge=halt angestellt werden soll. Ich habe wachend geträumt, Sie würden ihn nach Berlin begleiten und er würde Sie bald nach München ziehen. Wissen Sie, wie es nicht anders sein kann, von der Reise des Frb. Jacobi, so sorgen Sie, teurer Freund, daß ich ihn in Berlin sprechen kann.[1]) Ich weiß nicht,

---

[1]) Am 15. April schreibt J. P. an Jacobi: „Eine alte Freundin von mir — Frau v. K. aus Weimar, jetzt in Berlin, bittet mich um Deine Sichtbarkeit, wenn Berlin den Merkurs-Durchgang durch Dich nimmt. Sie war eine innige Freundin Herders, Goethes, Schillers 2c., ihr Äußeres

warum, denn ich kenne mich nicht mehr — so hat das Sein in Berlin, wo ich freilich nie einen Augenblick erlebte, wie zuweilen bei Herders [und] Ihnen, mich stumm, öde, taub, unmutig, trieb= und hoffnungslos gemacht. Alle diese Zustände der sterblichen Natur habe ich schon abgelegt; bleibt mir noch ein geistiges Mögen, so ist es gewiß unsterblich.

Mein Verlangen, F. Jacobi zu sehen, ist nicht lebhaft, aber wenn ich diesen Wunsch vernichten wollte, würde mein Gemüt noch mehr entschlafen. Auch will ich es so einrichten, daß wir wohl einen schönen Abend mit Ihren Eltern (die Stiefmutter gefällt mir immer mehr) zubringen. Hier wird Jacobi wahr= scheinlich von Brinkmann[1]) geführt [und] geleitet werden — und dieser — Bkm. — ist kein Bringmann für mich. Unsere Geister haben für einander keine Frage. Uebrigens glaube ich von ihm das Vortrefflichste. Auch giebt er ein Büchlein bei Sander heraus,[2]) worin viel Gutes und Schönes sein soll. Haben Sie noch zuweilen von der Herder Briefe? Ich ver= mute, daß seine Biographie, die J. Müller schreibt, mit vielem Fleiß gearbeitet wird. Diesen J. M. müssen Sie auch sehen, machen Sie sich kein Bild von ihm. Goethe soll anhaltend kränkeln, und jedermann fürchtet, daß er nicht lange mehr leben werde. O, wie vergeht alles von uns — was man bemerkte, ehrte und liebte, und wir sind entfernte!

Vielleicht kommt Fichte noch in diesem Frühjahr nach Er= langen, doch wird es noch verzögert und erschwert. Vielleicht selbst gelingt es ebenso wenig wie seine Anstellung als Mitglied bei der Akademie, wo trotz aller Bemühung nur 13 Stimmen

verschließt mit rauher Eichenrinde einen zarten Blütengeist. Sie hat mehr auf meine Bildung eingegriffen, als alle übrigen Weiber zusammen."

[1]) Karl Gustav Baron v. Br., schwedischer Staatsmann und Dichter. Schleiermacher hat ihm seine Reden über die Religion zugeeignet. Frau v. Stein schreibt im Febr. 1798 an Ch. v. Schiller, Br. habe auf sie den Eindruck der Herzlosigkeit und Eitelkeit gemacht.

[2]) Philosophische Ansichten und Gedichte. Berlin 1806.

für ihn, 15 gegen ihn waren.[1] Seine Physiognomie wird immer schärfer, sein Angesicht gleicht keinem anderen Bilde. Hätte ich Sie als Zuhörer von Fichte doch gehört! Nur was Sie fassen und davon mitteilen können, will ich zu begreifen und fassen suchen. Über so vieles könnte ich mit Ihnen reden. Ach, ich weiß kaum mehr, wie viel das Leben verliert mit oder vielmehr ohne den erweckten, belebten Sinn einer zu=trauungsvollen Freundschaft. Was mir jetzo erscheint, dünkt mir so fremd in der Welt des Gemütes, des Geistes und der Zeit, so roh und einiges so schroff, daß ich gerne die Augen schließe und von den Seligen träume, die da waren. Ich kann mir noch zuweilen jugendliche Wesen um mir' wünschen, für deren Dasein, Gedanken und Wohlsein ich zu sorgen hätte. Mit jedem anderen Wesen scheint es mir unschicklich, wenn ich dessen Gegenwart suchte. Aber wir sind uns nahe, und ich kann erhabener denken und selig sein, wenn ich Sie höre.

Ch.

Ich kann mit dem, was ich habe, in Berlin auskommen und meine Einnahme wird sich in diesem Jahr und in der Folge noch vermehren. Dennoch wünsche ich mich umgeben von einer liebenswürdigen Jugend, in B. sind Kenntnisse und Talente zu erlangen, aber nirgends scheint mir eine seelenvolle, gemütreiche Geselligkeit Stimme und Leben zu haben. Die Jugend verliert dadurch am meisten des Lebens Wonne, und die Grazien sind nicht selig. Zu meiner Seele wünsche ich mir nur jugendliche Gemüter, die hoffnungsreiche Anlagen haben, und jetzo Ver=mögen, nicht für mich, denn ich würde meine Kräfte, Zeit und Vermögen auch dazu anwenden, aber das Gute, Schöne und Feinste zu wissen und zu genießen, ist auch nur durch Geld bedingt.

————

[1] Der Antrag, Fichte in die Akademie aufzunehmen, war von Hufeland gestellt worden; als Grund der Ablehnung wurde angeführt, daß die Akademie in der Philosophie Neutralität beobachten müsse!

Hören Sie von solcher Jugend, für die man solche For=
derungen hätte, so schreiben Sie mir davon. Meine Ansicht der
Welt und das Verhältnis unseres Geschlechts hat einen scharfen
und kalten Verstandesbegriff, für die Erscheinung einen tiefen,
heiligen Sinn in Betracht der Religion dieser Verhältnisse.

97.

Berlin, d. 10. April [1805].

Zuerst konnte ich nur den dritten Teil Ihrer Aesthetik er=
halten. Ich las — und mächtig faßte mich Ihr Genius —
ich ward erheitert und beseelt! Der Schwung, die sinnreiche
Macht, die Holdseligkeit Ihres Geistes hat mich über alles
gefreut.

Guter, weiter, hoher Himmel, unter dir sind viele Sand=
wüsten und Steinklippen, wo deine Seelen verschmachten; wie
selten quillt der Born, der Eichen nährt und Veilchen tränkt!
Öder und armseliger ist aber mir noch keine Zeit vergangen,
als die in Berlin. Meine Freude über Ihr Buch ist vielleicht
übermäßig, weil auch der Mangel an jeder Nahrung und Reiz
der Seele für mich in dieser Zeit ungewöhnlich war. Jean
Paul, Du erschufst mein Elysium, und die Heimat meiner Seele
ist bei Dir! Ich auch führte Dich in Knebels Garten, wo Du
Herdern fandest.

Liebenswürdiger Geist, Herder hat Deine süße, hohe ver=
klärende Klage vernommen[1]), und, in Liebe selig, ist Deine
Liebe ihm die göttlichste Seligkeit.

Ich will nur pag. angeben. 570, wie scharf und bestimmt!
In Berlin, wo eigentlich wenig gelesen wird und vom

---

[1]) Jean Paul widmet Herder am Ende der Vorschule der Aesthetik
(s. W. Bd. 19, S. 126 ff.) einen warmen, begeisterten Nachruf.

Katheder das Lesen vermalebeit wird, kann die Stelle 584 nicht
verstanden werden.

Auch Fichte sprach von Journal= und Recensir=Wesen in
seinen Sonntagsvorlesungen. Wären Sie hier gewesen, so
hätten wir Sonntags=Dialoge darüber vernommen. Es ist doch
gewiß, daß ohne Sie mein Leben einfältig ist, und ohne mich?
Sie werden mich nicht vermissen — aber doch wünschen! Wahr=
scheinlich besucht Sie Fichte. Sehen Sie ihn an, ist er nicht
viel schärfer geworden, dieser Moses, Plato? Seine Wissenschafts=
lehre sollten Sie hören und dann schreiben. Wie mannigfaltig
muß die Menschwerdung des göttlichen Wortes sein, wenn es
das Tote beleben soll! Seine Jünger sind eifrig für ihn, aber
hier wenigstens hört man eher durch seine Feinde etwas von
seiner Meinung, als von seinen Schülern. Keinen (hier meine
ich, so Namen haben) giebt er Geistesnamen. Anfänglich
konnt' ich viel von ihm hören und reden, und er auch gerne,
aber unbewußt änderte es sich. Traute Ruhe, Vertrauen und
Glaube, in dir nur lebt die Seele! Wo Spannung ist, ist eine
seine Folter und ihre Worte sind erzwungene, aber nicht erlöste
Geister. Das matte Er — lang und die Stahl = Fichte. Es
ist zu erwarten, daß dieser Fechter es zu einem Erlangen
machen wird.

634 bis 48. Sie können allein alles schreiben. Schleier=
macher, den ich auch mit Freude gelesen, wird hier nicht genannt,
die Aurora einer Ethik, der Moral. Brinkmann ehrt ihn sehr.
Ich habe einigen gesagt, diesem Brn. zu sagen, daß ich ihn gerne
sprechen möchte. Denn an ihn schreiben — erstens kann ich
nur an Sie schreiben — dann ist es viel höflicher von Bm., er
kommt nicht, wenn es ihm der dritte Mann sagt, als wenn
ich ihn schriftlich bitte, mich zu besuchen.

Für den Umgang finde ich hier niemand vor, noch für
mich. Das Theater kann ich nicht besuchen, es würde mich
jeder Abend 2 Rthlr. kosten. Wer den Monat 100 Rthlr. für
jetzo zu verzehren hat, kann diese Ausgabe nicht oft wagen. Es

reut mich nicht in Berlin zu sein, ob ich gleich keinen Gedanken
habe hier-zu bleiben, sondern darüber gar nicht denke. Nimmt
das Geschick einen andern Weg, so folge ich gerne. Sie gehen
nach München und wann? Doch wohl als Akademiker mit
gutem Gehalt?[1] Wenn Sie und Jacobi mir dann diesen Flug
auch möglich machten!. Die Kurfürstin ist sentimental und wohl
mehr Charakter, als sie im Handeln äußern kann. Sie ist wohl
nicht sonderlich umgeben. Könnte meine gute, brave Edda viel=
leicht die Stelle als Hofdame bei ihr erhalten? Denn so viel
ich weiß, sind diese selten der Hofetiquette — oder vielmehr
durch die Gnade der Kurfürstin könnte es selbst so eingerichtet
werden, daß sie die meiste Zeit bei mir wäre. Jacobi wird es
vielleicht leiten können. Edda ist nicht schön, aber gut und
brav. Es wird auch für sie schwer sein, einen Mann zu finden,[2]
und bei ihrem selbstigen Meinen wird sie leicht das Unbe=
stimmte erkennen, Bildung und Sorgefrei — diese flieht sie
unter jeder Gestalt, nach jener verlangt sie, so viel ihr möglich.
Ich gehe gern von dannen — aber leicht sei mir der Weg und
ohne Sorge. Mit 1200 Rthlr. (2100 Fl.) kann ich freilich
besser physisch in München leben wie hier, aber ein äußerer
Vorteil muß dabei sein — dies sei das Zeichen auf Erden, daß
ich dahin soll. Denkt und waltet über uns! Sie nämlich —
Euch vertraue ich es.

98.

[Berlin], den 11. April [1805].

Comment puis-je exprimer mon étonnement? Es giebt ein
Bewundern, was Erstaunen ist. So faßt mich unsäglich [?] das
Lesen der Ästhetik. Ich kann nicht davon schreiben; das könnte
Goethe, Schiller und alle hohen Geister dieser Zeit, aber nicht

---

[1] Dies gehörte allerdings zu J. P.'s Wünschen; s. W. 29, 299.

[2] Edda ist am 23. Jan. 1874 in Berlin unvermählt gestorben.

die, so nur leben von den Brosamen, die von des Herrn Tische
fallen. Ich will nur, denn zu anderm bin ich ohnmächtig, die
pag. aufzeichnen, die vorzüglich meinen Geist belebten. Die
Vorrede ist mir nicht anders vorgekommen, als öffne man weite,
hohe Flügelthüren vor einer Welt voll äußerster Einsicht und
Kunst.

Warum kann ich Euch schreiben? — So entfernt — so
krankhaft verändert von Stimmung und Sein mehr als von
Aussehen, ob zwar auch die starre Einsamkeit meines hiesigen
Aufenthalts — wo allein eine kleinliche Sorge mir einige
Thätigkeit abzwang — auf mein Gesicht tiefe Schatten geworfen
hat. Meine Augen sind um vieles matter, und ob ich zwar
gar nicht weine, denn ich habe dazu weder Ursach noch Neigung
— so ist mein Gefühl doch so, als wenn ich viel geweint hätte
und viele schlaflose Nächte gehabt, denn kein Schlaf bringt mir
ein Erwachen. So gedankenarm schreib ich an J. P. —
Warum kann ich Euch schreiben? Weil wir uns geliebt oder
noch lieben — weil diese Kraft, diese Jugend nicht in mir
verloschen ist. Es ist die Liebe das Lichtzünden an einer Seele,
die selbst diese nicht mehr ahnt. Wer kann mehr sein un-
bedeutendes Wesen erkennen wie ich? aber nicht schmerzlich. Im
Geisterreiche fand ich, find' ich süßes Leben, und wo giebt's ein
anderes als in diesem? Die Seele, in jeder Zeit ruhig und
glücklich, wenn sie einer hohen zurufen kann: „Seele du!" diese
Seele, weil sie dieses Reich nur sucht, darum soll sie, muß
sie Dir schreiben. Mein Streben wird Gedanke und Seele
durch Dich.

Pag. 28. 62. Fichte sagte so in seiner Wissenschaftslehre,
was dasselbe: In jenem Leben würden wir dieses begreifen;
grabweis kennt sich die Geisterwelt, und der sie alle kennt, ist
Gott. Das Sein können wir uns nur in einem andern Sein
erklären. Wie gerne hätte ich noch tausend Worte von diesem
Geist gehört! Bernhardi war ein Dämon, seine Bambocciaden-

Natur könnte mich amüsieren, nicht interessieren. Mit Fichte war ich gerne mit ganzem Gemüt und Seele, und einige Stunden waren das Erleben des schönsten Seins. Aber er, Fichte, der wie natürlich immer Arbeit will für seinen Geist, warf einen Stein des Unmuts in die Tiefen des Glaubens und Vertrauens, das trübte mein Gemüt, und es hat das reine Wort· nicht mehr finden können. Zu dieser Geisteshöhe gehöre ich nicht. Aber wer würde ihn nicht ehren! Auch ist er mir wohl gut. Er kommt bald über Bayreuth, wird Sie besuchen.[1] Von Ihnen sagte er, daß mit Ihnen zu disputieren eine gute Übung wäre zum Versuch, wie und ob man auf der scharfen Ideen-Zinne beharrte, weil Sie oft abwichen ꝛc. Ob er wohl Ihre Ästhetik liest — wohl nicht. Da, dächte ich, wär' eine lange Kette, die mit Perlen und Diamanten geschmückt ist.

Ich werde mich sehr freuen, die Kinder, die Mutter zu sehen, aber ich mache keinen Plan — ich kann einem nur folgen. Doch wünsche ich meinem Auge, daß es Sie bald erblicke, ehe es gar erblinde,[2] und meiner Stimme, daß sie Ihren Namen ausspreche, ehe diese noch zitternder und dumpfer werde.

Emanuel muß seine Freunde wägen — die er am meisten entbehrt, denen muß er folgen. Nach dem ersten Band der Flegeljahre habe ich wieder nach Franken geschrieben. In Trabels-dorf im Eßzimmer lagen die drei Bände, ich fand den andern Morgen nur zwei, ließ suchen; es ist mir ein Rätsel; es soll alles durchspäht werden und findet er sich, Ihnen geschickt.

Der glücklichen Mutter Gruß, Achtung und Liebe.

Werden Sie bald auf dieses mir einige Worte sagen? Ich schreibe morgen wieder mit dem Buch in der Hand.

---

[1] Fichte besuchte auf der Reise nach Erlangen Jean Paul am 3. Mai.

[2] Ch. erblindete um 1821.

Den 12. April. Sie waren oft bei Frau von Haftfer,[1]) in diesem Logis wohne ich.

In 10 Tagen wird Fichte wohl über Bayreuth reisen.

99.

[Berlin, Dezember 1805].

Ob ich gleich bei meinem letzten Brief eine Fortsetzung versprach, so habe ich doch vermutet, Sie würden mir auf jene Zeilen einige Worte des Lebens, des Denkens und Anden= kens schicken. Mit diesen Zeilen will ich auch keinen Brief senden, sondern nur Meinungen, Ansichten über den Plan Ihrer Zukunft. Bei meiner gänzlichen Apathie finde ich doch die Möglichkeit in mir, mit Thätigkeit Interesse an Ihrem Sein zu nehmen. So reich Sie auch sind, verstehe ich Sie doch mehr als andere. Mein Geist kann in diesem Moment prüfen wollen und Eurem Nachdenken empfehlen, was ich von der Wahl Ihres künftigen Aufenthalts erwarte und wünschen muß.

Sie bleiben nicht in Bayreuth. Auch ist eine kleine Provinz= stadt für einen wissenschaftlichen Kopf, einen solchen Autor, einen romantischen Künstler nicht lange zu behaupten. Das Un= geschickte, Unzulängliche muß jeder bewanderte Sinn inne werden. Also auf Ihrer Wanderschaft eine andere Station! Davon ist Ihnen auch die Notwendigkeit vielleicht unbedingt gewiß. Eine große Stadt, und nur die große, kann Ihre Wahl werden. Sie meinten, München und Jacobi würde Sie nachziehen — haben Sie ihn auf seiner Reise gesehen? Das Opfer einiger Tage und 50 Rthl. Reisekosten hätte er Ihnen doch bringen können, um das Band Ihres freundschaftlichen Erkennens inniger

---

[1]) Wilhelmine v. Klencke, eine Enkelin der Karschin; 26. Jan. 1783 geboren, 1799 mit H. v. Haftfer, nach der Trennung von diesem 1805 mit H. v. Chezy vermählt. Sie dichtete unter anderem den Text zur Euryanthe.

zu vereinigen. Da er das nicht gethan, hat für meine Ansicht dieses Band an Macht verloren. Für Jacobi ist das Etablissement seines Sohns in München[1]) hauptsächlich die Ursache, daß er diese Residenz zu seinem Wohnort gewählt; und dann ist der Kurfürst von Bayern sein Landesherr, und in keinem andern Land ist er berechtiget, Vorteile für sich und seine Familie zu erwarten. Bei Ihnen wäre es nicht der Fall; der preußische Staat, dem sind Sie eingeboren; es ist gewiß, daß Sie von diesem die Anerkennung und die berufsmäßige Beförderung erwarten sollen. Als Landesart und Landesprodukt der Menschen ist gewiß München Berlin vorzuziehen; aber welche fast unermeßliche Vorzüge hat Berlin vor München in Rücksicht des Umfangs, der Mannigfaltigkeit, und der früheren und fast vollendeten Kultur! Alles, was ich hier sage, ist mehr Erraten als Wissen und Mitteilung. Mir ist kein geselliges Band bequem; ich sehne mich immer nach der Einsamkeit, um in milder Stimmung das Leben zu vergessen und der willenlosen und unbefangenen Seele ihr Sein zu bereiten.

100.

Berlin, d. 14. Jenner [1806].

Obgleich Sie so einzig waren, mir auf meine letzten Briefe nicht zu antworten, schreib ich Ihnen doch wieder. Sie wissen, wie alt mein Wille ist, mich der Erziehung zu widmen. Als Jacobi hier war, wollte ich ihm davon sagen, ich sah ihn aber nur den letzten Tag, ich habe mehr darüber gedacht und einiges darüber zu Papier gebracht. Ich gehöre aber ins praktische Leben mit Spekulation, nicht diese zum Schreiben — denn meine Augen werden täglich matter. Die Gesellschaft vermeide ich, so viel ich kann, ich will einsam bleiben mein Lebe lang, wenn ich nicht für die Jugend leben soll.

----

[1]) Er war später Präsident in Mainz.

Diese Idee zu einer Erziehungsanstalt wollte ich der Königin überreichen, es geschieht vielleicht noch, denn wie es auch sei, mein Plan wird wahrscheinlich ausgeführt.

Heute las ich, daß für die Töchter der Ehrenlegionäre in Paris drei Anstalten, jede zu hundert Kindern, errichtet werden. Dies brachte mich dahin zu eilen, damit meine Meinung bekannt werde, denn die Idee ist nun aufgeregt. Früher hätte man vielleicht das Heilsamste für Unsinn und lächerlich gehalten. Eilen Sie also, diese Blätter an Jacobi zu schicken. Ich will die Direktion einer solchen Anstalt; an der Einnahme, für meine Person nämlich, liegt mir nicht. Ich will nicht[s] haben, aber frei und gut wünsche ich handeln zu können.

In Bayern wird durch den Verlust der Klöster das Be=dürfnis für die Erziehung jetzt mehr anschaulich, dann sind auch schon Lokale [und] Gebäude vorhanden und Gärten, die dazu können verwandt werden. Das Klima ist besser und die Menschen kräftiger als im nördlichen Deutschland, wenn man ihnen vergönnt, gut und gebildet zu sein. Aber ich bitte Sie, eilen Sie, diese Blätter nach München zu schicken, seien Sie nicht saumselig und handeln nach Laune, sondern nach dem Gesetz Ihres Geistes und Herzens! Werden Sie in Bayreuth bleiben? — dann kommen Sie nach München. Sie gehen wahr=scheinlich so dahin. In diesen Blättern hat jemand einige Stellen angestrichen, ich kann es aber nicht abschreiben. Lassen Sie es thun und ändern Sie, was Sie wollen, ich kann es nicht, und meine Augen sind matt und schwach. Eilen Sie damit, denn ich muß sonst eilen, es an andern Orten bekannt zu machen.

––––––

Eine jedem denkenden Wesen wichtige Beobachtung ist jetzo die Beschaffenheit des Zustandes für den Unterricht und die Pflege der weiblichen Jugend in den reichen, wohlhabenden Ständen, aus der Kindheit bis zum jungfräulichen Alter.

Über ganz Europa in katholischen Landen war sonst

ben Klöstern biese Sorgfalt übergeben. Viele edle Frauen
geben noch heute Zeugnis von dem sanften, religiösen Sinn,
durch den solche Einrichtungen oft ehrwürdig waren. Jetzo sind
in Deutschland unzählig viele Bemühungen und Anordnungen.
Die immerwährende Forderung noch vermehrter Anstalten für
die Jugend erregt die Meinung, ob nicht zweckmäßigere Einrichtungen verlangt und eine behutsame, vorsichtige Wahl der
Vorteile unserer Zeit erwartet werden. Wer diesem Nachdenken
hingegeben, dem darf die ungeübte Feder dienen.

Die häusliche, patriarchalische Erziehung kann in diesem
Stande nicht wohl stattfinden und nicht hinreichend sein. Außer
bem, daß eine häusliche Erziehung vielen Aufwand fordert,
entspricht sie auch selten den Wünschen und Erwartungen der
Eltern, denn es müssen Privatlehrer und Erzieherinnen gewählt
werden, denen ohne Erfahrung und Einsicht für dieses bedeutende
Geschäft, in dem Alter lebhafter Leidenschaften, welches aller
Wachsamkeit für sich bedarf, die Kindheit, die Jugend überlassen ist.

Die häufigen Klagen über diese Art des Unterrichts beweisen, daß wenige Ausnahmen stattfinden, und die verstän-
digste Mutter wird nicht den nachteiligen Einfluß des Verlustes
der Zeit und des Mangels an gründlichem und zweckmäßigem
Unterricht verhindern oder verbessern können. Die meisten
Eltern nehmen also, um der Sorge bei der Wahl der Lehrer
überhoben zu sein, Zuflucht zu Instituten, Pensionen, Schulen.

Die meisten, wohl alle vorsorgende Anstalten, die in Deutschland für Töchter zu finden, sind deutsche oder französische Privat-
Familienpensionen, die wohl meistens durch viele gute Eigenschaften dieses Vertrauen wert sind; aber sie können nicht mit
dieser wichtigen Pflicht ihren Geist und [ihr] Gemüt ausschließend,
einzig beschäftigen, und nie kann eine solche einzelne Privat-
unternehmung die Gaben vereinigen, deren Wohlthätigkeit die
Jugend beglücken könnte.

Einiges, was im allgemeinen die Mode betrifft, die man bei dem Unterricht und der Erziehung hier und da anwendet, dürfte bemerklich sein.¹) Besonders bei denen, die französische Erzieherinnen haben, könnte es noch der Fall sein, daß die Kinder lange nicht die Erzieher, und diese hinwieder nicht die Lehrer verstehen, die für den Unterricht sorgen sollen. Unsere reiche, schöne Sprache wird nicht frühe den Kindern eigen. Es verhindert gewiß die Entwicklung des Geistes, wenn es Kindern nicht gestattet wird oder nicht möglich ist, ihr Wünschen und Meinen mit den Lauten ihrer ursprünglichen Neigung auszusprechen.

Der Geist des Individuums lebt meistens nur in einer Sprache; selten ist das Genie, welches mehrerer Sprachen gleich mächtig ist. Man kann viele Sprachen kennen und doch keinen Sprachreichtum besitzen.

Der Jugend zwar ist der Unterricht in fremden Sprachen anständig, nur darf er nicht die eigene verdrängen wollen, wo dadurch die Fähigkeit selbst geraubt wird, die Schönheiten einer fremden zu fassen. Diese Bemerkung könnte heute überflüssig scheinen, da die Zeit vorüber, wo zuweilen Wesen verbildet wurden, die in keiner Nation heimatlich waren²) . . . .

Sollte nicht auch die in unsern Tagen so sehr betriebene Schreibfertigkeit den meisten Frauen undienlich sein? Oft soll gegeben werden, wo noch nicht gesammlet ist. Diese öde Spannung des Gemüts wird selbst dem Talent nachteilig. Vor hundert Jahren wurde von den Frauen gesagt, sie schrieben die schönsten Briefe; es ist die Frage, ob, wenn diese Schreibeiligkeit dauert, man dies noch von ihnen rühmen würde.

Dies hier Angedeutete ist zwar von so vielen schon mit tiefer Einsicht und Talent bemerkt worden, jeder aber, welcher

---

¹) Daneben geschrieben: „bemerkt werden".

²) Es empfiehlt sich, diese Darlegungen Charlottens nur abgekürzt wiederzugeben.

sich herzlich der Jugend annimmt, wird diese Gegenstände aber=
mals überlegen . . . .

Sie waren: Hippel, Herder, Schiller! Ihre Gedanken be=
leben das Schöne und Rechte.

Rastlos ist die Mühe des Menschen; im Wetteifer nach dem
Guten soll[1] sie liegen.

Viel ist für des Mannes Bildung[2] gethan, für uns,
die Jungfrauen, nicht genug. Er hat alles durch sich, Zu=
friedenheit, Ehre und Ruhm, aber das Glück? — das Glück
sind wir!

Deutschland hat noch keine Anstalt, die allbekannt, wo wohl=
habende Eltern jedes Standes selbst mit den besorgtesten For=
derungen ihre Töchter vertrauen könnten.

In Berlin[3] ist diese Idee am möglichsten ausführbar.
Eine große Stadt vereinigt alles, auch alles Gute. Hier aber
ist das Vortrefflichste, das Höchste und Mächtigste, unser König,
unsere Königin. Mit diesen schönsten Gedanken, den die hoffende
Menschheit haben kann, ist alles beseelt, was ich hier sagen
werde. Unsere Königin, die würdigste Frau, sie nur allein
kann eine Verfassung stiften, die vielleicht nach Jahrhunderten
noch gesegnet wird. In Rußland, in Frankreich, in allen Teilen
Europens vielleicht, aber in Deutschland ist noch kein Tempel
jeder jungfräulichen Tugend geweiht und allen Grazien, und von
einer Regentin gestiftet und beschützt. Ein solches Vorbild
kann nur Luise, Preußens[4] Königin, geben dieser Zeit und der
künftigen.

Diese Heimat für die weibliche Jugend wird die sorg=
fältigste mütterliche Pflege und eine edle, bequeme Umgebung

---

1) Ausgestrichen; „wird" darüber geschrieben.
2) Vervollkommnung.
3) München.
4) Ausgestrichen und „Bayerns" darüber geschrieben.

vereinigen, die Würde und die Sicherheit, die einer Obhut ziemt, die für edle Jungfrauen gestiftet ist.

Was in den mittleren Zeiten nötig war und später aus= artete, kann heute wieder mit reicherem Sinn und neuer Kraft belebt werden.

Ein Asyl der Ruhe, der Absonderung von jeder zweckwidrigen Sorge, wo das Liebste dem Mutterherzen und die mutterlose Waise aufgenommen und mit steter Geistesgegenwart, Liebe und Geduld gepflegt werden. Die Freudigkeit der Religion wird jeden Tag, allen Glauben und jede Hoffnung beleben.........

Noch einige Noten.

Ueber sogenannte Erziehungs=Pensionen habe ich gewiß nicht alles Schlechte gesagt, was wahr ist.

—— ——

Ich bin sehr für die französische Sprache, nur soll sie unsere nicht töten dürfen.

————

...... Schreibkunst ist bei Frauen eine seltene und späte Blüte.

————

Ausführlich zu sein kann und wollte ich nicht. Sie finden meine Seele in diesen Blättern; ist diese gut für diesen Beruf, so soll ich gewählt werden für diesen Beruf.

—— ——

Nicht Talente oder Wissen, die sollen verwandt werden; aber dirigieren kann nur Energie des Gemüts, Weltkenntnis und Er= fahrung, der Ton des Benehmens in den höchsten, gebildeten Ständen.

————

Ich meine wohl, daß eine solche Anstalt in Berlin höchst nötig, aber die Ausführung ist mit vielen Schwierigkeiten ver= knüpft. Der märkische Adel ist auch nicht aus dem Land, wo die Citronen blühn, das Militärische absolut. Die jüdische

Kultur und die allgemeine Bildung, auf die jedes Neugeborne
Anspruch macht, schadet dem Gesetz der Sitten und der gefälligen
Grazie.

Für den König hab' ich viel Achtung, die Königin sah ich
noch nie; man könnte sie dafür interessiren, aber wie? Der gute
gesellschaftliche Ton ist überhaupt seltner, sehr selten überall. Hier
könnte er vielleicht sein, er hat aber wenig Herz und Mut.
Mir sind alle gesellschaftlichen Verhältnisse hier wahre Buß=
stunden, aber ich bin noch reich von Herder, Schiller, Jean Paul.

Ich meine wohl mit Recht, daß dieser Geist der Sitten in
jener Zeit, wo eine Sevigné lebte, bei vielen der beste ist, den
wir kennen.

Auch bei Hippel, Herder, Schiller. Prüfet alles, das Beste
behaltet.

Das Glück sind wir. Ein Liebender, ein guter Gatte
und Vater wird nicht darüber lächeln.

Eilen Sie mit diesem Blatt zu Jacobi! Außer Berlin und
München habe ich noch zwei Orte.

Kommen Sie aber nach München, fände ich einen Geistes=
verwandten dort?

Auch aus diesem Blatt und Brief an Sie teilen Sie Ja=
cobi mit, was Sie wollen.

In München kenne ich niemand; meine Schwester, Frau
von Geispitzheim, ist dort. Ich bin ihr gut, aber Geistesver=
wandte sind wir nicht.

.

101.

Am Donnerstag erhielt ich Ihr schönes Billet — als ich an die Worte kam: Ich schreib' eine Erziehlehre, sagte mir Ebba, ich wäre blaß geworden, und meine Hand zitterte. Ich weiß es immer mehr, daß ein Erkennen in uns ist oder vielmehr, daß wir es selbst sind, unser Ich, was sich klar schaut, begreift und einigen könnte zu unendlichem Werben in der Geisterwelt.

Mein Wunsch zu einem Erziehungsplan liegt in Ihren Händen.

Die äußere Form könnte so gefaßt werden.

Man gebe ein Kloster oder Abtei, die in München ist, zu dieser Absicht. Die Oberaufsicht habe eine Äbtissin. Diese Äbtissin kann nur von der Königin ernannt werden. Man kann sie in Grafenstand erheben, wenn sie Kalb oder Riedesel heißt und Gräfin v. Ostheim nennen. Der Rauch hält viele Insekten ab und tötet sie auch; der Geistliche hat immer einen andern Namen. Sie, J. P. Richter werden Bischof von dieser Gemeinde. Ob 100 oder 300 in dieser unter unserer Leitung gebildet werden, ist alleins. Bis zum 12. Jahre ist immer von 10 Kindern eine ältere Aufseherin der Jugend, aber auch eine junge Person; einige ältere Frauen, die in Sprachen Unterricht geben, in Geographie, Geschichte; so wenig wie möglich männliche Lehrer; eine Akademie des Unterrichts für Zeichenkunst, Musik und Tanz; jede Kenntnis der Ökonomie, sowohl in Raffinement und in der einfachsten Art; jede weibliche Arbeit.

Eine Vorsteherin könnte 500 Fl. haben, eine junge Auf= seherin 200 Fl. Zwei Generationen mit aller Einsicht und Sorgfalt erzogen, so ist eine andere gesellschaftliche Welt.

Wir dürfen nicht mehr taufen: das Wasser thut's freilich nicht, sondern das Wort, sondern: das Wort thut's freilich nicht, aber das Thun. Aufseherinnen kenne ich einige junge

Mädchen — Louise Herber, wenn sie wollte, die vielleicht selbst
Vorsteherin werden könnte; nach einigen Jahren, wenn sie
wollte, Ebba......

Frau von Krosigk wäre für Sprachen gut; sie hat Talent,
aber keine tiefe noch hohe Vorstellungen. Hoheit des Gemüts
ist etwas Seltenes. Was meinen Sie zu diesem allen? Ich
dächte, Sie reisten nach München und erschaffen diese Welt.
Irgend wo muß diese Idee realisiert werden. Um die Ersten
des Adels zu reizen, ihre Kinder dahin zu geben — es ist nicht
wegen des Adels, aber die ersten Stände haben den größten
Einfluß auf allgemeine Bildung und Freiheit des Lebens —
also um die Ersten des Adels zu reizen, ihre Kinder dahin zu
geben, kann die Königin nur sagen, sowohl bei der Wahl der
Hofdamen als der Stiftsfräulein werde sie besondere Rücksicht
auf die nehmen, die in dieser Anstalt erzogen wären.

Es muß für die Erziehung etwas gethan werden, denn über
alles schlecht ist es mit der Lage der weiblichen Jugend beschaffen,
und in Bayern wahrscheinlich nicht besser.

———

Es ist mir jetzo sonderbar, da Sie meinen ersten Brief in
Händen haben. Es ist oft mein Gemüt gespannt, als müßte ich
wissen, wie es Ihnen bei der Lesung zu Mute war und was
Sie meinen.

———

Sie fragen nach meinem gesellschaftlichen Leben. Ich bin in
vier Monaten dreimal aus meinem Zimmer gekommen. Fichte
ist mir gut — vielleicht!! Gleichgiltig ist mir jedes Meinen und
Konstruieren meiner Individualität. Ich habe keine Neigung,
mit irgend einem Wesen ohne Zweck und leichtem, gleichseitigem
Vertrauen zu reden.

Bernhardi ist für mich Null.

Woltmann ist freundschaftlich gegen uns, er hat die Stosch-
Müchler geheiratet, Verfasserin der Euphrosyne und einiger

Kleinigkeiten im Damenkalender.[1]) Zuweilen bringen sie den
Abend bei uns bis Mitternacht zu, und ich und meine Tochter
auch bei ihnen, das könnte wohl jeden Monat einmal stattfinden.
Sie kennen Woltmann, er ist ein dicker Historiker, mir ein werter
Mann, mehr von ihm zu sagen dient zum Gespräch. Sie hat
viel Sinn und Talent. Die Jugend kann dem reiferen Alter
gefallen, aber das Alter giebt der Jugend Vorstellungen und
Ansichten. Sie ist hübsch, ihre Figur mädchenhaft weiblich, etwas
angenehm mehr dem Manne; sie wohnen im Tiergarten. Was
meinen Sie von Woltmann?

Ihr Vater soll oft sehr melancholisch sein und über Asthma
klagen. Wenn es nicht bloß körperlich ist, so könnte ihn wohl
nichts so sehr aufheitern wie Sie und Karoline.

———————

Ich glaube Ihnen schon gesagt zu haben, daß Fichte Brink=
mann gebeten hatte, mich mit Jacobi bekannt zu machen. Brink=
mann konnte Jacobi zu mir führen, oder, wollte er nicht, in
seiner Wohnung, in einem Garten eine Partie arrangieren —
nichts von alle dem geschah und er war kein Bringmann. Ich
weiß nicht, warum sich alles in Kopf gesetzt, mir Jacobi
bekannt zu machen. Darum bat mich Hufeland, und es war
Hufeland gar nicht recht, als sich die Herz melden ließ, die sie
von gré mal gré behalten mußten. Ich kenne die Herz nicht,
es war mir noch nie so, als wenn wir mit einander reden
könnten. Überhaupt, ich kann hier mit niemand reden, mit
Fichte und Woltmann ist es nur ein Präludieren.

Es giebt hier mitunter Thees, Göcking giebt so einen Zu=
stand alle Donnerstag. Er ist mein Nachbar, bin allezeit ge=
beten, gehe nur das vierte, fünfte Mal hin, Mad. Herz ist auch
oft da — möchte sie einmal die Langeweile und Weile lang
beschreiben! —

—————

[1]) Woltmanns Gattin, Karoline, eine Tochter des Geheimrat Stosch,
war bis 1804 mit dem Kriegsrat Müchler verheiratet.

Sie ist sehr spröde- im Gespräch mit Damen, wie eine, die sich nicht traut, ohne die Waffen des Geschlechts mit dem Geist zu erscheinen.

102.

Kommet und sehet, wie freundlich ein Thee in Berlin ist! Heiliger Herder, bitt' für uns! Aber um wieder zu Jacobi zu kommen! Sie sagen, Jacobi scheint Sie wenig verstanden zu haben.[1] Zum Verstehen gehört viel. Der Abend bei Hufeland verging so: Ich war nichts weniger als wohl und wäre lieber in meinem Zimmer geblieben. Jacobi kam nach 8 Uhr — Hufeland präsentierte mich ihm. Er grüßte, als wenn er mich niemals habe nennen hören oder mich vielen sehr gesalzen und geräuchert zu erkennen gegeben habe. Mir ist es gleich, was ein Papst von mir denkt, und im Gefallen wetteifern möchte ich nicht mit einer Juno; ich bin eine heitere alte Frau und gefalle niemandem mehr — aber so viel Genie wie J. P. Richter muß man haben, um mich zu verstehen. Am Tisch mußte ich neben Jacobi sitzen. Ich sagte über die Gräfin Galizin[2] ein Wort, was nicht taugte, nicht an sich, sondern in der Situation, das wußte ich so gut wie Jakobi; aber es war wohl gut, wenn wir uns niemals im handelnden Leben begegnen sollten, daß wir in Berlin nicht mit einander sprachen. Gelingt mein Plan nicht, so ist Gefallen und Mißfallen indifferent. Der Bauer hat ein

---

[1] Am 17. Dec. 1805 hatte J. P. an Jacobi geschrieben: „Du alter Weltmann und Weltweiser, Du warst imstande, in der rohen, krustigen, erdscholligen Außenseite (nämlich der moralischen, nicht der bloßen körperlichen) doch die schöne, auch von Herder und Goethe so geachtete Oreade zu verkennen, die im Berge wohnt, genannt Fr. v. K.? Und die sehr schön hingezogene Mittel-Marks-Ebene, Mde. H[erz], diese kalte Mosaik zufälliger Urteile, über jene zu setzen"?

[2] Ohne Zweifel meint Ch. die Fürstin Amalie G.

gutes Sprichwort, wenn er fragt, ob man jemand kennt: Hast Du eine Metze Salz mit ihm gegessen?

Genug, den Abend bei Hufeland war alles stupefait und insipide, und nichts war geistreich als der Bischof [und] Johannis= berger. Jacobi's Schwester hat mir gefallen. Der kurze Krieg war schrecklich. In dieser Gärung, wo die Formen für ge= sellschaftliche Verhältnisse gesucht werden müssen, sollen wir auch einen Willen haben und unsere Absicht behaupten. Es ist eine große Masse, die beseelt werden kann durch den göttlichen Willen.

Ich wünsche, ja wenn irgend etwas Ihnen in diesem Plan anspricht, werden Sie mir bald antworten. So sollen Sie, müssen in bürgerlicher Rücksicht etwas für sich thun. Ich kann mir nichts Zweck= und Ideenerfüllenderes denken als dieses: ewig mit Ihren liebsten Ideen, Zeit für ihr Genie — die größte Muße bei der herzlichsten Thätigkeit. In einer geistigen Thätig= keit uns zu verstehen, das wäre unserer würdig; ohne dies hätte ein Beisammensein keinen Inhalt und keine reiche Er= innerung.

Ich las vor einigen Tagen die Briefe von Hölderlin[1] wieder, die drei, so ich mir bewahrte. Einst gab ich sie Ihnen zu lesen, Sie haben sie nicht geachtet, wie ich meine. Dieser Mann ist jetzo wütend wahnsinnig; dennoch hat sein Geist eine Höhe erstiegen, die nur ein Seher, ein von Gott belebter haben kann — ich könnte viel von ihm sagen. Der Mann kann es noch weniger ertragen, als das Weib, wenn er seinesgleichen um sein Thun nicht findet, aber ein jeder wird arm und ist beklagenswert in der Öde und Leere. Ein Chaos wartet auf die Liebe des Geistes.

---

[1] Hölderlin war, durch Schiller empfohlen, vom Herbst 1793 bis in den Winter 1794 der Hofmeister von Fritz von Kalb gewesen. Vgl. den 2. Band von Hölderlins Werken, Köpke a. a. O. p. 129 ff. sowie den Brief von Ch. v. Kalb an Schillers Gattin vom Sommer 1794 in Char- lotte von Schiller und ihre Freunde II 222.

103.

[Berlin, b. 6. Februar 1806].

[An Karoline Richter.]

Liebe Freundin!

Ich bin vielleicht zu eilfertig und sehnend, ein klares Zeichen von Richters Meinung und Thun über meinen Plan zu haben. Aber die Lage und so manches Begeben bringt mich immer mehr, bald, bald ein geistvolles Wort von Ihnen zu erhalten zu erbitten.

———

Das Leben ist eigentlich etwas Unbequemes; mehr noch, wenn es nicht von dem Geist getrieben, erfüllt, erhalten ist, den wir kennen und anbeten. In meinem Alter achtet wohl keine innige Seele die Gesellschaft mehr, wenn sie für uns die einzige thätige Aufmerksamkeit des Geistes sein soll. Blumen darf sie streuen und Früchte darbieten, aber auf diesem Boden wachsen sie nicht und werden auch nicht erhalten.

Dafür muß der Geist eine andere Stätte suchen. Wie gesagt, die nur strahlenden, glänzenden Seifenblasen des Geistes in dem gesellschaftlichen Leben haben gewiß für viele etwas Ermattendes, ohne Folge, Lohn und Erholung. Ich meine, der hohe, reiche Geist der Welt sollte auch Strahlen und Ströme ableiten zur regen Sorge, zur herzlichen That für die Jugend und die weibliche Jugend. In Farbe und Form können wir auch heute sagen: das Alte ist vergangen, siehe, es ist alles neu worden. —

Nur mir bald Antwort, was Richter meint und was er gethan hat! Einige hier haben andere Pläne mit mir, darum muß ich auch bald etwas Bestimmteres wissen.

Jacobi hat mit seinem Benehmen auch dem Hof in Weimar nicht gefallen, er hat das Gepräge und die Ansprüche seiner schönen Zeit. Der seltne Geist muß sich dem Reichtum des

Geistes hingeben, keinen Moment fest halten. Leben Sie wohl, schreiben Sie bald! O wären Sie beide nur hier, daß ich mich aus, nie satt mit Ihnen reden könnte!

Wilibald[1]) habe ich gelesen, er hat schöne Stellen, aber kein darstellendes Talent — elegisch-lyrisch.

K.

d. 6. Febr.

104.

Berlin, d. 28. Febr. [1806].

Sie haben die Blätter versendet, sonst hätten Sie mir geschrieben: ich will es nicht thun. Aber warum sind Sie so karg mit Ihrem Papier und mit der Tinte, daß Sie mir nicht ein Wort schreiben, wie Sie die Sache meinen?

Noch habe ich Ihnen einiges zu sagen — daß ja diese Blätter nicht gedruckt werden! Die Worte sind starr, liegen da wie einzelne Steine; es erhält nur Sinn und Form, wenn es belebt und erlebt wird. So nicht drucken lassen!

Könnte es entstehen, so geschehe es nicht, ohne daß Sie in demselben Ort und Gegend wohnen. Nämlich, sollte ich davor leben! Ich kann mit keinem andern deutlich und seelenvoll darüber — hören — und sagen. Es sind dieser Ideen viele. Von Ihrem Leben können Sie geben, ohne etwas von diesem Leben zu rauben.

Die erste Frau bei dieser Anstalt darf niemals Geld dafür nehmen; meine Einnahme bleibt, so lange ich lebe, für diese Absicht. Die Anwendung aller Kräfte und Materien zur besten Verwendung ist ihre Sorge; wenn sie ihr sinnliches Dasein durch diese Sorgfalt erhalten wollte, dadurch könnte die Flamme erbleichen und vielleicht erlöschen. Ich zweifle sehr, daß wir in

---

[1]) Ernst Wagner, „Wilibalds Ansichten des Lebens". Ch. rühmte später Fichte gegenüber den Dichter enthusiastisch.

München die Einsicht und weniger noch die Macht finden, einen solchen Plan zu billigen.

Ich wünsche bald etwas Entscheidendes zu wissen, weil mir ein weltverständiger Mann einen Vorschlag gethan, der jetzo durch diesen am leichtesten auszuführen wäre. Darum dürste ich so sehr nach Antwort. Auch zu diesem wäre Ihre Gegenwart heilbringend.

Mehr in der Zukunft, wenn die Sache reif ist! Kommen Sie nicht bald nach Berlin?

Haben Sie Fichtens neue Schriften, seine Vorlesungen in Erlangen und die Sonntagsvorlesungen[1])?

Lesen und schreiben kann ich wenig mehr; geht es so fort, so kann ich es bald gar nicht mehr.

Grüßen Sie alle, Karoline, Amöne, Otto, Immanuel; Amöne und Otto sollten mir schreiben.

Charlotte.

[Abr.] Herr Legations-Rat Richter in Bayreuth.

‑ ‑

105.

Berlin, den 30. Juni 1806.

Sie waren auch oft in Gedanken bei mir? Ich habe Ihnen schon einige Mal geschrieben, aber immer den Brief wieder vernichtet. — Ich bin nicht anders, aber ich erkenne mich mehr, mein Geist ist noch strenger mit dem Willen vereinigt. Vieles dulde ich nicht mehr, weil ich das innere reiche Leben über alles achte. So habe ich mich von jeder Gesellschaft losgesagt. Ich

---

[1]) Die Grundzüge des gegenwärtigen Zeitalters, dargestellt in Vorlesungen, gehalten zu Berlin im Jahre 1804—1805. S. W. III Abt. II Bd. Über das Wesen des Gelehrten und seine Erscheinungen im Gebiete der Freiheit. In öffentlichen Vorlesungen, gehalten im Sommerhalbjahr 1805. S. W. III Abt. I Bd

habe den Mut nicht mehr, und es scheint mir unschicklich, unter vielen zu sein. Auch habe ich bedrängende Sorgen, und meine äußere Lage ist sehr unsicher.

Es wird mir sehr schwer, an Sie zu schreiben; denn es ist zu viel, was zu sagen wäre und worüber ich Sie gerne hörte. In solcher Lage ist das Schreiben unmöglich, besonders da ich auch weiß, daß Sie mir nur spärlich antworten. Ob zwar schon oft der Besitz unseres Vermögens gesichert schien, so sind doch alle Bemühungen wieder zusammengestürzt und vernichtet worden. Und in solchem Sturm eines widerwärtigen Daseins, wo äußeres Unglück sich häufte, verließ der Obrist von Kalb diese Welt![1] Er, der ein so bittres Los finden mußte, durch mich! Wie es mir nun unmöglich ist, etwas zu wünschen, mir eine äußere Mühe zu geben! Ich lebe von einer Stunde zur andern, und obgleich die dunkle Zukunft, kann ich doch keine kleinliche Sorge haben.

Auch weiß ich nun, daß alle die anstrengende Bemühung, für Erziehung zu sorgen, und dgl. nichts anderes war, als diesen Schlag, diese schwere Entscheidung abzuhalten.

Ich kann mir auch nicht die Mühe geben und den Aufenthalt wechseln; ich fürchte, alles Gute zu verlieren, was mir und Ebba werden kann. Daß ich mich heimatlich fühle, beruht in vielem und in nichts. Darum kann es mein kurzes Leben dauern. Doch könnten Umstände eintreten, wo ich Berlin verlassen müßte. Mein Schwager schien zu wünschen, daß ich nach Franken käme. Den Geschäften kann ich nicht nützen, und durch das Zusammensein schüfen wir nur gegenseitig schmerzliche Erinnerungen. Wir könnten nie von Leiden heilen. Die Gerüchte über unsere, und besonders des Präsidenten Lage sind so verschieden, daß ich nicht weiß, welchen ich Glauben beimessen soll.

---

[1] Er hat sich im Frühjahr 1806 erschossen. Köpke berichtet, er sei 1804 gestorben; am 23. April 1806 jedoch, und dies stimmt auch mit vorliegendem Briefe überein, schreibt Knebel an Karoline Herder: „Der Major Kalb soll sich erschossen haben".

Wenn Sie etwas sehr Bestimmtes erfahren können, so teilen Sie es mir mit. Ist Ihr Freund, den ich nicht nennen kann[1]), den Kretschmann beleidigt hatte, wieder in Coburg?

Ich habe an die Königin von Bayern geschrieben und um eine Pension für meine Kinder gebeten; auch mehrere haben sich in derselben Absicht bemüht, ich muß nun den Erfolg ab= warten. Auch andere Ansprüche habe ich noch, um die ich nun noch mehr Recht habe, mich zu bewerben. Ich hoffe jeden Tag....

Künftig wohne ich in Woltmanns Garten; beide sind äußerst gut und brav gegen uns mit Herz und That. In der Zukunft bin ich in Berlin wohlfeiler für Aufenthalt, als irgend auf einem Dorfe.

Wer nur die Wahrheit seiner äußern Verhältnisse einsieht, kann sich erst darnach einrichten, und hier achtet keiner der äußersten Beschränkung.

Das beiliegende Büchlein schickt Ihnen Erichson aus Stral= sund, der Herausgeber dieser Gedichte, Anselm, [?] ist Sinclair,[2]) der in Stuttgart verhaftet war. Alles was ich Ihnen von Lucian sagen könnte, wäre unbedeutend gegen das Urteil Ihres scharfen Geistes. Aber E. hat mehr Eigenheit und Seelenkraft, als er hier ahnden läßt. Gedenken Sie seiner nicht eilend, reichhaltig und ernst; er wünscht Ihre persönliche Bekannt= schaft; Sie sehen ihn vielleicht, wenn ich ihn vermissen werde.

Mein Fritz ist, wie ich höre, in Bayreuth, wie gefällt es und wie geht es ihm?

Viele Grüße an Otto, Amöne, die nie meiner gedenken; meine treueste Liebe und Freundschaft Ihnen und Karoline. Ich sehne mich nach Ihrem neuesten Buch und neuesten Brief.

---

[1]) Über „kann" ist „Wangenheim" darüber geschrieben.

[2]) Dichter und Philosoph, Hölderlins Jugendfreund.

9

Ich werde bald die Flegeljahre wieder lesen und wieder
schreiben.

Charlotte.

106.

[Berlin,] 10. Juli 1809.

[An Karoline Richter].

In langer, langer Zeit hatte ich nichts Erfreuliches ver=
nommen. Die erste angenehme Nachricht war, daß Richter
durch die Sorgfalt und Achtung des Fürstprimas einen Gehalt
von der Akademie zu Frankfurt erhält.[1] So ist endlich einmal
einer meiner Wünsche erfüllt worden, und der letzte! Denn für
mich wünsche ich nichts, mit dem Wünschen, Hoffen 2c. schadet
man immer der Gegenwart, denn die Zukunft ist immer ein
anderes, als wir ahnden und meinen. Der nun bald ein halbes
Jahrhundert mit so trüben Ereignissen erfüllt ward, das Wesen
wird nicht zagen noch die letzten Scenen des Lebens fürchten.

Sie werden nun mehr südlicher ziehen, sobald der Landes=
friede die Wahl eines Aufenthalts in jenen Gegenden gestattet.
Wer in jenen Gegenden wohnt, hat zwiefach gelebt, die mildeste
Frucht der Genüsse labt ihn. Die Gesellschaft ist im allgemeinen
wie überall zu vermeiden. Ach, aber es ist immer der Haupt=
gewinst, wenn sich der Pilger eine Heimat schafft und ein
Glück. In uns ist alles, und das außer uns muß er zu genießen
verstehn. Einen leichten Gang hat nur das sorgenfreie Herz
— — Nichts mehr von diesem Wissen und dieser Mühe. Sagen
Sie mir nur ja bald, wie es mit Ihnen steht in der Gegenwart
und Ihrem notwendigen Vorhaben.

Mit mir geht es, wie Ihnen bekannt ist; emsiger sind
wir, suchen unsere Erhaltung nur in diesen Besorgungen,

---

[1] 1000 Fl. jährlich. Vgl. Nerrlich, S. 90.

wollen keine Hoffnung noch Aussicht anerkennen. Die Ebba würde in jeder Lage des Lebens klug und thätig sein, und sie ist es für ihre Jugend zur Verwunderung aller, die sie kennen, in dieser. Sollte Richter den Fürst=Primas bald sprechen, so findet sich vielleicht eine Gelegenheit, mich diesem erhabenen Manne zu nennen, der mit seiner bekannten Milde meiner gedacht hat.[1] Aber er hat auch nichts zu unserm Vorteil in Bayern bewirken können; und wäre es auch gelungen, so hätten dieser Zeit Leiden es wieder geraubt; denn welch ein Zustand muß jetzo in Bayern sein, in meinem lieben Franken! Es sind Jahr und Tag ver= gangen, und ich habe aus dieser Gegend von meinen Verwandten keine Nachricht erhalten; wissen Sie von ihnen, so sagen Sie mir's, das Traurige muß ich ohnehin vermuten.

In Frankfurt lebt auch eine Verwandte von der Kalbischen Familie — Frau von Stubenvoll geb. von Hayn.[2] Wenn Sie, liebe Freundin, (gewiß nur zufällig) von derselben hören sollten oder sie vielleicht sehen, so erwecken Sie die Erinnerung an meine Ebba, aber ohne mich zu nennen. Doch es kann weit natürlicher sich ereignen. Kommen Sie nach Frankfurt, so gebe ich Ihnen einen Brief an meine Cousine v. Stubenvoll, es ist eine gute Frau, verwandt mit den reichen [unles.] Patrizier= familien in Frankfurt, Hayn, Ablerflycht[3]), Günderode; sie ist reich oder wohlhabend und wird von Reichen wieder beerbt, denn sie hat keine Kinder. Sie wurde mit meinen Schwägerinnen er= zogen und war an einen Oberforstmeister nahe bei Kalbsrieth ver= heiratet, wo ich sie sehr oft gesehen habe. Sie ist wohl 60 Jahr alt, und wenn sie Ebba in ihrem Testament bedenkt, so wird sie Ihnen gewiß gefallen. Und da ich so wenig für das

---

[1]) Schon am 28. August 1802 hatte Dalberg an Schiller geschrieben: „Für Fr. v. Kalb werd' ich mich bestens verwenden."

[2]) Margarete Magdalene, Gemahlin des 1794 † fürstl. sächs. wei= mar'schen Kammerjunkers und Oberforstmeisters Ludwig Christian v. St.

[3]) Altes, schwedisches Geschlecht, ließ sich in Frankfurt nieder, 1835 erlosch es im männlichen Stamme.

9*

gute Kind, die brave Tochter, thun kann, so will ich wenigstens nichts versäumt wissen, daß ein anderer für sie sorgte. Schreiben Sie mir bald und erzählen mir viel, ja alles, was Sie betrifft!

Ihre treu liebende Charlotte.

107.

[Berlin, zweite Hälfte des Jahres 1809].

[An Karoline Richter].

Mein heutiges Schreiben enthält nur Anfrage nach einigen Briefen, die ich an Sie, meine theure Freundin, abgesendet habe. Ich weiß nicht ganz recht, ob es drei oder vier Briefe waren, die ich geschrieben, und wo ich keine Beweise habe, ob diese Ihnen sind eingehändiget worden. 1) Im Febr. meinen Dank für die über= schickte Zahlung; 2) vielleicht nur einige Tage später die Beantwor= tung Ihres Briefchens, worin die Anfrage wegen Herrn v. Golz war. Ob ich nun in diesen einen Brief nach Mannheim an Frau von Luk mit beigeschlossen habe oder noch in einen dritten Brief[1] . . . . ich nicht gewiß . . . . . . gestern erhielt ich a[ber die Nachricht] von meiner Schwägerin aus Mannheim, daß sie diesen Brief, worin noch ein Schreiben von meiner Tochter an die verwittibte Herzogin von Zweibrücken beilag, nicht erhalten hat. Dieses brachte mich auf die Vermutung, daß wohl mehrere Briefe könnten verloren sein.

Im Mai oder Juni, als ich von Ihren Eltern hörte, Richter hätte durch die Sorgfalt des Fürst=Primas eine jährliche Pension von der Akademie zu Frankfurt a. M., konnte ich ohnmöglich meine Anteil nehmende Freude verschweigen. Die Nachricht war mir bedeutend, es war das erste angenehme Ereignis, von welchem ich in langer Zeit [hörte.] Der letzte Brief . . . . . Bayreuth gesandt

---

[1] Es ist ein Stück des Briefes abgerissen.

war von ...... mit der Adresse: An Herrn J. P. Richter, Legationsrat; dieses Blatt sollte auch nur allein von Ihrem Gemahl gelesen werden; mein Wunsch erfüllt, oder meines Freundes Meinung hätte mich allein bestimmt — sein Wille, mein Gebot! Sollte dieser letzte Brief verloren sein, so gehört es zu meinem Schicksal; es bleibe, ich kann einen ähnlichen nicht wieder schreiben. So sind wahrscheinlich einige Briefe verloren, die unseres Lebens Bahn vielleicht eine andere Richtung hätten geben können.

In diesen Tagen las ich Katzenberger. Wie sehr wohl gefiel mir „Über Luthers Denkmal", die Änderung über C. Corday.[1]) Lebe wohl — und ein besseres [Los] sei diesem beschieden als den [früheren]'....

Charlotte.

Berlin, d...
Zimmers[[traße]

[Adr.] A Madame
Madame Richter née Mayer
à Bayreuth.

108.

Berlin, d. 20. Novbr. — 9.

Verehrter Freund! Gewiß hatten Sie sehr recht, meinen Brief an den erhabenen Fürsten nicht gelangen zu lassen.[2])

---

[1]) „Wünsche für Luthers Denkmal, von Musurus." „Ueber Charlotte Corday." Sie gehören zu den 1809 mit „Dr. Katzenbergers Badereise" erschienenen kleinen Schriften des Dichters.

[2]) Am 9. September hatte Jean Paul seinem Freunde Emanuel geschrieben: „Die tolle Bittschrift an die Berliner werde ich nicht schreiben, welche ohnehin, da ich nicht da wohne, zu viel Anmaßung meines Namens voraussetzte. Aber vollends an Deutschland?... Was geht sie Deutschland

Ich habe die Hoffnung vernichtet. Ich bin gewohnt zu zweifeln, selbst zu verzweifeln, und mit diesem Gefühl schrieb ich jenen Brief, ganz erfüllt von dem Zwang und der Bedrängnis der Gegenwart; nun ist es aber gewiß, daß in äußerer Rücksicht sich unsere Lage bald ändern wird. Die Prinzeß Wilhelm[1]) hat die Gnade gehabt, meine Ebba zu ihrer Hofdame zu erwählen; sie ersetzt die Stelle des Frl. v. Seckendorf, welche den jungen Grafen Goltz geheiratet hat, der nun Chargé d'affaires in München wird. Es ist derselbe, welcher mit dem Prinzen in Paris war, und wahrscheinlich der Ungetreue der guten Völbern= dorf. Wirklich, unsere heutige Jugend muß mit Resignation, Philosophie u. s. w. geboren sein, nicht durch die Erfahrung werden.

Ich kenne den jungen Grafen Goltz nicht, er scheint mir aber leichtsinnig, unvorsichtig. Was ihn zu dieser Verbindung erleitete, werde ich wohl erfahren und meiner lieben Karoline Richter mitteilen.

Nun kann zwar von der Contribution in Regensburg nicht mehr die Rede sein; aber es hätte nicht zu überwindende Schwie= rigkeiten gehabt, mich von Berlin entfernen zu können, auch stimmt die Vorstellung der Fr. v. C. nicht mit der meinigen. Auch E[bba] hat gar keinen Sinn dafür, wie man ein Glück suchen könnte, machen könnte, verlustig sein durch ein verborgenes, heimisches Leben. Ihr Herz ist „ruhig wie die Wiesenquelle, an

an? Müßt' ich mich nicht schämen, es zu bekennen, daß ich für eine Person, welche als Adlige noch immer Hülfsquellen haben muß, welche selber ökonomisch so oft mit Phantasterei und Leichtsinn handelte, und deren Leiden doch z. B. gegen die Leiden eines Hausvaters mit Familie ein kleines ist, ganz Deutschland aufgerufen?"

[1]) Maria Anna, Tochter des Landgrafen von Hessen-Homburg, ver= mählte sich 1804 mit dem Bruder des Königs, Wilhelm, Prinzen v. Preußen. Chr. Otto hatte 1806 und 1807 den Prinzen als Regimentsquartiermeister und Geheimsekretär nach Preußen, bis Tilsit und Memel, begleitet. Ein Brief der Prinzessin an Schillers Gattin findet sich in „Charlotte v. Schiller und i. Freunde" III p. 49.

Wünschen wohl, doch nicht an Freuden arm", in der Braut von Messina.[1])

Nun ist also mehr als jemals mein Dasein für Berlin entschieden; doch nur an dem Tag würde es mir hier gefallen, wo ich Sie und Ihre Familie hier sehen würde. Sie würden sich wundern, wie man in sechs Jahren so altern konnte, wie ich es bin!

Sie sagen mir in dem Briefe vom 8. Ottbr., daß ich nächstens wieder von Ihnen Nachricht erhalten werde. Aber außer dem Brief vom 8. Oktober, welchen mir Ihr Herr Schwiegervater überschickt, habe ich keine Zeile bekommen noch sonst etwas, und es ist mir jetzo lieb. Ich danke ebenso für herzliche Güte, als wenn ich es erhalten hätte, und erinnere es nur, damit kein Irrtum darüber entstehen möge.

[Am Rande:] Für Herber und seine Gattin wäre ein Wieder= sehen zu erschaffen.

109.

[Berlin, Winter 1809.]

Diesen Winter und nun hoffentlich alle künftigen werde ich in Betracht der Einnahme ganz ruhig hinbringen können; die Prinzeß will Ebba equipiren. Wir können von vielen Wohlthaten sagen; aber sonderbar ist meines Lebens Freude erloschen — alles wirkt auf mich wie ein Schrecken und ver= mehrt die Ermattung meines Körpers; ich habe aber auch in den drei Jahren wie eine Gefangne gelebt. Die freie Luft will ich jetzo wieder atmen und ein Kind sein; denn die Zukunft erscheint mir wie das Geschenk eines andern Seins.

----

[1]) Beatrice spricht bei ihrem ersten Auftreten:
„Das Herz war ruhig, wie die Wiesenquelle,
An Wünschen leer, doch nicht an Freuden arm."

Bald schreibe ich meiner lieben, lieben Karoline. Ja wohl sind viele, wohl drei Briefe verloren, immer will nun Ihr Herr Vater die Güte haben, meine Briefe beizuschließen. —

Ich will nun sehen, was die neue Lage mit mir macht und ich aus dieser.

An Frau von Lochner[1]) meine Hochachtung und Dank, ich schreibe wohl selbst bald dieser vortrefflichen Freundin.

110.

[Berlin, Frühjahr 1810.]

Endlich kann ich wieder die Feder fassen und Ihnen von der unbedeutendsten Existenz, die ein Sterblicher nur führen kann, einige Notiz geben. Ich bewohne seit dem April die Zimmer meiner Tochter; den 18. April ist diese mit der Prinzeß nach Homburg und Ems gereist. Der Prinz Wilhelm ging den ersten Pfingsttag auch dahin ab[2]) . . . .

Über die Gräfin Goltz ist nur eine Stimme, sie war selbst für Berlin zu fribol, weil sie unklug oder nicht vorsichtig war. Ihr Los ist nicht zu beneiden, und niemals wäre die Frau dieses Mannes wohl glücklich zu nennen gewesen; sie soll sehr kränklich sein. Wo sie jetzo ist, weiß ich nicht. Gegen mich hatte sie wahrscheinlich viel Antipathie; ich fand sie leicht, oberflächlich, angenehm, unbedeutend, ein Wesen, was mit hundert Jahren noch ein Kind ist, wenn nicht die Mannigfaltigkeit der Leiden es beugt und vernichtet. Sie soll im Wochenbett sehr gelitten haben.

---

[1]) Wahrscheinlich die Gemahlin des 1825 gestorbenen bayrischen Kämmerers und Reg.-Direktors Friedr. Frh. v. Lochner.

[2]) Folgen persönliche Mitteilungen, deren Wiedergabe unnötig ist.

Die äußere strenge Sitte und Gewohnheit ist den Mädchen so nötig, weil von den schwachen, von jedem Wahn so leicht betrunknem Gemüt man ja gar nichts fordern, ihm kein Gesetz noch Regel geben kann. Der Ausnahmen unter meinem Geschlecht giebt es wenig, und diese finden stets in dem gewöhnlichen Gange des Lebens so viele Leiden, als die Verletzung solcher Gewohnheiten ihnen vielleicht Schaden bringen kann. So lange ich um Ebba bin, fürchte ich ihr Schicksal nicht, ich vermute fast, sie wird ehelos bleiben. Für ein sogenanntes Etablissement hat sie keinen Sinn, denn sie liebt nicht die öftere Wiederholung gesellschaftlicher Zusammenkünfte. Sie will sich leben, durch dieses Leben das Dasein ihrer Seele ahnden; für zarte Verhältnisse hat sie nicht die Reizbarkeit oder nicht den Gegenstand. Auch bis jetzo konnte selbst noch nicht die Täuschung stattfinden.

—

111.

Berlin, 18. Juli 1810.

Ich habe den Herrn von Gerlach nicht gesprochen, und da ich nicht ausgehe, und in Zukunft gar nicht mehr, so wird diese Bekanntschaft auch nicht stattfinden. Immer werde ich kränklich oder tief unbehaglich, wenn ich unter Menschen bin; also soll es so bleiben. Ich will dem Umgang mit Fremden ganz entsagen; denn dem Alter ist immer alles fremd, es ist ihm stets, als wären Kinder oder Spielleute um ihn, gegenseitige Aufmerksamkeit und Mitteilung findet es nicht mehr. Im Grabe sind die Freunde meiner Jugend, im Grabe oder entfernt die Freunde meines Lebens. Ich vegetiere im eigentlichen Sinne, es reizt mich kein Wollen, keine Hoffnung, keine Neigung und kein lebendiges Wort. Ist freilich Ebba hier, so ist mein Leben nicht so wirkungslos wie jetzo, aber dieser Zustand ist auch nur für sie allein [unles.]. Sie kann mich leicht entbehren; denn wie erfreut sie nicht die jetzige Reise in der schönern

Natur, von jungen treuherzigen Gespielinnen umgeben! Ist sie aber bei mir, so wird auch ihr leicht alles überdrüssig und schal. Wir leben nicht ohne Widerspruch, denn ich bin lebhafter als Ebba, aber sie heftiger, aber doch ziemlich behaglich mit einander — den 1. August ist sie wahrscheinlich wieder hier.

Frau v. Helwig[1]) war acht Tage in Berlin und zwei Schwestern. Sie hat sehr gealtert durch Kränklichkeit, Neigung zu Fieber, einige zufällige Schrecken, das härtere Klima. Sie war in Schweden wohl die einzige in der Art, und wo kein Vergleich ist, ist auch keine Befriedigung der Eigenliebe. Sie achtet den Helwig sehr, und er ist in jeder Rücksicht ein vor= trefflicher Gatte und Freund. In Deutschland will sie ein Jahr zubringen, und Helwig kommt wohl auch im Herbst, wenn es ihm die Stürme in Schweden nicht verbieten. Sie will den Winter in Heidelberg zubringen. Ein Reisender, der in Heidel= berg war, sagte, J. P. Richter werde sich auch in Heidelberg etablieren; ist dies der Fall, so werden Sie auch diese angenehme Frau kennen lernen[2]). Sie las einiges vor, Compositionen für gesellschaftliche Spiele; ihre Zeichnungen sind gewandter, richtiger. Sie hatte gemalt; ich kann es mit keinem andern Wort aussprechen als mit petillant, in ihrer Manier, die mir unbehaglich war.

_____

Ich habe noch kein Buch oder Gegenstand von einem Weibe verfaßt gelesen, welches den Wunsch in mir erregt hätte, ich möchte diese geschrieben haben; dieses ist mir sogar à l'hor= rend, wenn ich mich als Verfasserin dessen gedenken sollte. Frau v. Stael hat Genie und Tiefsinn, sie gehört zu benen, bie einen Einfluß auf die Geisterwelt gehabt haben und haben. Bei andern war dies nicht der Fall oder es ist schon vorüber. Manches in ihren Schriften ist mir zuwider. Doch thut

_____

[1]) Amalie v. Imhof hatte 1803 b. schwedischen Major v. H. geheiratet.
[2]) Sie besuchte J. P. im August 1820; vgl. b. Brief a. Voß v. 30. August.

es bei mir der Bewunderung der andern herrlichen Offenbarungen der tiefsten, dem Leben der Welt abgenommenen concentrirten Menschenkenntnis keinen Abbruch. Ihre Nebenfiguren, die Intriguants des Stückes, sind immer die besseren Zeichnungen; am wenigsten mag ich die Parabescenen, doch diese sind bei einer Improvisatrice ja unentbehrlich und sind das Wesentliche.

Es werden einige meiner Freunde fast bedauern, daß ich keine Versuche machen konnte, um durch Schriftstellerei mir etwas zu erwerben. Ich weiß auch nicht, welcher Dämon mich fesselte; an Ideen fehlte es nicht, aber an Form [unles.] Lust und Streben, denn es hat eher stets was Widriges für mich. Früher war ich zu zerstört, zu erdrückt in meinem inneren Leben; das Unglück hat jetzo etwas Bestimmteres, und daher bin ich auch ruhiger; freilich kommt mir das Alter zu Hülfe und meine gute Gesundheit. Wenn jetzo ein Mann wie Jean Paul an demselben Ort mit mir lebte, mit seinem umfassenden Geist, seiner Kenntnis meiner Individualität (jetzo von so manchem Wahn befreit, den er wohl ehemals im Guten und Schlimmen haben konnte) so könnte es wohl möglich sein, daß ich ihm Briefe und allerlei zuschickte, was ich geschrieben; er möchte es dann einschalten in Bücher oder Journale. Denn solches Zeug geht mitunter und ist selten besser, als wie ich es auch geben könnte, [unles.] aber es wird doch bezahlt und wenn das wäre, das ist das einzige, was ich dabei ehren und schätzen würde. Ich muß leider mich noch immer mit solchen Mode= lumpereien abgeben. Wäre es nur mit schleunigem Absatz ver= bunden, so wäre es allgut; ich könnte leben, bezahlen und meinem Sohne wohlthun; so ist aber das erste schlecht, und das andere kann nicht stattfinden.

Von meinen Angelegenheiten vernehme ich nichts. Es waren Conferenzen, aber wird wohl kein erwünschtes Resultat entstanden sein. Hoffentlich habe ich nun aber keine Vermögens=Angelegen= heiten mehr daselbst, denn es ist langweilig von etwas zu hören, was doch gar nicht wird und ist.

Unser Prozeß hat alle politische Revolutionen mit bestanden und ist dadurch mobificiert worden, und vielleicht wird gar das Lehn einem natürlichen Sohn eines katholischen deutschen Herrn zu teil, mit dem vor acht Jahren die Familie von Kalb von dem Kurfürsten von Bayern ist beliehen worden.[1)

Die Entscheidung wird ja wohl bald entstehen, und Sie können davon früher unterrichtet sein wie ich. Der Präsident scheute sich ehemals die Wahrheit zu sagen, jetzo sie zu wissen. Es gehen wieder jetzo viele Ahndungen neuer Erschütterungen. In Schweden, welche ungeheure Begebenheiten[2)]! Hufeland ist mit dem König von Holland, wie man sagt, in Teplitz. In Paris war Unglück bei einer Fete.[3)] Das Geschwätz geht so weit, daß man sagt, ich bezweifle es, P[rinz] W[ilhelm] v. P[reußen] würde König von Schweden. Da könnte ich auch in die kalte Seehauptstadt gelangen, aber ich würde mich davor scheuen, denn ich habe einen Lichtdurst, und des Abends bei Licht wird mir die Zeit lang und schwer.

Die Änderungen in dem Personal der Regierung in dieser Stadt haben uns alle erstaunt, wir wissen nicht die Ursachen; wenn auch viele Vermutungen sind, ist es für solch eine Handlung doch nicht hinreichend. Toutes combinaisons n'égalent point la vérité.

Werden Sie denn meine Blätter lesen können? Das sagen

[1)] Heinrich August M. v. Ostheim, Kommandant von Bamberg und Forchheim, k. k. Generalmajor und deutscher Ordenskomtur, hatte mit seiner Nichte einen natürlichen Sohn, Franz Friedrich. Er erhielt vom Papst nachträglich Dispens und die Erlaubnis zur Trauung. Der also legitimierte Erbe wurde später von den königlichen Gerichten gegen den Fiskus im Besitze der Lehngüter erhalten.

[2)] Am 28. Mai 1810 war der Kronprinz plötzlich gestorben.

[3)] Bei einem Feste, welches der Fürst Schwarzenberg am 1. Juli 1810 gab, brach Feuer aus; ein Teil der Gäste sowie die Fürstin Pauline Schwarzenberg verlor hierbei das Leben. Vgl. Varnhagen, Denkwürdigkeiten u. vermischte Schriften, 2. Band. p. 252.

Sie mir bald durch Gelegenheit, aber es wird Ihnen reuen, mich an einen so langweiligen Brief gemahnt zu haben. Ich bitte, dieses Blättchen an H. v. K. nochmals zu couvertieren und nach Bamberg zu schicken.

Ist Frau von Berlepsch noch bei Ihnen? wie lebten Sie in dieser Umgebung? wird sie stets die Schweiz bewohnen? Nochmals vergeben Sie die widrige Form dieses Briefes mit der schlechtesten Feder. Man sagt, Herr v. Humbolbt in Paris kömmt nach Berlin als Minister des Cultus und Unterrichts.

C. K.

—

112.

[Waltershausen,] b. 26. [Sept. 1810].

Wären Sie gekommen, es hätte mich gerührt und ge=freut. Sie kamen nicht, guter Feind, böser Freund, und waren in Bamberg.[1]) Dies wirkte auf mein Wesen so sonderbar, so daß ich selbst wider mich sehr mißtrauisch bin — [unleserlich] war gut, sein leichtes, im Meinen bescheidenes und doch selbst denkendes Wesen war mir wohlgefällig, aber ich war nicht wohl, und also wäre mir das Alleinsein viel besser gewesen. Wir haben einen sehr Kranken im Haus. Mein Arzt schreibt mir auch, ich soll heftig brauchen, wenn ich so genesen wollte, wie er es will; es ist mir aber, als wenn ich schon zu ermüdet wäre. Dies kann mir etwas geben, was witzig sein kann, (und den Witz kann ich in mir nicht leiden) oft läppisch wird, und das ich, wenn ich es bemerke, ausrotten will. Sie sind wohl wieder gesund? Ihr Übelbefinden hat mir leid gethan — und da war ja so das Kommen unmöglich. Das Trauerspiel habe ich

---

[1]) Im August. Nach J. Funck (Erinnerungen aus meinem Leben, 3 Bd. p. 54) hätte Ch. den Dichter in Bamberg aufgesucht. Der Bericht leidet jedoch an manch inneren Unwahrscheinlichkeiten.

gelesen,[1]) zweimal. Mit Ehrfurcht und inniger Bewunderung
hielt ich das Buch. Der Dichter hat selbst den Keim gepflanzt
und ihn dann zum Ganzen gerundet. Es schwebt frei wie eine
Montgolfiere; das zweite schönste Paradies ist da und auch die
Hölle, Sinnlichkeit, Eigennutz und Mißtrauen.

Haben Sie schöne, gute Briefe erhalten, so teilen Sie
mir sie mit, wenn sie gut sind. Meusel schickt mir bald Bücher,
da kann es ins Paket.

Leben Sie recht wohl.   Ch.

113.

Berlin, d. 25. October 1810.

Theure Liebe!

Sie zögern lange mit Ihrer Antwort auf mein vertrauliches
Schreiben; ohne diese finde ich den Faden nicht zu unserer ferneren
Unterhaltung. Richter hat meine Briefe nach Bamberg selbst
gebracht, so schrieb mir Leonore.[2]) Er war meinen Verwandten
willkommen wie ein Gott, nicht nur wie ein Bote der Götter.
Aus Ihrem väterlichen Haus habe ich vernommen, Sie würden
im künftigen Jahre dem Rhein nahe wohnen — mit Anteil
habe ich es vernommen, dann hat jene Gegend genug Reiz für
mich, daß sie mich dahin ziehen wird. Ich muß ein stärkendes
Bad gebrauchen und will vielleicht nach Schwalbach. Sind Sie
in Frankfurt, so komme ich und bleibe den Winter über daselbst.
Ich habe daselbst und in der Gegend Verwandte und noch bessere
Freunde. Wenn Sie nun da sind, so leben auch Seelen dort in
der freieren Umgebung.

---

[1]) Vielleicht Fouqués „Held des Nordens", welchen Jean Paul 1810
in den Heidelberger Jahrbüchern recensiert hatte.

[2]) Charlottens jüngere Schwester, „das Lorchen", „das Feenkind",
hatte sich 1782 mit dem Präsident Kalb vermählt. Vgl. Palleske, S. 104.

D. 30. Oft. Gestern war ich zum Thee bei Ihrer Frau Mutter. Ich hörte von Ihrem geänderten Willen, daß Sie, den Luxus in Frankfurt scheuend, nicht dahin ziehen wollen. Diesen Grund erkenne ich nicht an, aber Ihr Schicksal, und, ich will auch sagen, das meinige muß es so haben wollen. Ich dachte mir eine festliche Zeit, einen heiligen Abend vor dem ewigen bei Ihnen, mit Ihnen. In Frankfurt könnte ich existieren, in Bayreuth nicht, weil ich daselbst Fabrikwaaren von Berlin könnte kommen lassen und andere hinwieder nach Berlin schicken. Dafür hatte ich mir zu dieser Absicht schon manchen Artikel ausgedacht. Ich kann hier in Rücksicht des Handels nicht klagen; andere Hülfe habe ich nicht gefunden, und dieses bleibt bis jetzo meine vierte Bitte. Der Präsident von Kalb schrieb mir vor einiger Zeit, wenn Dankenfeld an Würzburg käme, so würden wir wieder einen Teil unserer Revenuen erheben können. Er schrieb es mir eilends zum Troste, aber ich erzürnte mich nur, ich kann nicht mehr glauben noch hoffen. Ich habe es mir zum Gesetz gemacht, nicht daran zu denken; aber schmerzlich ist mir die Erinnerung an meine Schwester, den Präsidenten und meine Söhne. Ach, wenn es nicht thöricht wäre zu wünschen, daß ich wenigstens die Söhne unterstützen könnte!

114.

Berlin, den 27. Jenner 1811.

[An Karoline Richter.]

Eben als ich im Begriff war an Ihnen zu schreiben, erhielt ich Ihr Blatt aus Schleiz. Durch einen Reisenden gebe ich diesen Brief bis Weißenfels. Meine Reise nach Franken dünkt mir mit jedem Tag notwendiger, und ich werde vielleicht vor Ihnen erscheinen, ehe Sie mich vermuten. Den mannigfaltigen Zweck dieser Abfahrt kann ich nur mündlich sagen, jeder Schritt und Thun ist aber jetzo zu dieser Absicht. Ach, schreiben können wir nicht mehr, wir müssen reben. Für mein Alter und für den Anblick der kindlichen Kinder ist diese Zeit die notwendige so schnell vorcilender Tage. Ich bleibe doch wohl acht Tage mit Ihnen? Wollen Sie mir ein Kämmerlein geben?

Ich bin alt worden und doch noch kindlicher, fast wagend. Richter wird sehr über mich lachen, denn ich bin einmal nicht zu beffern, unverbefferlich. Grüßen Sie von mir Otto, Amöne, Emanuel.

Ruhen Sie! Schlummern, Träumen, Ruhe nach solchem Ergehen ist das einzige Heil.

Wer ruhen kann, überwindet alles und spielt mit der Gegenwart; ihr geistiges Wort wird uns erst spät genannt. Euch werde ich wohl recht sein, aber den Kindern werde ich sonderbar vorkommen.

Schreiben Sie mir, wenn Sie mir zu meinem Vorhaben etwas sagen können. Bis Wittenberg habe ich Freunde, die meinen Besuch haben wollen, bis dahin finde ich fast jede Woche Gelegenheit; in Leipzig habe ich aber keinen Bekannten.

Laffen Sie mir bald von Ihrer Erholung vernehmen; ich sah bis jetzo niemand von Ihren Verwandten.

C. Kalb.

115.

[An Karoline Richter.]

Am Sonntag war ich bei Ihren Eltern, eben als Minona ankam;[1] ich freute mich sehr des zärtlichen Großvaters. O, wenn er einmal seine Kinder oder vielmehr die Ihrigen so bei sich hätte, welch' Leben würde es für ihn sein!

Ich bitte nochmals, mir diese Briefe nach Bamberg zu beforgen.

----

[1] Doch wohl Minna Spazier.

Ich erwarte meine Ebba in acht Tagen. Mein Ende wird nahen, und ich habe Euch nicht wiedergesehen.

Lesen Sie die Gräfin Dolores von Arnim. Den Herrn von Kleist, Verfasser der Familie Schroffenstein, sprach ich bei Sander, weiß ich mehr von ihm, so schreibe ich es an Richter.[1] Die Gesellschaft lebender Geister vermehrt sich jetzo in Berlin.

G. Kalb.

116.

[den 16. Februar 1813.]

[An Karoline Richter.]

Über meine ökonomische Lage muß ich Ihnen auch sagen: das Schlimmste war nicht der Mangel aller Revenuen in Jahr und Monaten, als die beständige täuschende Verziehung. Die Armen waren selbst betrogen. Andere, so mir wenigstens die Wahrheit schuldig wären, raubten mir auch diese, und dies allein hat mir vielen Kummer gebracht. Ich habe zwar in diesem Jahr von einigen besonders Vortrefflichen etwas erhalten, welches zu Arbeiten verwendet, die sowohl ich als meine Tochter besorgt; dies allein hat uns gerettet.

Viele Wohlhabende lassen bei mir arbeiten, unter denen selbst meine teure Prinzeß Wilhelm und Prinzessin von Kurland. Da ich gerne die öftere Sorge neuer Wahl vermeiden möchte, lasse ich gerne von einer Art und Form mehrere Stücke arbeiten und [bin] auf diese Weise, um es mir vorteilhafter zu machen, mehreren wohlthätig. So wünschte ich auch an entfernte Orte versenden zu können. Wollen Sie mir auch erlauben, Ihnen zuweilen etwas zu schicken? Vielleicht machte selbst ein Kaufmann auf dergl. Bestellungen. Nichts ist sonderlich schön,

---

[1] Kleist erschoß sich wenige Wochen später, am 21. Nov.

vielleicht aber brauchbar. Ich gebe Ihnen immer die Preise an, wie ich es hier verkauft habe; Sie können es auch billiger geben. Denn mit solchen Dingen ist's wie mit Blättern, kein neues kann blühen, wenn das alte nicht vergangen ist. Ich erkenne es als eine unvergeßliche Wohlthat, wer sich in dieser Sache meiner und meiner Kinder annimmt. Auch habe ich den Tadel recht gerne und die Anweisung, die, wie ungeschickt bin ich in allem — [fehlt ein halbes Blatt] . . . . . schön könnten wir oft . . . den Abend meines Lebens beisammen weilen. Und wer Lust hat nach Berlin zu kommen, komme jetzo, wo der mächtige Geist am neuen Leben schaffen kann. Lebt wohl, lebt wohl! sendet bald Gesinnung und Freude Eurer

Charlotte.

Berlin, Lindenstraße 66.
b. 16. Febr.

Die Borten sende ich den lieben Kindern . . . . Liebe Mutter, erlauben Sie den lieben Wesen diese Bande! Es ist keine Zierde, aber mein Name werde ihnen damit bekannt.

Ich habe diese Façon gefunden, und vielerlei und mancherlei wird darin bestellt . . . .

117.

Berlin, b. 6. Mai. [1813.]

[An Karoline Richter.]

Ich bringe morgen dieses Blatt Ihrem Herrn Vater und bitte es beizuschließen, wenn er Ihnen wieder schreibt. Auch danke ich sehr für die gütige Besorgung unserer so unbedeutenden Arbeiten.[1] . . . Alles, was Sie von den Stickereien nicht verkaufen können, können Sie auch unter derselben Adresse nach Bam=

---

[1] Folgen unwichtige Details.

berg ſchicken; ſo werden Sie, liebe Freundin, über dieſe Kleinig=
keiten nie in Verlegenheit kommen. Dieſe Beſorgungen haben
für mich nichts Angenehmes, auch nichts Widriges, ich treibe es
ſo lange, als mich das Schickſal oder vielmehr, die äußere, ſehr
öde [?] Lage dazu nötigen.....

Mir ſcheint der Zuſtand von Berlin jetzo drückender wie
jemals. Ein Lager ſoll bei Berlin, bei Charlottenburg ſein,
es koſtet an zwei Millionen. Wo, wie wird es endigen? ſo fragt
und ſorgt jeder.

Wie gerne möchte auch ich Ihre Kinder ſchauen und mich
ihrer Lieblichkeit freuen!

Ebba beſucht die Zelteriſche Singakademie, ich nicht, weil
ich nicht ausgehe, ja in dem Druck der Lage nicht ausgehen
konnte. Wir haben gar keinen Cirkel, mit dem wir umgehen.
Niemand, das iſt keine Redensart, ſondern ſtrenge Wahrheit.
Einige waren gefällig gegen uns und ſind es noch; das iſt gut.

Ich wohne No. 66. in der Lindenſtraße, gerade die Ausſicht
über die ganze Schützenſtraße; in demſelben Hauſe hat W. A.
Schlegel ſeine Kollegia geleſen[1]). Bleibe ich den Winter in
Berlin, ſo wünſche ich den Linden näher zu wohnen, beſonders
wenn der Hof wieder hier wäre; aber ich weiß wirklich nicht,
wie es mit mir in einigen Monaten ſein wird, ſein muß.
Jeder muß Änderung wünſchen, und alles iſt in Gärung.
Welch ein Licht wird es ſein auf meinen Wegen, wenn ich Richter
einmal wieder begegne und um ihn bleibe!

Charlotte.

Haben Sie die Güte, dieſes Billet zu convertieren und nach
Bamberg zu ſchicken. Mit allem Eifer bemühe ich mich, meine
und die Exiſtenz meiner Kinder mir etwas zu erleichtern. Es
gehört eine Beſonnenheit dazu, die faſt ſchmerzlich iſt, um ſein

---

[1]) Am Ende des Jahres 1802 hielt Schl. in Berlin Vorleſungen
über Litteratur, Kunſt und Geiſt des Zeitalters.

Leben zu erhalten. Von Königsberg ist lange kein Kurier ge=
kommen, ich erwarte auch von der Prinzeß Briefe und Geld.

Wenn Sie von Ihrem Herrn Vater Geld erhalten, so kann
dieser mir leicht das Geld zahlen, und Sie behalten dann das
für die Stickerei. Auch könnte Herr von Altenstein[1]) uns viel=
leicht eine Assignation verschaffen. Ich habe seit Ostern nicht
können arbeiten lassen, weil ich nichts für Ankauf u. dgl. habe.

Ich thue alles, um es zu ändern, aber ich habe keinen
Glauben an die Anmut und Würdigkeit der äußeren Existenz.
In stillem, schweigendem Geist bin ich desto ernster, bestimmter,
wenn auch alles sehr läppisch im Äußern um mich ist. Ihre
Freundin mit Herz, Gedanke und Freude.

Den 7. Mai.

Wo ist die Herbern und wie geht es mit ihren Kindern?
Wie ist Ihre Adresse?

Wo ist Thieriot? Meinen Gruß dem unbekannten Emanuel!

118.

Berlin, d. 22. Juni. [1813.]

[An Karoline Richter.]

Liebe Karoline! Durch einen Reisenden kann ich Ihnen
dieses schicken, es wird Ihnen ungesiegelt übergeben werden.

Von M[inna] Spazier kann ich Ihnen nichts Bestimmtes
sagen, es geht ihr leiblich wohl.

Jedes weiß nur von dem andern durch die allgemeinen
Begebenheiten; man hat keine Worte für das Leben dieser
Zeit, viel weniger kann man schreiben. Ein Abend bei Ihnen
mit Richter, da könnte man ahnden lassen, welche Aussicht es
gewährt, denn die Pforten der Ewigkeit sind eröffnet. Tod,

---

[1]) A. war von 1808 bis 1810 Finanzminister gewesen.

wo ist dein Stachel 2c. — Werden wir uns in dieser Zeit oder in der Geburt dieser Zeiten wiedersehen? Ich weiß nichts von mir, wahrscheinlich bleibt Edda nicht hier. Alles, was ich sonst noch von Besorgungen und ausstehenden Zahlungen haben soll, muß ich verlieren, und wer wird nur danach fragen . . auch habe ich dafür keine Furcht. Die allgemeine Armut ist auch ein allgemeines Haben, und wo solche Herrlichkeit, ist die Klage nicht möglich.

Wie würde es mir sein, wenn ich mit Jean Paul sprechen könnte! Herder erlebte es nicht, Schiller hat in Posa diese Zeit vorempfunden.

Ich habe in dieser Zeit durch Krankheit und Schwäche Freunde verloren. Im Waffenstillstand[1]) sind nun einige gute Bekannte bei uns, viele sind auch schon tot.

Meine Söhne leben bis jetzo noch. August ist wieder mit seinem Freund, beide als Lieutenants, bei einer Compagnie. Es ist ein Zauber der Freundlichkeit und Liebe in allen; ich sage nicht von dem durch Gestalten, [?] aber die Jünglinge mit dem Willen und Empfinden der einzelnen Männer, die sind das Salz der Erde, und die Menschenliebe, wie die kranken Russen sagen. Denn hier werden 700 Blessierte und Kranke nur in Einem Lazarett von der besten Societät [?] verpflegt, und alles thut diese. Wenn sie nun kommen und Speise vertheilen, wenig, so sagen die Russen, die oft kein anderes Wort sagen können: Menschenliebe. Es sind noch mehrere Lazarette, auch von Damens versorgt, das eine, wo auch unsere Prinzessin sorgt,[2]) ist zu 60, aber ganz vortrefflich. Dieses ist aber nur weniges bei diesen unsäglichen Leiden und Beschwerden.

---

[1]) Er dauerte vom 4. Juni bis 10. August.

[2]) Die Prinzeß Wilhelm stand an der Spitze des „Vaterländischen Frauen-Vereins"; Henriette Herz rühmt ihr nach, daß sie sich „in den Kriegsjahren ein unzerstörbares Denkmal in den Herzen aller Preußen gesetzt" habe.

Wenn Nachrichten in den Zeitungen kommen, die jedes empfindende Wesen erschüttern müssen, denke ich stets auch an Sie beide, und dazu ist jeder Tag geweiht. Mich wird auch wohl bald Ermattung hinschlummern lassen, wenn nicht früherer Schmerz es thut. Kann ich, so sehe ich Sie noch in diesem Leben; auch meine Cousine Auguste, die ich sehr liebe, möchte ich noch einmal sehen, und den braven Vater. Hätte ich früher von der Abreise dieses Herrn W. nach Bayreuth erfahren, wäre ich vielleicht mit ihm gekommen.

Charlotte.

119.

Berlin, d. 12. Julius. [1813.]

[An Karoline Richter.]

Sie haben, meine Teure, einen Brief von mir erhalten, wie ich aus einem Briefe von meiner Cousine bemerke. Die gute Auguste scheint besorgt zu sein, ich könnte plötzlich kommen; jetzo wäre ich unpassend, wo ich noch alle gute Verhältnisse genießen kann, aber wenn dies alles aufhören müßte? Dann fände ich mit vielen anderen eine Heimat unter dem Himmel. Die Zustände, die dieser Krieg, wohl ein jeder, herbeiführen kann, sind nicht vorauszusehen. Mein sehr unbestimmter Gedanke, vielleicht jetzo nach Franken zu gehen, gründete sich auf diesen Plan. Einige Officiers-Frauen, die Revenuen in Franken haben und jetzo keine erhalten, wollten dort einige Zeit bei Verwandten wohnen, und die eine, die Witwe geworden, daselbst bleiben. In dem Fall wäre es möglich gewesen, wenn ich nicht im Schloß hätte bleiben, und meine Freunde auch zerstreut worden wären, daß ich dann bei Verwandten gewohnt hätte. Diese Damens sind mir Freunde, kennen meine Verhältnisse in Berlin und hätten mir leicht für einige Zeit, wenn es mir gemangelt hätte, Credit gegeben. Die Hoffnung zum Frieden hat das Vor=

haben dieſer Damens wieder vereitelt. Wir dürfen zwar, wie
jedermann mir ſagt, nicht auf den Frieden rechnen, aber man
vergißt doch dieſe Hoffnung ;nicht, weil alles, was uns Troſt
gewähren kann, davon abhängt.

Ehe ich ſterbe, möchte ich Richter noch ſehen und ſprechen.
Er wird mich vielleicht ſehr frei von[1) ..... finden, aber mehr
gleichgültigen und dennoch ſcharfen Sinn.

Ihre Schweſter wird vielleicht bald Neuſtrelitz wieder ver=
laſſen; übrigens hat ſich aber nichts für ſie verſchlimmert.

Mit Gelegenheit ſollen Sie umſtändlich von ihr wiſſen.

Adieu. Ch.

[Abr.] A. Madame Richter.

120.

Berlin, d. 21. Oktbr. [1813.]

[An Karoline Richter.]

Da ich heute an meine Couſine in Geſchäften ſchreibe, lege
ich dieſe Zeilen bei. Es wird mir am ſchwerſten, an intime
Freunde zu ſchreiben, weil man ihnen die Wahrhaftigkeit be=
kennen möchte oder ſie von ihnen erfahren. Ihre Minna ſcheint
in Strelitz ihren Beruf gewiſſenhaft zu erfüllen und den mannig=
faltigen Unterricht löblich zu leiſten; ſie iſt vor vielen mit
Fähigkeit und Kraft begabt. Übrigens iſt ſie eine ſonderbare
Heilige. Ihr Verlangen hat zu viel Gewalt über ihre Vorſtellung
und Exiſtenz; es vergehen nur wenige Wochen, ſo beurteilt ſie
alles wieder wie die Erfahrung und belacht oder beweint den
vorigen Wahn. Ich glaube, ſie iſt jetzo in jeder Rückſicht in
der beſten Lage, der Himmel gebe Beſtand! Hoffentlich kommt
ſie bald nach Berlin, wo ich ſie vielleicht ſehen werde. Sie

[1)] Fehlt ein Stück Papier.

erzählt mit so viel Präcision und Laune. Wäre sie ein Mann geworden, ich glaube, er hätte ein großes komisches Talent, denn diese Gabe und auch die gutmütigen Bonvivanten kann eine Frau nicht entwickeln, und daher ist der Kontrast und [die] Unklarheit über ihre Natur.

Die Ereignisse, die Nachrichten sind jetzo stündlich neu. Wir leben den Begebenheiten näher, aber bald können diese weiter und wegrücken. Ich will in keine Details eingehen. Es ist mehr wie jemals, wo [?], kein Mensch weiß, wie morgen sein Los fallen wird. Leben Sie wohl! Der Himmel hat die in dieser Zeit Geborenen nicht zum Genuß erkoren, sondern zum Leiden. Unsere Freundschaft bestehe in der Gefahr — zum ewigen Leben.

E. R.

Ist Fräulein von Schuckmann, die Freundin von Richter,[1] in Berlin?

[Abr.] A. Madame
Madame Richter née Mayer
à Bayreuth.

121.

Berlin, d. 9. März [1814].

[An Karoline Richter].

In diesen Tagen eines entscheidenden, schrecklichen Lebens für unsere Armeen schreibe ich Ihnen; ehe ich dieses schließe, ist vielleicht vieles vollendet. Wir haben in drei Tagen auch nicht die mindeste Nachricht in Berlin, aber in allen Elementen ist Gefahr und Tod. Der Weltgeist wird seinen Willen

---

[1] Mit Henriette Sch., der Schwester des Ministers, war Jean Paul schon seit 1797 befreundet.

durchführen, und wir müssen ihm dienen, ohne zu wissen, wo
sein Ziel ist. Das Weltliche, Vergängliche nimmt sich jetzo ganz
sonderbar aus bei der Gewalt guter Geister und mitunter auch
nur spukender Geister, die jetzo atmen, reden und thun. Ich
lese jetzo nur fliegende Blätter, Zeitschriften. Auch Jean Paul
„Über den Tod der Jugend auf dem Schlachtfelde"[1] las mir
E[dda], die Schrift war mir zu klein. Das eigentümliche
Künstliche und Denken fand ich, aber manche Bilder waren mir
nicht erkenntlich genug, meine arme Phantasie und Fassungs-
kraft ist wohl daran schuld;[2] aber es mochte wohl den meisten
so gehen, die allein nur lesen können. Ferner hat Edda sich
über die Schilderung des Alters geärgert, sie will es nicht zu-
geben, daß es so werde, wenn es im Keim der Jugend nicht
schon so war. Was ich aber bei diesem wahr finde, ist die
Lust des Alters in der Einsamkeit. Jedes Wesen, welches in
der Jugend und [im] Leben den tiefen Verhältnissen nachstrebte, um,
so zu sagen, das vergrabene Ich zu erwecken, zu beseelen, um
selbst geistiges Eigenthum zu gewinnen, dasselbe Wesen, welches
oft die Einsamkeit, von vielen umgeben, mit blutendem Schmerz
empfand, muß die Wohlthat der Einsamkeit nur doppelt empfinden, dieses Bad der Ruhe, dieses Schweigen, wo nur die seligen
oder versöhnenden Gedanken, wo in der stillen Ergebung Frage
und Entscheidung ist. Mein Auge ist sehr schwach, aber auch
sowohl das körperliche Organ, dessen mein Geist bedarf, um anhaltend mich zu beschäftigen. Eigentlich ist es anhaltend, aber nur
viel langsamer wie ehemals. Da ich fast den ganzen Tag und
im Sommer durch die hellen, langen Tage erquickt werde und
allein bin, so ist mein Dasein durch mein Bestreben ein unauf-
hörliches Stillleben. O, welcher hohe und selige Wunsch, könnte

---

[1] „Die Schönheit des Sterbens in der Blüte des Lebens"; im Juni
1813 geschrieben. S. Werke, 31, 67.

[2] Diese letzteren Bemerkungen beziehen sich wohl mehr auf den
jenen Aufsatz abschließenden „Traum von einem Schlachtfelde".

man die Freiheit der verklärten Seele voraus empfangen! Ich will demütig sein und schweigend mit Schmerz mich Gott ergeben.

Als ich vergangenes Jahr davon schrieb, daß ich vielleicht nach Bamberg kommen werde, war es in der Möglichkeit, daß wir wieder Berlin verlassen könnten oder sollten, ohne in meinen ökonomischen Verhältnissen mir zu schaden. Dann hätte ich meine Bekannte und Freunde in Franken besucht, und Heimat hätte ich vielleicht gefunden hier und da. Aber es sollte ja kein Wurzelleben werden, noch ein geselliges und Einrichtung; dieses bedarf ich nicht mehr. Hier atme ich gesunde Luft in der geräumigen Wohnung.

D. 10. Heute kam die Nachricht des Siegs bei Bar sur Aube,[1]) der genauere offizielle Bericht wird jeden Augenblick erwartet. Er war hartnäckig und blutig, aber absolut unvermeidlich, wem nun das Todeslos bei diesem Sieg gefallen ist.

Heute früh war schon für mich das erste Wort, welches ich vernahm, der Tod eines lieben Freundes, Herrn v. Ziemięcky.[2]) Er ist bald seinem Meister gefolgt, er liebte Fichte über alles.[3]) Vielleicht kennt Jean Paul seine Schrift (das akademische Leben im Geist der Wissenschaft). Ich harrte seiner Ankunft, da ich wußte, daß er bald nach Berlin kommen sollte. Wenn nur meine Söhne noch leben, so will ich mich dennoch in Wehmut noch einmal auf Erden freuen, denn alle Freunde, die ich hier fand, sind nun heimgegangen in das unnennbare Reich.

So eben lese ich den Brief von der Mutter des Herrn v. Z. über seinen Tod: „Der Tod seines Lehrers griff seine Seele dergestalt an, daß mir seine Freunde schreiben, er wäre gleich, nachdem er die Nachricht von Fichtens Tod in der Zeitung gelesen, krank geworden, hätte die ganze Nacht an ihn,[4]) den

---

[1]) Von Schwarzenberg am 27. Febr. erfochten.
[2]) Polnische Adelsfamilie; in Knešchke's Adelslexikon findet sich der Name nicht.
[3]) Fichte war am 27. Januar dem Hospitalfieber erlegen.
[4]) Ch. schreibt „Ihnen".

Fichte geschrieben (dieser Brief ist aber noch nicht in Berlin).
Er stand nicht wieder auf und starb am Nervenfieber". Mit
solcher ernsten Liebe, die sein Leben war, starb dieser Paulus
Johannes. Mit dem Befinden des Herrn von Fouqué geht es
besser; er ist fleißig an einem großen Gedicht,[1] Seine Kriegs=
lieder haben Sie doch gelesen? Ich habe auch den zweiten Teil
des Buches über Deutschland von der Staël gelesen und erwarte,
daß mir Richter hierüber einiges sagt.[2] Es ist mir viel lieber,
wie ihre Romane, wo immer nur einzelne Charaktere und
Situationen vorzüglich sind, aber das Hauptsächliche oft widerlich
ist. Kein Individuum kann mehr persönlichen Anteil nehmen
müssen an unseren Siegen als diese Verwiesene. Sie kommt
vielleicht nach Berlin, sehe ich sie, so werde ich mir vorkommen,
als wäre mein Sein wie die Frau, die Corinna in Venedig
besuchte.

Über das Handelsgeschäft, liebe Karoline, nur so viel: Es
soll nur bis Wittenberg sich ausbreiten, dort sind Colonial=
waren teurer wie hier. Ich muß eilen, um für mein Be=
gräbnis zu sammeln.

d. 12. März.

Charlotte.

122.

Berlin, den 24. September [1814].

[An Karoline Richter.]

Wie angenehm überrascht war ich, Otto hier zu sehen;
alles, was uns die Zeit erlaubte, suchte ich zu erfahren und
zu sagen.

----

[1] 1814 erschien sein romantisches Heldengedicht „Corona".
[2] Jean Paul zeigte 1814 das Buch in den Heidelberger Jahrb. an.
S. Werke, 19, 167.

Meine Lage ist noch dieselbe, keine Änderung in Franken, nichts giebt mir noch die Sicherheit eigener Revennen. Wir müssen also fortfahren, solche Arbeiten zu besorgen, womit es uns gelingt, denn das tägliche Brod erwerben wir damit. Solche Beschäftigungen sind gut in Tagen, wo man keine höhere Genüsse haben noch ein geistigeres Leben äußern kann, wo die Spannung des Gemüts nur die Wunden vermehren würde, die uns ohnehin fast jedes Gespräch, jede Zeitung bringt.

Wir sind noch immer am liebsten in dem öden Berlin, und besonders, wenn uns ein Krieg wieder bevorstehen sollte, so glaube ich, bleibt dieser Ort für äußere Gefahren am sichersten.

Ich glaube so wenig an die Möglichkeit uns zu sehen, daß ich meinen Lieblingswunsch nicht nähre. Ich habe an Mannig=salt[igkeit] des Lebens sehr verloren; Phantasie und Gefühl ist sehr vermindert, nur die Idee steht als etwas Allgemeines, aber außer meinem Wesen nur allein des Lebens Würdiges vor den Augen meines Geistes. So auch liebe ich noch immer die Idee, für die Erziehung mehrerer zu sorgen, obgleich mit Gleich=gültigkeit des Gemüts und sinnlicher Abneigung. Wenn man sich den Tod so nahe denkt, scheut man alle Bewegung und Mühe für das äußere Leben; aber das ruhige Beharren ist mehr in solcher Wirksamkeit, als das lebhafte, unruhige Bemühen, wo man vor eigenem Feuer nicht sieht, ob andere leuchten.

Was dieses jetzo erleichtern würde, ist die Wohlfeile der Wohnungen. Ich glaube jetzo ein Palais für 400 Rthlr. miethen zu können; und die viel wohlfeileren Lehrer — so glaube ich, könnte man, wenn sich sogleich mehrere fänden, als etwa zwölf, die Pension auf 300 Rthlr. bestimmen.

Wohl ist nicht leicht ein Ort, wo sich so viel Gutes und Zweckmäßiges vereinigen ließe, so manches Talent, was jetzo in doppeltem Sinne verhungert, verwandt werden könnte, als eben in Berlin und jetzo.

123.

Berlin, d. 21. Nov. [1814].

Liebe Freundin!

Sie werden, oder vielmehr Ihr Gemahl, vielleicht schon einen Brief, ein Geschäft mit dem Herrn v. Geiger[1]) betreffend, von mir erhalten haben. Vielleicht hat mir Herr v. Geiger geantwortet, und dieser Brief ist verloren — vielleicht! Immer will ich in diesem Anfange sehr vorsichtig sein, denn G. war stets gar herzlich bereit, willig meine Kinder zu unterstützen. Ich will nur wissen, ob ich in unvermeidlichen Anliegen und in Geschäften, wo ich eines andern Rat und Unterstützung bedarf, mich an ihn, Geiger, wenden kann oder nicht. Acht Jahre erhalte ich noch mehrere, ohne Einnahme, bloß durch die allergemeinste Industrie, aber die letzten zwei Jahre konnte ich weder kaufen noch bezahlen; daher ist jetzo meine Lage zwar nicht gefährdet, doch bedrängt. Hierzu kommt, daß der Aufwand für Ebba, wenn die Maj[estäten] noch kommen sollten, unbedingt und bedeutend ist und sein wird, ferner daß August jetzo noch nicht im Regiment arrangirt ist, und ich dafür sorgen muß, daß meine Kasse ihm helfen kann. August ist aber gewiß in kurzer Zeit bei dem Garde=Regiment und hat dann ziemlich hinreichend; er wird gewiß schleunig avancieren und in einigen Jahren bei dem Generalstab sein. Jetzo ist er hier und hört Collegia und auf der Kriegsschule.[2]) Jetzo ist trotz aller Schwierigkeiten mein Bestreben unablässig, meine Lage zu befreien, und ich suche alles auf, um uns alle womöglich zu befriedigen. Sie müssen dabei noch wissen, daß es in Berlin um ein Drittel teurer ist, als vor zehn Jahren. Bleibt es Friede, so bin ich doch gewiß, daß

---

[1]) Leopold Maria Edler v. Geiger, k. bayerischer Rentbeamter zu Bayreuth.

[2]) August von Kalb erschoß sich 1825 in einer pommerschen Festung.

ich in zwei Jahren wieder ganz im reinen bin, wenn auch selbst die Hoffnung auf unsere Güter wieder vernichtet werden sollte. Jetzo ist es aber allzu bänglich, denn für mich ist es nicht, ich lebe nur für die Sorge.

Es scheint im allgemeinen ein dumpfer, unklarer Zustand zu herrschen. In Briefen meinen viele, vor dem Februar werden die Majestäten Wien nicht verlassen. Es mag wohl an dem Gerücht mit Neapel und Rom etwas sein, aber ausgeführt werden wird es wohl nicht.[1]

Zu hören ist die hundertzüngige Fama wohl gut, aber nicht nach zu schreiben. Aber wie sehr wird man gewahr, wie alles Dichten und Treiben von den Welthändeln bewegt wird.

Leben Sie wohl, Gute Beste, und sagen Sie ihm, daß er mich auch lieben soll, bis ich ihn wiederfinde, hier oder dort.

Charlotte Kalb, geb.
Marschalk v. Ostheim.

124.

[Ende des Jahres 1814.]

[An Karoline Richter.]

Im künftigen Jahr muß ich Berlin verlassen und einen Sommer mit andern Wesen in der schönen und freien Natur hinbringen; es ist das letzte Auflodern der Flamme des Lebens, die des leichteren Äthers bedarf. Wenn Sie von Reisenden hören, die nach Franken wollen, so denken Sie meiner, vielleicht darf ich diese dann begleiten. Oder wüßten Sie von Leipzig aus eine Gelegenheit, so kann ich leicht dahin kommen. Ich möchte auch gerne meine Schwester Lore wiedersehen, wohl zum

---

[1] Joachim Murat hatte kriegerische Anwandlungen gegen Sicilien und Rom.

letzten Male, wenn es mir gelingt. Gedenken Sie meiner — mit Schrift und That, denn es wird Abend vor mir, und mein Auge ist noch dunkler und es sind meine letzten Bitten.

125.

[Berlin], d. 24. D[ezember 1814].

Liebe Freundin!

Sie entziehen mir nun schon lange Ihre Gegenwart [1]) — ich harre und sehne. Meine Tochter konnte wegen der vielen Auf= träge, die sie vor den Feiertagen immer hat, nicht für sich Be= suche machen, sonst wäre sie schon bei Ihnen gewesen.

Schreiben Sie bald nach Bayreuth und schicken ein Paket vielleicht dahin? Ich möchte auch gerne etwas beilegen. In Hoffnung der mündlichen Mitteilung

Ihre

Charlotte.

[Abr.] Frau Legationsrätin J. P. Richter.

126.

[Berlin], d. 29. Dezember [1814].

[An Karoline Richter.]

Dieses Blatt bitte ich Ihrem Gemahl zu überschicken, so wird er es dann an Otto geben; die Sonderbarkeit wird selbst seine Teilnahme erregen. Füglich kann man vielleicht dem Herrn v. Geiger beikommen, ob es wohl mit diesem Objekt und Subjekt sich so verhält, wie ich hier angegeben habe, und dann

---

[1]) Karoline Richter verweilte einige Wochen in Berlin.

muß doch über diese schmachvollen Anforderungen entschieden werden.

Mit unsern Prozessen ist es wie mit dem Bösen auf Erden; immer träumen wir von Erlösung: aber der Satan produciert sich immerdar wieder, und diesem Treiben des Volkes ist nicht beizukommen. Wenn Otto diese Geduld hat, das Blatt zu lesen und dafür wirksam zu sein, so werde ich wagen, über eine viel bedeutendere Sache mir seinen Rat zu erbitten, denn es ist unglaublich, mit welcher Arglist und Nachlässigkeit zugleich unsere Angelegenheiten von dem Tod meines Bruders bis heute sind behandelt worden. Ernst, Schmerz und Ehrgefühl hatten diesen noch nicht zum Worte kommen [lassen]; diese Stimme aus den Gräbern und von dem Grabe will ich reden lassen. Aber ich muß Seelen finden, die sich anteilnehmend zeigen den edleren Absichten. Aus diesen psychologischen und sittlichen Quellen will ich, meinen Kindern wo möglich ein Vermögen [retten], was uns Willkür, Gewalt und Schalkheit entwendete. Von diesem letztern darf Geiger nichts wissen, bis meine Sache zu Tage gefördert werden kann. Gelingt es mir auch nicht, so ziemt es doch einer Mutter, mit diesen Waffen in solchem Kampf zu sterben.

Meine Tochter wird das Vergnügen haben, Ihnen dieses zu überreichen; warum ich nicht kommen kann, wissen Sie schon. Es ist wohl auch gut, daß es sich so verhält, sonst würde ich Ihnen lästig werden. Aber wann kommen Sie wieder zu mir? Denn ich habe noch viel im Sinn und Gemüt. Sagen [Sie], bitte, Antwort; versagen Sie keine Stunde, die Sie schenken können

Ihrer

Charlotte K. M. v. O.

127.

[An Karoline Richter].

In der Hoffnung, daß Sie Berlin noch nicht verlassen
haben, wünsche ich von Ihrem Befinden einige Nachricht zu er=
halten. Wenn Sie, liebe Freundin, meinen Brief an Ch. Otto
noch nicht abgesendet, so liegt in diesem ein Blatt an meine
Schwester v. Kalb in Bamberg; haben Sie die Güte, dieses mir
retour zu schicken, wenn Sie es noch in Händen haben. In
den Verhältnissen, worüber ich meiner Schwester geschrieben, hat
sich manches geändert, daher will ich dies Blatt nicht an sie
nach Bamberg gelangen lassen. Sehe ich Sie wohl noch einmal
in einem traulichen Gespräch?

C. K. M. v. O.

[Abr]. Frau Legations=Rätin Richter.

128.

[An Karoline Richter.]

Das Vergnügen, Sie wieder gesehen zu haben, gehört nicht
allein zu den genossenen, sondern auch zu den noch werdenden
Freuden; denn Ihre Gegenwart hat mir nicht allein für uns
wieder, sondern auch für Jean Paul die Sprache wiedergegeben.
Ich sah Sie noch glücklicher wieder, Sie mich zufriedener als
jemals. Ich fühle jetzo täglich mehr, daß meine Rettung nach
Berlin auch mein Heil war. Wenn Sie mir schreiben, so geben
Sie mir unbefangen, was Sie mir anvertrauen wollen. Durch
Alter und Ernst bin ich fast der schönen Einkleidung gram
geworden und bin zu ungeschickt dazu.

11

Hier lege ich zwei Pakete an meine Schwester nach Bamberg bei, auch das Buch, so sie mir gelehnt, erfolgt hier.

Leben Sie, denn wenn wir leben, so ist das „wohl" ohnehin darin bedingt.

Gott mit uns!

Charlotte.
d. 24. Jan.

[Adr.] Frau Legations-Rätin Richter.

129.

[Berlin] den 8. Februar. [1815].

[An Karoline Richter.]

Im vergangenen Jahr wurden mir meine liebsten Freunde begraben. Im Jahre 1814 den 29. Jan. starb Fichte.[1] Ich hatte ihn in diesem Leben oft versäumt, obgleich wahrhaftig er war. Aus Neigung haftete ich an der Einsamkeit, jetzo aber aus Not. Ich bin noch innig mit Mutter und Sohn[2] verbunden, und ihr Vertrauen läßt mir des selig Seligen Stimme hören. Noch ein Jahr, und seine Wissenschaftslehre hätte den Ausdruck erhalten, den er mit Sprache und vergänglichem Organ der Tiefe seines Bewußtseins hätte geben können. Ist es Zufall, daß er jetzo gerufen worden? Ach wie oft war ich voll Gram über sonderbare Zustände, die man für ihn hätte vermeiden sollen bis ans Ende. Er hatte im vorigen Jahre wegen des Aufrufs der Studenten und in diesem wieder immer [?] bis gegen 51 Stunden gelesen, mit vorzüglicher Klarheit und Kraft. Er hat wenig Manuskripte hinterlassen. Hätte Jean Paul diese Papiere und dazu seine Schriften! Nur seinem Genie, Scharfsinn, Abstraktion muß es möglich sein, wieder eine Stimme diesem Geist zu geben,

----

[1] F. starb am 27. Januar.
[2] Imm. Herm., geb. 18. Juli 1796, † 8. August 1879.

da wohl wahrscheinlich diese Ausgabe der Wissenschaftslehre nur für kritische Gelehrte geschrieben war, und auch, wie Fichte oft sagte, zu früh dem Druck gegeben. Die Menschheit hat Kraft, die auch das Licht fordert. J. P. hat Wärme und Schärfe. Er wird immer ein anderer werden, aber jeder wird anders im Geisterreich, und sein Wort muß noch tausendfältig werden unter uns.

Charlotte.

[Abr.] Madame Richter.

130.

Berlin, d. 20. Febr. [1815].

[An K. Richter.]

Auch mir war [durch] unser Wiedersehen hohe Freude, weil dadurch sich unsere Freundschaft wieder belebte, erregt worden. Auch nichts bedarf einer so sorgsamen Pflege, als die freien und sanften Gesinnungen, und ich bewahre sie um so inniger, wenn ich glauben darf, daß solche Freunde meiner gedenken. Vor allen grüße ich J. P. R. Ich grüße herzlich Otto und Amöne und bin gerührt von seiner Teilnahme. Aber eine Supplik bloß in der Absicht wegen der Verteilung der 800 fl. kann ich nicht abgehen lassen. Dieser Mißgriff giebt mir die Veranlassung, von einer viel wichtigeren Sache, als mir diese 400 fl. sind, zu sprechen, was uns verheißen war und von der bayerischen Re= gierung versagt worden; (zwar hat man die Sache in München nicht so vorgestellt, wie ich sie mir denke und meine.) Ich bin jetzo damit beschäftigt, darüber eine Denkschrift zu fassen, die ich schon hier der Prüfung von Rechtsgelehrten unterwerfen werde. Auch hilft keine Supplik, selbst kein Befehl vom K[önig] v[on] B[ayern] nicht — das hat meine Schwester wohl erfahren. Wenn man in einer Sache ein Recht zu haben meint, soll es auf dem Weg Rechtens gesucht werden. Man vergiebt sich alles auf dem

11 *

Weg durch Diplomatie oder Supplik ꝛc. (so sagte mir ein gelehrter Jurist.) Also will ich meine Ansicht von Sachverständigen prüfen lassen; finden diese sie recht und wahr und richtig, wie ich meine, dann schicke ich die Darstellung nach Bayern. An den O.=Ap.=R. Hooke wende ich mich nicht, weil er mir durch gar nichts bekannt ist. Selbst seine einfache Redlichkeit wird sich scheuen, sich mit einer sehr verworrenen, mannigfaltigen Unredlichkeit zu befassen. In dieser Zeit kann auf das äußere Gelingen niemand hoffen — es ist eine Vernichtungsperiode, aber unterlassen kann das Leben nicht, zu denken, zu wollen, zu thun.

131.

[Berlin] d. 19. März [1815].

[An K. Richter.]

Lenz und seine Frau haben sehr unsere Freundschaft gewonnen; sie sind beide sehr vorzüglich, und bei meiner Wanderschaft durch Deutschland, wenn ich noch einige Jahre lebe, finde ich eine Station bei Lenzens, die mir recht liebe Verwandte sind. .

Über beide G[eiger?] haben wir gewiß einerlei Gesinnung. Von dem, was wir Glück nennen und ahnden, wissen sie nichts, daher haben wir auch kein Urteil über sie. In keinem Fall werde ich wohl je wieder schriftlich etwas zu fragen haben; übrigens wünsche ich ihnen von Herzen Gesundheit und Reichtum.

Der liebe Geheim=Rat Mayer, der immer gegen uns sehr freundlich ist, hat mir das Museum von J. P. R.[1] zum Lesen gegeben; ich habe es mit aller Innigkeit aufgenommen und manches oft wieder gelesen. Erquickt war ich durch das Leben, was ich darin fand, wo es so leicht ist, die köstlichen Gaben eines so herrlichen Scharfsinns zu genießen. Ich möchte aus

---

[1] Eine 1814 erschienene Sammlung von kleinen Schriften, s. W. 27.

seinen Werken, wenn ich länger vegetire, ein Schatzkästchen — seine Meisterschaft in Porträts wie der Vater Fibel hat meine höchste Bewunderung — ausziehen. Aber keine Satiren oder vielmehr üble Laune über Frauen nehme ich nicht auf, man giebt dadurch nur dem Leumund Worte und der Schwäche Waffen. Die Lieblichkeit und die Jugend der Sitten keimt allein in der Ruhe des Gemüts und in der Seligkeit eines liebenden Willens; aber wie schwer ist es, bis jeder Affekt gesondert ist. In diesem klaren Licht nur schaut eine Seele eine Seele.

Der lieben Spazier habe ich geschrieben, und ich hoffe von ihr eine Beichte über ihre jetzigen Verhältnisse zu erhalten. Noch glaube ich, ist ihr Verhältnis bei Fr. v. S. friedlich und sorglich; mein nächster Brief soll Ihnen darüber Rechenschaft geben, denn mein Herz wünscht innig den beiden Schwestern alles Heil des Lebens und Thuns. Ich lebe immer abgesondert und bleibe oder gewinne auf diese Weise meine Eigentümlichkeit. Solche Stille ist besonders in Momenten wohlthätig, wo neue Gärungen entstehen wollen, wie die Erscheinung des Napoleonischen Dämons. So tragisch es als Drama oder Weltbegebenheit noch werden kann, ist es doch eine hoch komische Begebenheit, daß der Ge= fangene, von Europa Gefangene, sich befreien konnte, von den Herrn der Meere bewacht. Wer war so sorglos oder so treulos? Er bleibt sich treu — findet nie seinen Tod. Hatte er aber die Schlingen seiner Gewalt noch immer verbreitet, ist es ihm gelungen, welches nicht glaublich scheint, hat er aber mehr [?] durch Einsicht [?] die Welt regiert, so hat er ein Glück durch Treue des Eifers, des Willens unter den Seinigen, das nur, das[1] allein die Erschütterer im Geister= oder Weltreich ge= wonnen hatten, die bleibende Leiden und Denkmale zurücklassen sollen.

---

[1] Ch. schreibt beide Mal „den".

Lesen Sie meine horrible Schreibweise mit Geduld — bei Ihrer schönen Handschrift ist die meine doppelt widrig: auch dies hält mich auf, mich öfter mit Entfernten zu unterhalten.

Ich bin noch immer in Anordnung von Lumpereien thätig, um für mich und andere häusliche Sorgen zu tilgen. Wenn es Friede bleibt, scheint es mir auch jetzo zu gelingen; bricht aber wieder das Gewitter los, so ist freilich wieder alles verschüttet.

Gedenken Sie mein und schreiben mir mit Gelegenheit, so wie ich es auch thun werde.

Die Liebe, so uns belebt, ist ja unser Glück.[1]

Charlotte.

132.
[Berlin d. 6. Dezember 1815].

[An Jean Paul.]

Durch meinen Sohn, der Ihre Freundschaft gewonnen,[2] vernahm ich mit Innigkeit, daß Sie sich meiner erinnerten — auch meine Seele beschäftigte oft diese Erinnerung, lebhafter aber, willensvoller jetzo, wo ich hoffe, wieder oder zum ersten Mal einige Freiheit des Lebens zu gewinnen. Mein ganzes Leben war in Kampf und Unsicherheit der Verhältnisse bis jetzt verthan, die letzten acht Jahre aber genötigt, durch mir widrige

---

[1] Ch. reiste in diesem Jahre nach Würzburg; bei Palleske a. a. O. p. 196 finden sich Aphorismen aus dieser Zeit; einige von diesen lauten: „Der Mensch hat durchaus kein Recht auf Glück des Daseins“. — „Die Beschaulichkeit ist das beste Los sowohl der Weisen als des Alters. Der höchste Grad ist Religiosität“. — „Die Seelen sind nur weniger Dinge fähig, so lange sie als ein Eigentum sich denken; der Wille Gottes aber ist, daß die Seele dem sie beschränkenden Sinn absterbe — damit Gott sie bewege, sie verwandle nach seinem Wohlgefallen.

[2] Bei Förster III. 281. findet sich ein Brief Jean Paul's an August v. Kalb vom 20. Dez. 1815 (1816 ist Druckfehler).

Bemühungen meine und anderer Existenz zu fristen. Die Un=
möglichkeit, es bisher zu unterlassen, war der einzige Sporn
dieser Tätigkeit, denn die Verhältnisse, in denen ich bin, versagen
Erleichterung. Aber diese verbieten auch den Genuß einer
mir wertern Existenz, weil selten Stille, Ruhe, Ordnung sein
kann, und dadurch jedes Geistesgeschäft, Lesen, Mitteilung, ver=
drängt wird, weil ich zu abhängig und von Sorgen bedrängt
und von mir nichts angehenden Gesellschaft umgeben bin. Ohne
des inneren Lebens froh zu werden, bin ich doch so entfremdet
von äußerem, daß ich die Gesellschaft im allgemeinen sehr scheue,
leider aber auch freie Luft und Bewegung niemals genieße, denn
in einem Monat verlasse ich oft nicht das Zimmer. Meine
hohen Freunde sind gestorben. Meine edle Freundin Fichte lebt
noch, und Jünglinge, die ihm angehören, besuchen mich gerne,
aber es ist nur ein Zeichen des Seins, kein Sein. Sonst bin
ich einsam, wie ein Aug im Gewölk, nur schade, daß dies Auge
so erblindet, daß ich den Genuß des Lesens und des Schauens
im Geist fast gar nicht mehr teilhaftig sein kann. Daher wäre
mir nichts so zu wünschen, als so viel Einnahme, ein Wesen zu
finden, das mir dann gefällig vorlesen wollte. Ich könnte es
vielleicht ohne dies finden, aber dazu ist mein Dasein hier zu
sehr äußerlich gestört.

Was ich durch den Kampf und die Mühe für das äußere
Leben gewonnen habe, ist die Möglichkeit, sehr wenig Bedürfnisse
zu haben. Aber hingegen die harten Stunden, die ich erlebt,
haben mir auch Herbigkeit, der öftere Betrug Mißtrauen gegeben,
Mißtrauen. Treue und Trauen ist die erste, nötigste Basis des
Zusammenseins in der populären Welt, so im Reich des Geistes,
so im Himmel der Gesinnung. Doch mehr oder weniger bin ich
in jedem verletzt worden und habe auch darin gefehlt, weil mein
besseres Wesen, mein Sein, nicht nach seinen Kräften durch
Vernunft und Prüfung gebildet worden, nicht hinreichend zur
sittlichen Kraft ist erhöhet worden. Sie werden mich verstehen,
wenn Sie meine Buchstaben lesen können. Das Zeugnis von

so vielen, daß meine Schrift unbechiffrierbar und meine Worte
auch den meisten Hieroglyphen sind, hat mich auch gegen einige
zum Verstummen gebracht. Den hohen Grad des Mißtrauens
im Reich der Geister habe ich dadurch erlitten. Dieses Ver=
stummens gegen Sie Löse ist jetzo durch dieses Blatt, und es
kommt auf Sie an, ob ich mit neuer Zunge reden soll. Es sind
eben dauernde Zustände, wo das Wesen kein freies Wollen für
sich haben kann. Der Geist bleibt wohl derselbe mit seinen
Freuden und Leiden, aber daß er dem einen keimt, den andern
trügt, vermischt diese, benebelt, verfinstert die Seele.

Doch der Geist kann, wie die Sonne, nicht bis am Ende
verdeckt bleiben; am Morgen wie am Abend bricht er mit heftiger
Gewalt durch das Gewölk. Diesen Staub meiner Seele, den
ich jetzo erblicke, möchte ich festhalten, und daher will ich alles
üben, was ihn zur Reife bringen kann. Darum schreibe ich
auch an Sie, und sind denn Sie nicht allein noch übrig von
denen, die das Erkennen, die Sehnsucht, das Glück, die Freund=
schaft mir zuführte?

Laßt uns dieses wieder erwecken aus dem Schlummer, laßt
es uns wieder schauen in der Hoffnung, in dem Licht höherer
Zwecke, die solches Erkennen hat!

Sie werden rein und mächtig fühlen, wenn anders der Keim
unserer Freundschaft noch in Ihrer Seele ist. Gewiß, wenn so
vieles abfällt, verlöscht, hat nur das Höchste, was uns auf
Erden begegnet war, noch für uns Namen und Sinn. Wir
flüchten zu ihm, und das Erbarmen Gottes muß uns gegenseitig
in dieser Zeit in der erbarmenden Liebe der Freunde bekannt
werden.

Mein Schreiben darf keinem andern gegeben sein, Sie
müssen es für sich lesen; ich war von Unruhe und Geräusch
umgeben, als ich schrieb. Da ich von der äußern Lust und
Bewegung nicht genieße, so bin ich mehr siechhaft, als ich sonst
sein würde. Man will, ich soll ein Bad brauchen, aber es wird
sich nicht thun. Wenn ich aus Franken wieder einige Einnahmen

habe, dann gehe ich den Sommer nach Franken. Die Reise wird
mir nichts kosten. Ich bin einige Tage, vielleicht lange für
Sie, in B[ayreuth], aber so viel wie möglich von andern frei.
Ich finde alles vortrefflich, was auf Erden ist und geschieht,
aber was geht es mich an? Auch muß und will ich meine
Schwester in dieser Welt sehen. Also komme ich, und zwar ganz
allein — ich brauche keine Bedienung. Aber bei allem, was ich
hier sage, laß ich das Verlangen in mir nicht entstehen. Wenn
es die Wellen des Schicksals so treiben, so wird es sein — nur
den Willen, den hingegebenen, will ich nicht untergehen lassen.

C. K.

Von meiner Idee, nach   d. 6. Dezember.
Franken zu kommen, sagen
Sie niemand.

[Außen:] An J. P. Richter, in einer bequemen Stunde zu
lesen.

133.

Kalbsrieth bei Weimar, d. 29. Mai 1816.

[An Karoline Richter].

Ich habe Ihren Vater seines Alters heiter genießend und
nicht von den herben Erfahrungen zu sehr gebeugt, teilnehmend
an allem Guten und als meinen Freund verlassen.

Für Minna Spazier waren uns mancherlei Wünsche und
Erwartungen erregt; ich weiß nicht, ob noch einiges davon ge=
lingen wird.

Ein junger Maler sagte mir, ehe ich aus Berlin reiste,
J. P. Richter werde mit Goethe eine Rheinreise unternehmen,
wenn ich gleich letzteres bezweifle, so ist mir doch die Reise sehr
wahrscheinlich. In der Meinung, daß J. P. diese vielleicht
schon unternommen habe, adressiere ich diesen Brief an Sie,

meine theure Freundin, mit der Bitte, diesen Brief von Emanuel
sehen zu lassen, aber ihm beizustehen, denn ich weiß, nur Sie
können meine Hand leicht entziffern. Ich habe so lange nichts
von meiner Schwester gehört, die in Bamberg wohnt, daß ich
fast fürchte, von Krankheit oder Verlust zu vernehmen. Darin
äußert sich so oft eine ängstliche Vorstellung, daß man die, so man
liebt oder uns angehen, von der Erde verschwunden glaubt, weil
wir sehnsuchtsvoll an sie denken.

Von Ihren Kindern habe ich immer viel Erfreuliches ge=
hört und gelesen, die Minna teilte mir öfter die Briefe mit.
Der Höchste segne und bewahre meine Wünsche für Ihr Wohl=
ergehn!

Charlotte. K.

Wenn uns an einer Sache viel gelegen ist, so können wir
diese nicht genug auch andern empfehlen. Also bitte ich, er=
öffnen Sie nur selbst den Brief, wenn Ihr Gemahl nicht zu=
gegen wäre. Ich weiß durch Lenz, daß Emanuel besonders mit
Geiger bekannt ist, also wird ihn, Geiger, mit ihm eine solche
Unterredung am wenigsten befremden. Doch auf jeden Fall
wünsche ich zu wissen, es sei, durch wen es wolle, woran wir
bei dem Verhängnis der Regierung in München sind. Ich
wollte, als Lenz in Berlin war, mit ihm über diese Sache
sprechen, daß er teilnehmend uns diese Ansicht verschaffen möchte,
die unser Betragen leiten könnte. Aber da er nur auf meine
Bitte sehr spät zu mir kam, so verging mir schon die Neigung,
mit ihm davon zu sprechen. Ich bemerkte auch, und zwar schon
längst, wie gediegen er ist, selbständig, gleichsam Metall, daß
ich wohl bemerkte, wie unmöglich eine leichte, zutrauliche Mit=
teilung für uns sein würde. Möglich wäre es, daß eben jetzo
unsere Angelegenheit entschieden wäre. Doch kann es nur uns
sehr heilsam [sein], wenn ein Freund sich für uns verwendet, und
wir durch dies geistige Medium die Ansichten und Wünsche der
Meinigen eröffnen können.

134.

[An Jean Paul.]

Ich bewohne für diesen Sommer diese Auen, wo ich vor 18 Jahren am Campanerthal, dem Hesperus mich erfreute, wo ich Ihre Briefe mit Sehnsucht erwartet, mit Innigkeit beantwortet habe.

Alles Erkennen und Wollen, das aus dem Geist frei hervortritt, ist zwar in seiner Erscheinung bedingt nach Neigung und Alter, aber es erzeugt gleichsam einen neuen Zweig des Lebens, die wir im Geisterreich wachsen. Die Individualität teilt einer andern diese Kraft mit, kollektiv, nach Pestalozzi zu reden, und außer diesem Anschaun. Absichtlich darf ein solches Band nicht sein, ohne sich zu schaden. So ist es in allen höheren Verhältnissen der Gesinnung, ohne Unterschied der Geschlechter. Wenn wir auf dem Punkt sind, wo wir das Leben verlassen könnten, so fragen wir uns: Was hat dir den Mut und die Klarheit gegeben, es zu überwinden, zu überschauen? Obgleich nur solchen die tiefsten Schmerzen entstanden, denn nur ein Lebendes kann leiden, so auch wieder dadurch Erneuerung und Stetigkeit im Streben nach einer seligen Ruhe, der Friede Gottes, der höher wie alle Vernunft, den Heiden eine Thorheit, den Juden ein Ärgernis war und es leider den Nationen noch ist.

In so alten Jahren war ich des Sommers nicht gewärtig, nicht froh geworden, aber länger konnte ich nicht entbehren. Es würde mein Befinden zerstört haben und von mir vernunftwidrig gewesen sein, hätte ich diesen ländlichen Aufenthalt nicht aufgesucht, obgleich selbst meine Kinder [meinen], es werde mir Unannehmlichkeiten bringen, weil dieses Gut so sehr verschuldet ist. Doch sie reden, ich finde hier manche Bequemlichkeit und die unentbehrlichen Genüsse. [Man] könnte meinen, ein Familien-Entscheid hätte mich hierher geführt, wenn meine Sorgfalt künftig durch die Thätigkeit anderer unterstützt würde. Amöne, die ich herzlich grüße, hat eine Blütenzeit hier erlebt. Manche Anlage ist erwachsen, besonders die schöne Laube, die nun ein [unlef.] Gewinde [?] voll Blüten oder Früchte ist mit ihren Gängen, Salon und Kabinetten. Man [kann] nichts Anmutigeres sehen, wie diese Partie.

Zu den liebsten, die ich in Berlin verlassen, nenne ich den Ghm. R. Mayer, der mir immer mehr Liebe bewiesen, und meine treue, innige Freundin Fichte. „Und ein jedes wird gewahr. Wer weiß von uns? Nur die Freunde. Den andern sind wir nicht geboren."

Wir erleben nun das erste Friedensjahr; der Himmel wolle, daß es nicht wieder das letzte sein möge. Ich möchte es gerne anwenden, um das Wort, den Grund einer würdigen Existenz für unsere ökonomischen Verhältnisse zu legen[1]) ....

Ich finde hier viel litterarische Novitäten, Journale, Zeitungen aller Art. Wer achtzehn Jahre in einer Gegend nicht war, erkennt die Veränderung der Bewohner. Was man ehemals nicht hatte nennen dürfen, (wie eine fremde Sprache) ist jetzo gewöhnlich bald allgemein. Ich bin allein mit Luise, die mir meine kleine Wirtschaft besorgt, und bei deren Leichtsinn ich jeden andern Umgang zu entfernen suche. Einige Freunde, unter ihnen vorzüglich der Prof. Krause,[2]) wünschten meine Anwesenheit für diesen Sommer in Dresden. Aber in ökonomischer Hinsicht war es nicht ausführlich, und kann den Meinigen ihr Erbteil wieder gedeihlich werden, so kann ich ihnen hier nützlich sein.

---

[1]) Im folgenden beklagt sich Charlotte, daß die gerichtliche Entscheidung, wem endlich ihre Güter zufallen sollen, immer noch auf sich warten lasse. Die Wiedergabe dieser sehr ins Einzelne gehenden Ausführungen erscheint unzulässig.

[1]) Der bekannte Philosoph Karl Christian Friedr. Kr., geb. 1781, lebte seit 1813 in Dresden.

Krause ist als Vater, Erzieher, Künstler und Kunstkenner
sehr merkwürdig, als Freund vortrefflich. Das Verzeichnis
seiner Schriften steht vor der Ankündigung seines deutschen
Worttums.

Ich würde gern diese Blätter wieder abschreiben, aber ich
darf es meinen Augen nicht zumuten, und dann würde ich wohl
doch nicht die Wolken oder Flecken vermeiden können, die auf
diesen haften.

Vorzüglich empfehle ich mich Ihren lieben Kindern zu ge-
neigten Gesinnungen.[1)]

Charlotte Kalb, geb. Marschalk
von Ostheim.

Kalbsrieth bei Weimar.

[Abr.] An Herrn J. P. Richter.

135.

Kalbsrieth, d. 11. Juli 1816.

[An Karoline Richter; diktiert.]

Sehr beruhigend war es mir, Ihren Brief zu erhalten,
meine teure, liebe Freundin! Die Zeugnisse Ihres Andenkens und
[Ihrer] Freundschaft sind von höchstem Wert meiner Seele. Wenn
unsere Verhältnisse in Aufnahme sind und bleiben, so kann ich
Sie hoffentlich zu einem Aufenthalt bei mir schon im künftigen
Jahre einladen. Das Gerücht einer Reise Ihres Gemahls mit
Goethe wurde mir noch in Berlin von einem Jüngling gesagt,
und es schien mir sogleich unwahrscheinlich. Das Benehmen der
Frau von Geiger habe ich erwartet, denn wenn ich durch etwas

[1)] Der nächste Brief, vom 4. Juni, enthält fast ausschließlich Vermögensangelegenheiten.

von G. könnte geehrt werden, so wäre es gewiß durch Haß, doch
mit diesem werden sie sich nicht inkommobieren, so wenig wie
ich. Und da mein Geist zu dem Ihrigen gehört, nämlich zu
J. P. R. und Karoline, so ist die Kluft, welche uns trennt,
gewiß ebenso stark und weit. Mich freut das schöne, heftige
Gefühl Ihrer Kinder. Madam Fischer[1]), die große, hat mir schon
ein lebhaftes Bild der Kinder gegeben, indem sie sagte, sie werden
eine vortreffliche, allerliebste französische Tournüre erhalten. Ihr
Herr Vater läßt mich öfters grüßen, denn er besucht auch noch
zuweilen meine Tochter; ich ehre und vertraue ihm, Ihre Mutter
ehre ich nur....

Ich habe nicht früher nach Kalbsrieth kommen können, denn
so lange der Präsident lebte, hatte ich kein Recht dazu, und dann
waren die Kriegsjahre, aber es ist nicht unwahrscheinlich, daß
meine Gegenwart für meine Kinder wohlthätig sein kann. Gehe
ich nach Franken, so will ich also über Eisenach und will die
Schwendler[2]) besuchen. Und komme ich nach Franken, so sind
Sie nicht sicher für mich in Bayreuth, denn ich hoffe, wenigstens
zwei liebende und fünf gütige Seelen daselbst zu finden.
[eigenhändig.]

Diese Zeilen kann ich nicht leer lassen.[3]) Ich vermute
fast, daß Geiger nachgiebt, wenigstens wären diese oder er nicht
so verständig, als die Lage eigentlich erforderte, denn er müßte
meine Kinder für Raben halten, wenn ihnen ein solches Betragen
nicht empfindlich sein sollte. Sie glauben nicht, wie bedeutend
es mir ist, die wenige Zeit, die mir noch zu leben übrig sein
wird, zur Gründung eines besseren Zustandes für die Meinigen
anzuwenden und die Hindernisse zu beseitigen. Wenn ich auch
nichts hoffe, so will ich doch nichts unterlassen haben, denn

---

[1]) Wahrscheinlich d. Gattin d. Justizkommissärs F. in Bayreuth, in
deren Hause J. P. eine Zeit lang wohnte.

[2]) Jean Pauls Freundin, die Gräfin Schlabrendorf, hatte den Präsidenten Schwendler geheiratet; vgl. Nerrlich, p. 125.

[3]) Der Brief ist liniiert.

wirklich, man traut dem Boden nicht, der uns trägt, wenn man erfahren hat, was ich gelitten.

Mich freut es auch, daß J. P. bei Dalberg ist.¹) Dieser Mann war mir stets bedeutend; es scheint mir, er hat nicht früh genug den Gedanken aufgeben können, daß er zum Souverain gelangen und darin beharren müsse. Hätte er früher den Hirtenstab gefaßt, er wäre der einzige rein Heilige am Bundestag. Aber in politischer Hinsicht paßt vorzüglich der Spruch: wer kann wissen, wie oft er fehle, verzeihe mir auch die verborgenen.

Leben Sie wohl, mein teures Herz! Grüßen Sie vielmals Emanuel von mir. Ich bitte ihn, mir zu antworten, damit Sie Ihre Zeit sparen zu nötigem Thun.

Charlotte Kalb geb. Ostheim.

d. 18. Juli.

Lenz [?] ist auch nicht im Frühling.

136.

Homburg vor der Höhe, den 22. Mai 1817.

[diktiert.]

Liebe Freundin!

Ich bin durch Zufall und Gelegenheit nach Homburg ge= kommen; was dieser Zufall daraus machen will?

Sie werden sich erinnern, daß ich im vorigen Jahr wegen eines widrigen Geschäfts mit Ihnen correspondierte. Ich kann es Ihnen nicht aussprechen, welche Leiden ich durch diese Ver= sagung habe erdulben müssen, es ist nicht auszusprechen. Umsonst

------

¹) Jean Paul besuchte Dalberg, welcher damals in Regensburg residierte, erst im August. Vgl. Förster I 270. 272 ff.

bitte ich nicht so, wenn ich bitte. Daß Sie sich von meinem Brief bei Geigers nichts merken laſſen, bitte ich ſehr, auch nicht bei Emanuel; was geſchehen iſt, iſt geſchehen und hat ſeine Wirkungen auf mein Gemüt nicht verfehlt.

Überhaupt muß man bemerken, daß ſtatt der Bekehrung, von welcher man noch vor dreißig Jahren ſprach, die Rückkehrung mit ſtarken Schritten vor ſich gegangen iſt.

Es iſt mir recht wohl geworden nach allen Leiden, daß ich ſo einſam habe leben können, nachdem ich Berlin verlaſſen habe. Mehrere ſtrenge Geſchäftsarbeiten haben mir, ich möchte ſagen, etwas den Kopf erhellt und mich dahin gebracht, über ſittliche Gegenſtände nachzudenken und zu ſchreiben. Vor einigen Wochen bewegte mich eine Anekdote ſo ſehr, daß ich gezwungen war, darüber etwas im Dialog aufzuſetzen.[1]) Ich habe zwei Teile davon ſowohl nach Weimar als Berlin geſchickt, um zu fragen, ob dieſes auf der Bühne könnte dargeſtellt werden.

Ich erwarte nun darauf die Antwort, dann ſchicke ich das Ende davon.

Dies ſchreibe ich Ihnen, liebe Freundin, um zu wiſſen, und ob Sie wohl vermuten und Ihr Mann wohl Konnexion hat, und mir dieſes Stück, was ungefähr zwei Stunden ſpielen kann, wohl in München gut verkaufen können.

Meinen Namen will ich gern verborgen haben. Es gehört wahrſcheinlich zu dieſen Dingen, die entweder gut ſind oder gar nichts taugen. Freilich dieſes zu beſtimmen möchten wohl in Sodom und Gomorrha nicht fünf ſein. Ich hätte dies geſchrieben auch ohne Not und Drang; da aber dieſer noch vorhanden iſt, ſo habe ich es für die fünf Brote geſchrieben.

Leben Sie wohl, niemand darf von dieſen Zeilen wiſſen als Richter —

Ihre C. Kalb.

Homburg bei Frankfurt.

---

[1]) Vgl. Brief 140.

137.

[Homburg, Ende Juli 1817].

[An Jean Paul; diktiert.]

Heute erfahre ich durch ein Schreiben meiner Schwägerin, daß Sie gegenwärtig in Heidelberg sind.[1]) Ich habe im Monat Mai Ihrer Gemahlin geschrieben, aber auf diesen Brief keine Antwort erhalten.

Ueber denselben Gegenstand schreibe ich Ihnen heute. Die ökonomischen Verhältnisse haben mich gezwungen, ein kleines dialogisiertes Werkchen drucken zu lassen. Die Gesinnungen, welche es in einigen Personen erweckte, deren Meinung mir von der höchsten Bedeutung ist, können mich nicht zweifeln lassen, daß vielleicht auch Sie diese Kleinigkeit Ihrer Teilnahme würdig achten werden. Der Titel ist: Johannes, ein Traum, erweckt durch eine dämonische Sage.

Das Büchlein hat nur zehn Bogen, es werden viele Exemplare abgedruckt werden. Sobald es fertig ist, übersende ich Ihnen ein Exemplar. Diese Kleinigkeit hätte mir ein Buchhändler wohl nicht einmal abgekauft.

Ich bitte Sie daher, in Heidelberg oder auch bei Cotta anzufragen, ob man mir wohl einige hundert Exemplare abnehmen wollte mit 20 Prozent Rabatt. Vielleicht übernimmt es auch der Professor Schwarz, seine Frau ist eine Tochter des seligen Stillings, den ich meinen Freund nennen durfte.[2])

---

[1]) Vgl. Nerrlich, a. a. O. 105.

[2]) Der Pädagog Fr. H. Chr. Schwarz, † 1837 zu Heidelberg. J. P. wohnte in Heidelberg vom 21. Juli an im Sch.'schen Hause und schreibt am 26. an seine Gattin: „In der ganzen Stadt hätt' ich kein besseres und frömmeres Haus finden können, als dieses, da die Schwarz eine Tochter von Stilling ist". Ch. v. K. wohnte 1785 bei Jung-Stilling in Heidelberg; er dichtete, durch sie veranlaßt, die Idylle „Moses"; vgl. H. Sauppe, Weimarsches Jahrb. I, 385.

Der Gegenstand betrifft auch eine Sache, die in diesen Jahren viel Jammer erregt hat, nämlich den Wucher.[1]

Ich bin zu dieser kleinen Arbeit absichtslos, wie durch innere Gewalten, gezwungen worden.

Wie lange würden Sie noch in dieser Gegend bleiben? Ich bin willens, sehr bald nach Franken zu gehen und diesen Herbst und Winter in Bamberg zu sein. In der größten Abgeschiedenheit und Absonderung, denn nur so kann ich leben und Ruhe finden.

Da ich vermutlich bald nach Frankfurt gehen werde, so bitte ich, Ihre gütige Antwort an den Herrn Professor Molitor in der Mainzer Gasse bei Herrn Denant zu adressieren.

[eigenhändig:]

Meinen Namen habe ich nicht beidrucken lassen, möchte ihn auch nicht bekannt haben. An 20 pCt. kann man auch Armen geben, also kann sich jedes für diese Sache verwenden.

Der Preis wird nicht mehr, eher weniger betreffen, als ein anderes dergleichen in diesem Format, wie der Buchdrucker zu sagen pflegt, eine splendidere Ausgabe. Sie sehen wohl Frau von Henning, ich bitte mich derselben sehr zu empfehlen.

Ich schreibe wieder ein ganz tolles Zeug — wenn's nur sich organisiert, wie ich träume.

Leben Sie wohl! Die Stunden, bei denen Sie die Beschreibung des Doms von Cöln herausgeben, beneide ich Ihnen.

Mit bejahrter Freundschaft

Charlotte Kalb,
geb. Marschalk von Ostheim.

---

[1] Palleske (Schillers Leben und Werke 5. Aufl. I. Bd. p. 486) redet von Fragmenten aus einem Drama „Der Dämon des Wuchers".

138.

[diktiert.]

Verehrter Herr!

Bei Ihrer Anwesenheit in dieser Gegend könnten Sie mir vielleicht auch Licht verschaffen über ein sehr verwickeltes Geschäft, worüber ich hier mehrere Papiere beilege. ¹) Besonders könnten wir bei dieser Sache Aufklärung durch den Minister von Wangen= heim erhalten, der jetzo in Stuttgart ist. Sie kennen ihn genau und er ist Ihr Freund. Für die Angelegenheit, von der ich jetzo reden will, haben sich schon so viele erhabene Personen interessiert, daß ich nicht einmal um Entschuldigung bitten kann, wenn ich verehrte Personen einlade, sich dafür zu ver= wenden.

No. 1. Die Abschrift des Briefes an den Legationsrat v. Thon zu Schwäbisch=Hall, auch die eine Hälfte meines Me= moires an den König von Frankreich.²)

Das ganze Memoire hat mir sowohl in Berlin, als bei mehreren fürstlichen Personen in Hessen so viel Teilnahme und Schutz erweckt, daß sich auch der vortreffliche Staegemann³) auf das lebhafteste dafür interessierte, und' in Paris Fürsten, Gesandte und Minister für mich gesprochen haben; es ist viel

---

¹) Es handelte sich um Ausnutzung einer Saline in der Gegend von Saarbrücken. Schon 1791 hatte der Präsident Kalb die Absicht, in Gemeinschaft mit Bertuch, dem Grafen Beust und einigen anderen die großen französischen Salzwerke zu Nancy und Chateau Salins zu pachten. Er hatte auch schon in Paris die erforderlichen Schritte gethan und der gesetzgebenden Versammlung eine Denkschrift überreicht, durch die poli= tischen Veränderungen jedoch und den ausbrechenden Krieg wurde die Aus= führung des Projekts gehindert.

²) Ch.'s Gatte war kgl. franz. Capitain gewesen.

³) Der patriotische Dichter; er war damals Vorsteher im Bureau der Staatskanzlei.

leicht niemals eine Privatangelegenheit mit so vieler Protektion befördert worden ......

Chauveau Lagarde — [eigenh.:] er hat über dieses ein vortreffliches Memoire schon im Jahre 1809 verfaßt — war der Vertheidiger der Königin Antoinette, der Madame Elisabeth[1] und der Charlotte Corday. Ich bin persönlich in dieser Sache so erwähnt worden, wodurch es mir so ganz auffallend wurde, mit diesen Märtyrerinnen der Zeit genannt worden zu sein. Sie können also kaum glauben, welchen Anteil so viele Personen daran genommen haben, und es ist gar nicht zu zweifeln, daß mir gelungen sein würde, was von andern vielleicht nicht erreicht werden kann ......

Ich vermute, daß Sie bei Ihrem Aufenthalt am Neckar auch vielleicht Stuttgart besuchen[2]), und so würden Sie wohl die Gnade haben, über diese Angelegenheit mit Wangenheim zu sprechen; er würde vielleicht selbsten Thon kommen lassen, und somit hätte dann Ihr Genius den Sieg davongetragen! Ich lege ein Schreiben bei (No. 3) von einem Mann, welcher ganz genau von dieser Sache unterrichtet ist. Sie werden hieraus ersehen, mit wie wenigen Kosten die Sache unternommen werden kann und daß es also die ärgste Thorheit ist, diese in sich faulen zu lassen.

Eine Sache, die von anderen so sehr vernachlässiget oder vielleicht gänzlich aufgegeben ist, und an welcher ein anderer den vierten oder fünften Anteil hat, verdient doch wohl der Anfrage: Freund, wenn Du nicht willst und kannst, so kann und will ich. Gewiß, alle Rechtsgelehrten in peinlichen und heimlichen Gerichten würden mich nicht darob anklagen können. Sehen Sie, so viel geliebt, geehrter, ob Sie wie ein guter Geist über diesem Wasser schweben wollen, um das Licht von der Finsternis zu scheiden.

Auf die Art und Weise, wie ich diesen Reichtum zu ver-

---

[1]) Dies ist ein Irrtum, Mdme. E. hat keinen Verteidiger gehabt.
[2]) Jean Paul reiste erst 1819 nach Stuttgart.

wenden gedachte, konnte es mir nicht fehlen, sehr schnell das
Kapital dafür zu erhalten. Denn wer dürfte was anderes sein,
als ein Haushalter im Reiche Gottes? An diesem können in
geistlicher und leiblicher Hinsicht mehrere Teil haben, [eigen=
händig:] so kann es auch Ihrem Verstand eine Aufforderung sein.

Ein sonderbares Zeichen des Schicksals ist es auch, daß
mein ältester Sohn jetzo eine Stunde von dieser Saline entfernt
in Garnison kömmt, nämlich nach Saarbrücken, und der jüngste
hat auch alle Zeit und Fähigkeit, um in solcher Sache mit Fleiß
und Verstand zu handeln.

Alle Kräfte der Natur gehören denen, die davon ihr irdisches
Leben erhalten müssen. Solche Dinge können kein Monopol
werden und sein, wie Knöpfe machen und Schuhe schneiden, welches
man der Willkür und Fahrlässigkeit überlassen dürfte.

Freilich weiß ich nicht, ob Thons jetzo ernstere Schritte
in Paris gethan haben.

Ich bleibe noch länger in Homburg; also bitte ich, Ihre
Antwort dahin zu adressieren und ja nicht nach Frankfurt.

Das Büchlein, von dem ich Ihnen gesagt, kann erst in
drei Wochen fertig sein, ich rechne sehr auf Ihre Beförderung.

Wird Sie Ihr Weg über Frankfurt führen? [eigenhändig:]
vielleicht bin ich dann in dieser Stadt.¹) Man hat mir sehr
abgeraten, nicht nach Bamberg zu gehen; ich werde also sehen,
wo möglich mir in dieser Gegend eine solche Isola zu bauen.

Charlotte K. M. v. O.

139.

Homburg, den 30. Juli 1817.

[An Jean Paul; diktiert.]

Über das Geschäft die Saline betreffend, muß ich Ihnen
eilends folgendes berichten.

---

¹) J. P. verweilte im nächsten Jahre auf s. Reise n. Heidelb. in Fr.

Der Sachwalter des Herrn Thon zu Paris hat mit den Herren gesprochen, welche durch die Gnade, so mir Prinzessinnen von Hessen-Homburg beweisen, sich meiner Angelegenheit daselbst auf das eifrigste angenommen; zu diesem vereinigt er sehr viel Klugheit und Vorsicht. Also der Geschäftsführer des Herrn Thon hat diesen seine Meinung über dieses gegenseitige Ver=hältnis mitgeteilt, und wenn ich dessen Ideen und Vorschlag richtig verstanden habe, so bin ich sehr geneigt, dieser Absicht be=förderlich zu sein, welches mir bei der Protektion, welche mir noch stets gewährt ist, wohl auszuführen sein wird.

Ich erwarte also jetzo den Beschluß dieses Geschäftes nächstens.

Mein voriger Brief war also in dieser Hinsicht unnütz; er kann Ihnen aber immer beweisen, wie ich trotz Ihres bejahrten Schweigens dennoch immer ein Recht zu haben meine sowohl auf Ihr Gemüt, als auf die Einwirkungen Ihres hohen und seltenen Geistes.

Charlotte Kalb gb. Marschalk
von Ostheim.

140.

[August 1817.]

[Von J. Pauls Hand:] Ich kann leider das Wenigste in diesem trüben Briefe lesen sowie erfüllen.

Verehrter, lieber Herr und Freund!

Erlauben Sie mir, Ihnen diese zwei Bogen zu überschicken, die ich Ihren geistigen Augen unterwerfe. Finden diese nicht Gnade, so sende ich nichts mehr. Erkennen Sie aber Ihre Leserin, so werde ich hoffen, daß auch ein besserer Genius, als der meines äußeren Geschicks, mich ans Schreibpult fesselt.

Auch übergebe ich noch einige Stellen hier zu Ihrer Prü=
fung, ob ich es sagen darf. Es geht mit dem Druck so lang=
sam, daß ich wohl noch Ihre Antwort erhalten könnte. Vieles
ist auf gutem Papier, aber das meiste auf so ganz abscheulichem
zu meinem Ärger; der Buchdrucker hat nicht viel Klarheit geben
wollen. Den Buchhandlungen kann ich es nicht anbieten, denn
diese wollen 50 pCt.; nun noch die Druckkosten, Papier und
Porto, so bleiben mir nach Jahr und Tag 20 pCt. Hier in der
Gegend abonnieren es einige Bekannte mit Rabatt von 20 pCt.,
der dann nach Willkür verwandt werden kann — auf gutem
Papier 1 Fl. 30 Kr., auf diesem 1 Fl.

Möchten wir alle der himmlischen Jugend noch auf Erden
teilhaftig werden!

Charlotte.

Titel.
Johannes.
1. Epist. 2. Kap. V. 10. 11.[1]
Der Traum,
erweckt durch eine dämonische Sage
in den Zeiten der Apostel.

—

Es fand ein Bruder den andern im Elend. Geh eilend in
meine Wohnung, sprach er, laß dir 5 Brote geben, sogleich muß
ich von dannen. Er forderte die Brote, es wurde ihm versagt.
Nun sammlet er die letzte Kraft, flieht aus den Thoren, faßt
die Kinder, stürzt sie in Fluten tief, und über ihnen schließt
sich das nasse Grab. So wird die Sag' um Mitternacht ver=

---

[1] Wer seinen Bruder liebet, der bleibet im Licht, und ist kein
Ärgernis bei ihm. Wer aber seinen Bruder hasset, der ist in Finsternis
und weiß nicht, wo er hin gehet, denn die Finsternis hat seine Augen
verblendet.

nommen. Der Dämon, welcher dazumal das Brot versagte, verscheuchte nun den milden Schlummer, erschien im Traum mit seinen Knappen, hier ist sein Bild.

————— ———

141.

[An Karoline Richter.]

[Berlin], ben 15. April [1820].

.... die den Geistern der Finsternis geweiht worden sind. Wahrscheinlich wird Goethe in diesem Jahr wieder ein Bad besuchen, könnte ihm nicht J. P. R. daselbst begegnen? In Weimar, meine ich, wird seinem freien Sinn und immer befrei= teren manches für diese Absicht und Zweck hemmend sein. G. war und ist immer gewaltig anziehend — und dann, wie oft ebenso gewaltsam entziehend — ich vermute die [unlesf.] zu kennen, und sie hat wohl dasselbe erfahren.

Wenn Sie mir wieder schreiben, so bitte ich J. P., daß er ein Blatt an meine Prinzessin Wilhelm beilegen wolle, ich will es ihr selbst übergeben. Eigentlich bedarf der Brief der Prin= zessin an Ihnen wohl keiner Antwort, aber ich will die Freude haben, aus dem Eden seines Geistes der Hoheit [?] einige Blumen zu überreichen.

Noch einmal über Hornthal.[1] Mir ist es in meiner An= gelegenheit um seinen Namen und Autorität zu thun, weil er uns gegen manches eine Ägide und Schutzwehr sein kann; an= dere freilich [?] müssen nachdenken und sehen, bei ihm kann man aber dann wissen, wenn es bei den Behörden durchzusetzen und auszuführen wäre.

—————

[1] Oberjustizrat in Würzburg, hervorragender Landtagsredner.

Leben Sie wohl, gesegnet von Dank und Liebe!

Ihre
Charlotte.

Herzliche Grüße von Ebba.[1]

[Adresse, von fremder Hand geschrieben:]

An die Frau Legations-Rätin Richter, geborene Mayer in Bayreuth.

———

142.

[An Karoline Richter.]

Berlin d. 29. April [1820.]

Herzlichen Dank für Ihre Abschrift des Briefes von J. P. R. an Hornthal![2] Wahrheit, Gesinnung und lichtvolle Anschauung spricht in diesen Zeilen; Hornthal würde nicht der eifrige in aller rechtlichen That noch der tief von Ehrgefühl erregte sein, als vor den er gehalten ist, wenn er sich nicht dieser Sache annehmen wollte; und daß er mit der Beantwortung zögert, scheint mir zu beweisen, daß er mit dieser sogleich ein Resultat seiner Bemühungen darlegen will. Ich kann mich wohl auch in dieser Voraussetzung irren, doch ziemt mir nicht, an ihm zu zweifeln, weil J. P. für mich gebeten hat.

———

Sagen Sie dem Herrn Otto meinen innigsten Dank für sein gütiges Schreiben. Ich habe das Promemoria durchsehen,

———

[1] Der Brief enthält noch mehrere unleserliche Randbemerkungen.

[2] Der Brief ist vom 7. April und beginnt: „Ew. ꝛc. verzeihen mir, daß ich eine vieljährige, geistvolle und leidende Freundin an Ihren Richterstuhl begleite. Ihr ganzes Leben war ein quälendes Durchdrängen durch den verwachsenen Wald eines Prozesses. Noch ist sie im Dickicht der Justiz; und wenn es sich endlich lichten sollte, wird sie Gerechtigkeit und — Grab zugleich vor sich haben. Aber sie arbeitet für ihre Kinder, nicht für ihren kurzen Wintertag des Lebens".

welches meine Tochter von dem Departement der Auswärtigen Angelegenheiten aus München im August 1818 erhalten, und darin steht namentlich Fr. v. Geiger mit 400 Florins Leibrente.

Dieses Promemoria ist merkwürdig, wie man mit nichts meinen kann, dem andern einzubilden, man habe ihm etwas gewährt....

Die Herzogin von Kurland kommt bald wieder nach Lö= bichau;[1] eine Karawane aus Berlin schmückt schon Baretts und Turban, Mantel und Harnisch zu diesem Zug nach Medina. Ohne Scherz, ich weiß nur, daß Romers dahin kommen werden, und dem Hermann Fichte hab' ich sehr angeraten, wieder seine Freunde bei Altenburg zu besuchen. Ich fürchte für ihn, er scheint in der Gefahr, leicht eine Halsschwindsucht zu bekommen.

Nun leben Sie wohl — ich beneide die liebe Frau Ge= heimrat Mayer um dieses Wiedersehen.

C. K. M. v. O.

---------- ·

143.

Berlin, d. 22. August [1820].

[An Karoline Richter.]

Teure Freundin!

...... Nachdem ich[2] in dieser Sache nach Geist und Gemüt meine Pflicht erfüllt habe, bin ich ganz beruhigt über den Erfolg dieser Sache [und] meiner Bemühungen. Wie oft hat der Baum viele Blüten und bennoch im Herbst keine Frucht. Gewiß, ein Wunder wäre es, wenn endlich nach so vielen Stürmen dieser Baum noch Früchte brächte.

---

[1] Jean Paul war im September 1819 in Löbichau Gast der Her= zogin gewesen; er hat uns eine interessante und anmutige Schilderung der dort verlebten Tage (s. W. 32, 274) hinterlassen, vgl. Nerrlich, p. 97.

[2] Der erste Teil des Briefes enthält Vermögensangelegenheiten.

Zu Ende dieses Jahres werde ich wohl mehr davon wissen.
Ist Jean Paul jetzo in München?[1] Ich kann nicht wohl lesen,
was ich schreibe, so matt sind meine Augen, daher vergeben Sie
mir meine Handschrift. Es war noch schlechter, doch Rosmarin-
Spiritus scheint die Augen etwas zu stärken.

Ich habe erfahren, daß Fr. v. Helwig jetzo in Bayreuth
wäre. Kommt sie noch bei guter Witterung nach Berlin, so
gebe ich ihr ein Rendezvous im Tiergarten, damit wir heimlich
über so manches mit einander reden mögen. Ich bin nun noch
mehrere Wochen allein in der Ihnen bekannten blauen Stube;
nur selten und ungern verlasse ich diesen Tempel der Ruhe, des
Schweigens und der Freudigkeit einer lebendigen Seele. Sie
können denken, wie gleich-, wie weniggültig mir das meiste vorkommt. Auch das bewußte Geschäft in München, welches mir
wegen meiner Kinder sehr von Bedeutung sein könnte, auch dafür
erkenne ich mich gleichmütig. Vielleicht hat dieses eben beige-
tragen, daß ich desto schärfer habe aussprechen können.

Leben Sie wohl, meine teure, liebe Karoline! Mit Zeit,
Gelegenheit und Umständen schreiben Sie mir auch bald wieder.

Ihre

Charlotte K. M. v. O.

Den 22. Oktober.[2]

[Abr.] An Frau Legationsrätin Richter,

geb. Mayer

in Bayreuth.

fr. Leipzig.
fr. Hof.

---

[1] Er war bereits Ende Mai dahin gereist.

[2] Aus dem Poststempel ergiebt sich, daß nicht dieses, sondern das
am Anfang stehende Datum das richtige ist. Der Brief enthält noch ein
zum Teil unleserliches Postscriptum.

144.

Berlin, b. 26. Januar 1821.

[An Karol. Richter; diktiert.]

Ich habe so lange gezögert Ihnen zu antworten, teure Freundin; zunehmende Schwäche macht es mir immer mehr unmöglich, selbst zu schreiben. Ich habe, was für meinen Zustand äußerst nötig war, eine abgesonderte Wohnung im Schloß ge= funden, die ich gemietet habe.[1]) Unter anderen Verhältnissen hätte ich nicht ausdauern können, so notwendig ist mir besondere Pflege und Stille. Nur selten kann ich einige Stunden das Bett verlassen; ich habe kein Fieber, doch' scheint ein Krankheits= stoff noch die Genesung zu hemmen. Ich kann viele Nahrungs= mittel nicht mehr wie ehemals genießen, selbst nicht mehr Kaffee, hingegen fang' ich an, sehr gerne Bier zu trinken. Dieser Winter ist mir wie ein nebelhafter Traum vergangen, ich kann auch gar nicht lesen hören. Fichte hat mir einiges aus Jean Pauls letztem Werke[2]) erzählt, diese Scherze und Ironie sind so lichtvoll und dauernd, wie ein Diamant; aber nur wenige Zeilen darf ich hören, alles was mir Bild und Phantasie giebt, wird mir Qual. Möchten Sie Ihrerseits den schweren Winter gut bestanden haben, denn es war ein strenger Gast. Mein Brief an Otto wird Sie in mehrerer Hinsicht interessieren. Das Betragen von Hornthal bezeichnet mir, wie gute Sitte an manchen Orten ganz fehlt, wahrscheinlich hat ihm Leukam die Papiere überbracht, warum hat sich Leukam diese Papiere nicht wieder einhändigen lassen? In Berlin und in Sachsen wäre mir dieses bei keiner Behörde begegnet, aber in Franken befand ich mich immer beklagenswert, in dem armen Lande. Sela.

Die gute Vincenti war ein frommes Mädchen. Die Frau

---

[1]) Es ist wahrscheinlich, daß ihr die Prinzessin gastfreie Aufnahme gewährt hat. Ch. ist am 12. Mai 1843 zu Berlin gestorben.

[2]) Der Komet, oder Nikolaus Marggraf.

von Helwig hat mir in dieser Krankheit auch sehr beigestanden, sie besuchte mich gestern, und ich freute mich, sie so wohl als stillende Mutter zu sehen.

Wenn Otto die Vermutung hegt, daß ich und meine Schwester einen Vorteil bei dem jetzigen außerordentlichen Gelingen der Saline haben könnten, auf welches Wissen und Zeugnis gründet sich dieses?

Der Präsident schrieb mir: „So oft sie wieder einen neuen Bohrversuch machten, wenn wir nur die stärkere Sole haben, so kann ich Ihnen, wie es meine Pflicht und Schuldigkeit ist, reichlich unterstützen, aber wohl 15 Jahre haben sie schlechte Maschinen und Klempnerarbeit gebraucht." Thou und Geiger wollten nichts wagen, daher mußte dieser Mann in dem größten Unglück untergehen. Man hat kein Bild von so tiefem Jammer, auch seine Tochter war nicht Cordelia gegen diesen Lear. Er hat ein Portefeuille hinterlassen, dieses ist in Geigers Händen, vielleicht befinden sich darin besondere Verfügungen, aber welcher Zauber würde uns dieses Portefeuille verschaffen, und wer könnte in Plutos Reich wandeln, um in dem glühenden Fluß das Gold zu fischen? Mir war aber die Nachricht von Otto in vieler Hinsicht bedeutend, und ich werde sie mit Vorsicht benutzen.

In unseren Gegenden hören wir von außerordentlicher Frivolität und Excessen aller Art, so auch die sonderbarsten Bankerotts. Wahrscheinlich kennt Jean Paul den Kriminalrat Schumann in Weimar, dieser hat vor kurzem einen Bankerott von 70000 Thlr. deklarieren müssen. Ich wünsche, daß Sie mich bald mit angenehmen Nachrichten von den Ihrigen erfreuen werden und verharre mit treuer Ergebenheit

Charlotte.

Zwey Drittel des Frühlings sind vorüber,
wenn ich aber in Kalender sehe./ Die berühmten
Bäume noch unbelaubt, in schönen Park
die Nachtigall hat noch nicht gesungen – und
Sie waren noch nicht hier: Alle Zeichen
des Frühlings bleiben aus! Welches noch
wartet die andern?! – Die Sommer
kommen mit allem Reiz – der Bäume Rauch
der Blüthen Duft, der Vögel Liebgesang –
der Lüfte linde Fächeln. – Der schön
Kommende wäre er nicht gewesen. – Wenn
Sie uns nicht verschönern! –

Lassen Sie mir mir Ihnen, von Ihren treuen
den sagen – oder von Sie. Sie sind
das Geist meiner Verbindung! Auch
sind wir alle. durch den Achtung, bewunderung. u Hoffnung – die Ihre Schriften, –
erregt. – an ähnlicher neuer Erneuerung Ihre

Werth, so lange wir – in unsere Gemüther
sind, oder werden können! —— Himmel
weiß, ob dass es wissen dass Sie mir
geschrieben. u. ich an Sie – als mein Mann
traurig ganze Tr... dass er vergeblich
Sie erwartet hat, in 8 Tagen nicht ...
zu ...... —— Himmel weiß dass wir —
Sie frei in Weimar erwarten dürfen ——
doch ist es sehr das bittere unseres Geschäfts.
Ist Rüstung dort noch nicht ... sind! –
Sind Sie krank? oder haben Sie nicht
meinen Brief vom 1. oder 2 den Aprill
erhalten??? ——

Ifland ist fort, u. Wieland reist
in wenigen Tagen nach der Schweitz
in Sept will er wieder hier sein —

Herder. Knebel Einsiedel sind eine
lange Weser die einen überhaupt nur schon
frieden über die Vollkommenheit einnt
andern fähig sind. —

Wüßte, ob Ew. wir — in unserer Gegend
sind, oder werden können! — Niemals
weiß, ü. darf es wissen daß Sie uns
geschrieben. u. ich an Sie — alt mein mann
mich gute trauend daß vergeblich
Sie erwartet hat, in 8 tagen nicht zu
versehen. — Niemals weiß doch wie —
Sie hier in Weimar erwarten dürfen —
doch ist es sehr das zeichen unseres Gefühls.
Ist Richter doch noch nicht hier! —
Sind Sie krank, oder haben Sie nicht
meinen Brief vom 1. oder 2 den Aprils
erhalten?? —

Ifland ist fort, u. Wieland reist
in wenigen tagen nach der Schweiz
in Sept will er wieder hier sein. —

Herder. Knebel Einsiedel sind hier
lang Wesen die einer überschwung von schön
freunde über die Vollkommenheit nicht
anderer fähig sind. —

und mir ist selbst eine Wohlthat. —
Aber leider mögen ich immer über
den schönen Genuss und die befrundete
den wüthigen sucht den [...]?

(Charlotte?)

Verehrtester lieber Herr und Freund!

Belieben Sie mir Ihnen ch 2 bogen
zu überschicken, den ich Ihrer gütigen
Augen unterwerfe. — Finden diese
mße Gnade, so sende ich nichts mehr

Bemerken Sie eba Ihre ab komm —
so werde ich posten — daß mir noch ein bestimm
Gemüt — als das anspra gefiel mir an

Auch intezeben ich noch einiges sehr Ihrer
Stütting ob ich es sagen darf —
Es geht mir der Dank so langsam es
ich woll noch Ihrer antwort erhalten könnte
Wiewol ist mit gutes fügen — aber
muß es auf die abschieß: zu m: augen
die ongedrönt. — selch mich viel Neuheit
gutes wohl —

Titel
/ Johannes /
1 Epist. 2 Cap. v 10. 11.

Der traum
_____

Es fand ein ...